언젠가 저녁 무렵 노랗게 물든 서점을 그려봐야겠다고,

나는 여전히 생각하고 있다.

어둠속 영롱한 빛 같은 풍경을.

_빈센트 반 고흐

노란 불빛의 서점

이 도서의 국립중앙도서관 출판예정도서목록(CIP)은 서지정보유통지원시스템
홈페이지(http://seoji.nl.go.kr)와 국가자료종합목록 구축시스템(http://kolis-net.nl.go.kr)에서
이용하실 수 있습니다.
(CIP제어번호: CIP2009001554)

노란 불빛의 서점

서점에서 인생의 모든 것을 배운 한 남자의 이야기

루이스 버즈비 지음 ᅵ 정신아 옮김

문학동네

차례

1장

—

서점 가기 좋은 날

한 서점이 문을 열면 나머지 세계의 온갖 물상들이 그 문 안으로 들어간다.
그날의 날씨며 뉴스, 고객들, 책 상자들과 그 속에 들어 있는 수많은 세계들이 말이다.
몇 세기 전에 처음 읽힌 책, 당대를 주름잡던 위대한 책, 통속적인 책,
그 한가운데 서 있노라면 "옛날 옛적에"로 시작하는 이야기를 한 보따리 풀어낼 수도 있으리라.

서점 가기 좋은 날

나는 아침에 일어나 제일 먼저 서점에 간다. 아무 서점이고 일단 발을 들여놓으면 그 순간 조용한 흥분에 휩싸인다. 별 이유는 없다. 나는 성인이 된 이후 서점 직원 혹은 출판사 영업자로 살아왔다. 삶의 대부분을 서점에서 일하며 보낸 셈이다. 지금은 물론 그 일에서 손을 뗀 처지인데도, 책이라면 사족을 못 쓰는 불치병에 걸려 여전히 일주일에 적어도 다섯 번은 서점엘 간다. 지금쯤은 그 모든 것에 넌덜머리가 났어야 할 게 아닌가? 그렇지만 네모반듯한 서가에 책들이 빼곡 들어찬 날 아침의 고요한 분위기에 잠기는 순간, 나는 서점이란 게 그저 단순한 가게가 아님을 깨닫는다. 한 서점이 문을 열면 나머지 세계의 온갖 물상들이 그 문 안으로 들어간다. 그날의 날씨며 뉴스, 고객들, 책 상자들과 그 속에 들어 있는 수많은 세계들이 말이다. 사실과 진실에 관한 책, 새로 쓰인 책, 몇 세기 전에 처음 읽힌 책, 당대를 주름잡았던 위대한 책, 말할 수 없이 통속적인 책, 그 한가운데 서 있노라면 "옛날 옛적에"로 시작하는 이야기를 한 보따리 풀어낼 수도 있으리라.

꼭 새 책을 사려고 이곳에 오는 것은 아니다. 서점에만 가면 흥분을 느끼는 까닭은 장소 자체를 좋아하기도 하지만, 필요하다면 언제까지고 머물 수 있기 때문이다. 서점을 지배하는 무언의 규칙은 여타의 소매업을 지배하는 규칙과는 전혀 다르다. 서점은 대개 개인사업체지만, 영업장이나 영업시간 등에 대한 대중의 요구사항을 거부할 수가 없다. 서점은 휴지걸이라든가 이 세상에 종말이 왔을 때 먹을 타바스코 소스를 무한정 파는 대형매점이 아니다. 번쩍이는 금박 드레스나 희귀 보석 따위의 최고급 사치품을 파는 일류 부티크도 아니며, 고된 하루 일과를 마치고 집에 돌아오는 길에 음료수며 담배, 아이스크림을 사기 위해 불쑥 들르는 편의점도 아니다. 우리가 한참 동안이나 매장을 서성거린 후에야 겨우 책 한 권을 산다 해도 서점 직원 중 누구도 개의치 않는다. 서점에서는 얼마든지 죽치고 있을 수가 있는 것이다. 때로는 몇 시간씩이라도 말이다. 어쩌면 사람들은 요리책에 나오는 어느 음식의 레시피를 베껴가기 위해, 아니면 샌안토니오에 있는 아르데코풍의 호텔 이름을 알아내기 위해, 심지어는 좋아하는 단편소설들을 다시 읽어볼 작정으로 서점에 왔을지도 모른다. 우연하게 만난 친구와 서로 살아온 이야기를 주절거리면서 이 책 저 책의 표지를 훑어볼 수도 있다. 그도 아니면 역사 코너에 아예 주저앉아, 전성기 르네상스 시대에 나폴리에서 유행했던 손짓 언어를 논하는 매혹적인 논문의 첫 장을 펼칠 수도 있을 것이다. 지금 이 순간 금쪽같은 시간을 내어 책을 읽고 있다면, 서점 카페를 이용하는 게 더 좋을 것이다. 케이크 한 조각에 커피 한 잔. 시간은 서점을 감싸고 나른하게 흘러갈 것이다. 서점에서 그저 훑어보는 것으로 성이 차지 않으면 책을 살 수도 있을 테고 말이다.

백화점에 들어가 한 30분쯤 새 재킷을 입어보기도 하고 그 옷을 걸친 채 막 돌아다녀보라. 다음주 수요일에는 다시 그곳에 가서 옷을 살 마음은 눈곱만큼도 없으면서 같은 행동을 되풀이해보라. 피자집에 들어가 혹시 피자 한 조각을 맛볼 수 있는지도 물어보라. 물론 나는 너무 배가 고플 때는 페퍼로니며 소시지, 아티초크, 파인애플 등을 조금씩 맛본다. 물론 혀에 감길 듯 감칠맛이 나겠지만, 그렇다고 그게 내가 찾던 그날의 먹거리는 아니다. 가게 주인이 값도 치르지 않고 먹어 치우는 나 같은 손님을 과연 용서할까?

서점은 다르다. 그 안에서 누릴 수 있는 여유와 느긋함은 거기서 파는 상품에서 비롯된 것이기도 하다. 책은 느림을 동반한다. 시간을 요한다. 글을 쓰는 일, 책으로 펴내는 일, 읽는 일이란 죄 늘어지는 일이다. 400쪽짜리 책 한 권이면 집필에만도 몇 년이 걸리거니와 출판되기까지는 그보다 더 오랜 세월이 걸릴 수도 있다. 게다가 책을 구입한 뒤에도 그걸 읽는 독자는 며칠이나 몇 주, 때로는 몇 달에 걸쳐 한 자리에 눌러앉아 몇 시간씩을 보낼 작정을 해야 한다.

　그러나 책의 그런 성격 때문에 서점이 느긋하고 너그러워진 건 아니다. 오늘날의 서점은 커피숍이나 카페와 떼려야 뗄 수 없는 관계를 맺어왔다. 커피와 담배가 대륙을 휩쓸다시피 한 18세기 유럽에서는 커피숍이 작가며 편집인, 출판업자 들의 회동 장소였다. 자극적인 커피와 진정 작용을 하는 담배가 조화롭게 어우러졌기에 그곳에서 탁자를 끼고 종일 앉아 있어도 전혀 불편함을 느끼지 않았다. 이건 집필과 독서, 장시간의 대화, 혹은 창밖을 내다보는 일에까지도 더할 나위 없이 완벽한 조건이었다. 이 무렵은 계몽의 시대였다. 문자해득률이 날로 향상되고 있었고 책값이 더 싸진 데다 종류나 부수는 더 많아졌다. 어떤 서점은 커피숍 근처에 있었는데 대화와 사색에 쓸 시간이 많은 고객들이 서점과 커피숍을 오갔다. 오늘날에도 매출에 늘상 안달복달하는 대형서점들은 카페와 소파, 연구용 탁자를 갖춰 독자들이 시간을 향유할 수 있는 공간들을 마련한다.

　책은 우리를 다른 사람들과 이어준다. 그런 관계는 일대일로 이루어지는 게 보통이다. 작가 한 사람이 한 강좌를 열어 강의를 하고 그것을 독자 한 명이 경청하는 식이다. 존 어빙은 이를 한 천재가 다른 천재에게 말을 거는 형식이라고 했다. 인터넷이나 전화 혹은 카탈로그를 이동해 책을 주문하고, 배달하는 사람이 서둘러

우리 집에 가져다주기를 기다렸다가 문을 열어주는 과정이 이제는 너무나 쉽고 간편해졌다. 그러나 책을 사는 사람들 가운데 90퍼센트는 아직도 직접 서점엘 간다. 책들 가운데 있고 싶어서 말이다. 그렇다, 책만이 아니고 책을 사러 온 다른 사람들, 비록 말한마디 건네지 않지만 마음은 서로 다를 리 없는 그 사람들 속에 끼여 있고 싶어서다. 엘리아스 카네티Elias Canetti는 카페를 '군중속에 혼자'가 되기 위해 가는 곳이라고 쓴 적이 있는데, 나는 이말이 서점에도 딱 들어맞는다고 생각한다. 서점이 카페에서 파는 고독을 해독해주듯, 이 고독과 군중이야말로 멋진 조화가 아니겠는가.

서점은 다른 가게들과 달리 시간이나 공간 따위에 개의치 않는다. 크게 문제될 게 없기 때문이다. 서적상들 대부분은 책을 좋아하고 사랑하기 때문에 이 직업에 뛰어드는데, 그래도 일을 하다보면 장사치로서의 삶에 점차 기울어지게 마련이다. 책은 경제 법칙이 간신히 통할 정도로 값이 저렴해서 그리 이문이 남지 않는다. 이 물건은 무거울 뿐만 아니라 공간을 많이 잡아먹는다. 또 타이틀이 제각각인 데다 재고조사를 하고 물품명세서 따위를 작성하려면 직원을 많이 고용해야 한다. 그러다보니 대부분의 서적상이 최저임금 수준의 수입밖에 챙겨가질 못한다. 다른 세계에서는 시간이 돈일지 몰라도 서점에서는 그렇지가 않다. 시간이 간다고 돈들 일은 없으므로 얼마든지 느긋해질 수 있는 것이다.

서점은 특정 시기에 다양한 발상과 사고가 교차하던 중심지였기에 공적인 담론을 탄생시키는 산파 구실을 해왔다. 그리고 언론 자유의 제반 권리를 지키는 보루가 되기도 했다. 실비아 비치가 경영하던 파리의 서점 '셰익스피어 앤드 컴퍼니'의 후원 속에 『율리시즈』가 처음 출판되었고, 로런스 펄링게티의 '시티 라이츠City Lights' 서점이 없었다면 앨런 긴즈버그의 『울부짖음Howl』은 문학작품으로 편입되는 데 수십 년의 세월이 걸렸을 것이다. 그나마 이들은 가장 많이 알려진 두 가지 사례에 지나지 않는다.

대량생산된 책에는 민주주의 정신이 담겨 있다. 『돈키호테』를 예로 들어보자. 서구문학이 일궈낸 위대한 업적 가운데 하나인 이 책은 싸구려 명사의 전기와 가격이 얼추 비슷하다. 더이상 저자에게 인세를 지급하지 않아도 되니 오히려 더 쌀 수도 있겠다. 게다가 서점의 위치 따위는 책값에 별 영향을 주지 않는다. 『돈키호테』는 뉴욕 부유층을 상대하는 화려한 숍에서나, 황량하게 바람 맞으며 서 있는 캔자스의 스트립 몰에서나 사고파는 값이 똑같다. 다른 상품의 경우 대량생산체제는 정가는 물론이고 제품의 질에도 영향을 미친다. 나는 수천 달러짜리 맞춤식 베이스 기타가 200달러를 주고 산 내 펜더Fender 기타보다는 으레 소리도 좋고 연주에서도 탁월한 기능을 발휘할 거라고 생각한다. 호가스Hogarth 출판사에서 펴낸 버지니아 울프의 『파도The Waves』 초판본을 갖는 것이 수집가들에게는 꿈일지 모르지만, 페이퍼백으로 싸게 나온 새 책 역시 재미있고 감동적이라는 점에서는 그것과 조금도 다를 게 없다. 그녀의 산문이 지닌 격조는 제본 방식이나 가격으로 인해 더 떨어지거나 하지 않는다는 말이다.

최고의 걸작이건 허섭스레기 같은 졸작이건 서점에서는 그것들을 다 구해볼 수 있을 뿐만 아니라 두 책 모두 다음과 같은 면에서 성격이 일치한다. "여기 있습니다. 이 책을 원하는 독자가 있었네요." "그 책은 걱정하지 않아도 돼. 언젠가는 가져갈 사람이 꼭 나타날 테니까." 서점이라면 십중팔구 프루스트의 『잃어버린 시간을 찾아서』를 구비해놓았겠지만, 고양이가 주인공인 최신 만화책, 혹은 자동차 수리, 군대의 역사, 자기계발, 컴퓨터 프로그래밍, 미생물의 진화 등에 관한 책들도 죄다 갖추고 있을 것이다. 누가 찾아오더라도 선뜻 내줄 수 있는 물건이 있다는 얘기다. 어디 그뿐인가. 서점에서는 독자가 필요하다고만 하면 그 책을 냉큼 구해다준다. 서점이 문학책만을 취급하는 건 아니다. 독자들이 서점에 오는이유는 자기들이 찾는 정보, 이를테면 옛날 동전의 가격, 효과적인 제초 방법, 소규모 돼지 농장에 울타리 치는 법 따위를 알아내려는 특별한 열망 때문이기도 하다. 고상한 책이든 수준 낮은 책이든, 일단은 모든 책을 다 갖춰놓고 있어야 좋은 서점이랄 수 있다.

책은 내구성이 빼어날뿐더러, 읽는 즐거움을 몇 번씩 누린다해도 전혀 훼손될 염려가 없다. 책에는 연료나 식량, 서비스 따위가 필요 없다. 어수선한 일을 만들거나 시끄러운 소리를 내지도 않는다. 한 권의 책은 읽고 또 읽은 뒤에도 친구들에게 건네거나 헌책방에 싼값으로 되팔 수 있다. 그래도 책은 산산조각 난다거나 얼어붙을 일이 없고, 모래 속에 처박힌다 해도 책의 기능을 상실하는 법이 없다. 혹여 욕조 속에 빠뜨린다 해도 곧장 말릴 수가 있으며 굳이 필요하다면 다림질 한 번이면 그만인 것이다. 혹 책등이 심하게 갈라져 페이지가 떨어져나갈 지경이 됐다고 치자. 그럴 경우엔 바람이 책장들을 흩뜨리기 전에 책장을 그러모아 고무 밴드로 한데 묶어주기만 하면 된다.

책의 민주적인 특성 가운데 가장 중요한 것은, 기초적인 문자 해득력 외에 그걸 읽거나 다루는 데 특별한 훈련이 필요치 않다는 점이다.

서점은 워낙 여러 곳에서 매혹을 발산하기 때문에 왠지 우리도 시간을 내어 그곳을 천천히 둘러봐야 할 것 같다. 우리는 서가를 맨 꼭대기에서부터 아래까지 샅샅이 훑어 내려간다. 주위에 있는 고객들을 둘러보기도 하고, 열린 문틈으로 갑자기 불어닥친 차가운 비바람에 흠칫 몸을 떨기도 한다. 정말로 원하는 게 무엇인지는 잘 모르는 채로 말이다. 그런데 거기! 그 수북한 테이블 위에, 혹은 서가 맨 아래칸에 먼지를 잔뜩 뒤집어쓴 채 숨어 있는 책 한 권을 만난다. 범상하기만 한 이 물건을! 이 특별한 책은 5000부 혹은 5만 부 혹은 50만 부씩 세상을 돌아다니고 있을지도 모른다. 정확히 똑같은 내용으로 말이다. 그러나 지금 마주친 바로 이 책은 오롯이 우리를 위해서만 세상에 나온 양 귀하기가 말로 다 할 수 없다. 자, 첫 장을 열어보라. 눈앞에 온 우주가 펼쳐진다. "옛날 옛적에……"

11월, 음산하게 비까지 내리는 수요일 늦은 오후. 서점에 가 있기에 아주 이상적인 시간. 쥐꼬리만한 오후의 햇살, 그 시간의 나른함과 고요는 서가와 책, 그리고 머리를 숙인 채 좁은 통로를 지나가는 고객들 모두를 한데 그러모은다. 카운터에 있는 점원은 유리창 밖을 내다보고 있다. 그는 한바탕 바쁘게 손발을 놀려야 하는 저녁을 맞기 전에 숨을 고르는 중이다. 나는 책을 찾기 위해 지금 막 서점에 들어섰다.

나는 지난 며칠간 새 책을 한 권 사야겠다는 갑작스럽고도 막연한 충동에 휩싸였다. 시내에 있는 서점들 앞에서 걸음을 멈추고서서 수백수천 권의 책을 들여다보곤 했지만 내 충동을 채워줄 책은 단 한 권도 찾지 못했다. 사실 읽을 책이 없어서 그랬던 건 아니다. 내가 다시 읽을 작정으로 모아두었던 거실 서가의 책들은 물론이거니와 침대 머리맡에도 미처 읽지 못한 명작들이 산더미같이 쌓여 있으니 말이다. 왜인지는 알 수 없지만 나는 어느덧 다음 책을 미친 듯이 갈구하고 있었다. 이 갈증을 더 깊이 분석해 들어갈 생각은 없다. 나를 일생 동안 괴롭혀왔던 책 욕심 앞에서는 애저녁에 두 손을 들었기 때문이다. 나는 이 병이 어떤 경로를 거쳐 새 책 사냥을 하게 하는지를 훤히 꿰뚫고 있다.

비 내리는 오후에 아내와 딸은 외출을 하고, 나는 족히 한나절의 여유가 생긴 참이었다. 묘한 얘기긴 하지만, '시간 죽이기'란 말이 시간을 되돌리고 늘리고 재생해낸다는 의미라고 할 때, 실상 그 말은 시간을 꽉 붙잡는다는 뜻이다. 늘어난 시간을 즐기기에 서점만큼 안성맞춤인 장소가 또 어디 있겠는가. 나는 우리 동네 서점으로 불쑥 발걸음을 돌렸다. 지난 사흘 동안 이미 두 차례나 들렀던 곳이지만, 한 번 더 돌아보는 것도 나쁘지 않을 것 같았다. 그래봤자 1시간 남짓일 테니, 정말이지 아무런 문제가 되지 않을 것이다. 나는 뭐가 됐든 책 한 권을 사 들고 집으로 향할 것이며, 집에서는 또 푹신한 녹색 안락의자가 주는 완벽한 고독 속에 파묻혀 시간을 보낼 참이었다.

나는 새로 입고된 양장본 책들이 차곡차곡 쌓인 서점 정면의 서가와 페이퍼백 신간이 꽂힌 벽을 지나 잡지매대를 한 바퀴 돌아보고는 서점 사이로 난 통로를 따라 돌아다닌다. 어제 아침에도 여기 왔지만, 못 보던 신간이 들어와 있다. 오늘은 특별히 눈에 띄는 신간이 없긴 해도, 몇몇 책들에 다시 한번 눈길을 주는 일만으로도 충분히 즐겁다. 컴퍼스의 역사를 다룬 책은 대체 어떤 내용을 담고 있을까 궁금해하거나 어느 소설의 표지를 장식한 달 사진에 감탄해 마지않으며, 이 모든 책의 양감과 미감을 만끽하는 것이다. 내리는 비 때문인가. 나는 은밀한 기분에 젖어 비좁은 협곡처럼 밀실공포가 감도는 소설 코너로 이끌린다.

다른 고객들은 뭔가 하나 골라잡았다는 듯이 해당 서가에 공평하게 자리를 차지하고 서 있다. 하나같이 책 한 권을 손에 들고서 말이다. 책장을 펼쳐 본문을 들여다보는 사람이 있는가 하면 뒤표지 문구만 훑어보고 있는 사람도 있다. 나는 주변 서가를 두리번거리다가 검은색 정장을 빼입고 카우보이모자를 깊숙이 눌러 쓴 노신사를 대번에 알아봤다. 긴 머리를 뒤쪽으로 가늘게 땋아 내리고 시인 월트 휘트먼처럼 잿빛 턱수염을 길렀다. 그는 장식이 세련된 접이식 은지팡이를 짚고 다니는데, 오늘은 신화 관련 서가 맨 위쪽 선반에 꽂힌 책 몇 권을 골라 책장을 넘기며 부지런히 내용을 파악하는 중이다.

나는 어깨 너머로 남의 책 훔쳐보는 데 꽤나 일가견이 있는 사람이어서, 나와는 고갯짓으로 인사를 주고받는 사이가 돼버린 이 노신사가 평소에 싸구려 공상과학 소설이나 그리스 로마 신화의 원전들을 즐겨 읽는다는 사실을 알게 되었다. 버스를 타고 가는데 누군가 어깨 너머로 내 읽을거리를 자꾸 훔쳐본다거나, 카페에서 녹서에 빠져 있는데 누군가 내 책 표지에 쓰여 있는 내용을 알아내려고 한다면 솔직히 신경이 거슬릴 것이다. 하지만 그렇게 우연히 눈에 띈 책을 이러쿵저러쿵 평하려는 의도는 전혀 없다. 남의 책을 흘깃거리는 습성은 순전히 호기심의 발로인데, 얼마간은 이기적인 마음에서 우러나온 것이기도 하다. 혹시라도 지나가는 사람의 품속에서 내가 찾고 있던 책을 발견할 수도 있지 않은가.

나는 소설 코너로 발길을 돌려 신간과 베스트셀러를 전시해놓은 매대를 돌아본다. 그곳에서는 책 표지를 볼 수 있는데, 하나같이 눈을 즐겁게 하는 표지들이긴 하지만 딱히 나를 사로잡는 것은 없다. 나는 오른쪽으로 발길을 틀어 소설책과 이야기책이 등을 나란히 하고 촘촘히 들어찬 서가에 이르렀다. 하지만 이곳에서도 그닥 만족스럽지 않아 주춤거린다. 나는 17년 넘게 서점에서 근무했던 시절이나 그 전후로도, 서가가 있는 풍경이라면 지겹도록 익숙해서 더는 그 공간이 빚어내는 신비감이나 환상에 미혹될 일이 없어야 마땅하다. 하지만 나는 여전히 호기심을 주체 못하는 노예 신세임을 인정할 수밖에 없다. 그렇게 서가를 계속 뒤지다 맨 아래 선반에서 지난 며칠간 애타게 찾던 책 한 권을 발견한다.

그 책은 바로 안드레이 플라토노프Andrei Platonov의 단편집 『잔혹하고도 아름다운 세상The Fierce and Beautiful World』이다. 제목만으로도 충분히 매혹적이지만, 무엇보다 책 자체에서 풍기는 미감이 나를 매료시킨다. 플라토노프는 소비에트 공산정권에 대항하여 글을 썼던 용기 있는 러시아 작가이다. 시인이지만 소설을 여러 권 집필했으며, 생전에는 열렬한 추종자들을 거느리기도 했다. 편집자는 그의 단편들이 전체주의 국가에서의 삶을 통렬하게 풍자한 우화라고 설명한다. 내가 집어든 이 단편집(2차 세계대전이 일어나기 전에 쓰였다)은 초판본이 아니라 복간본인데, 그나마 서너 해 전에 출간된 것이었다. 『잔혹하고도 아름다운 세상』은 얇은 페이퍼백이지만, 만듦새가 꽤나 견실했다. 표지는 미래파의 구형 건축물이 담긴 흑백사진으로 우아하게 장식되어 있고, 밝은 적색과 하얀색 서체를 사용한 제목에는 보라색 박스를 쳐놓았다. 책등에도 같은 색을 사용했는데, 제목은 세련된 보라색과 적색을 써서 고급스러우면서도 심플했다. 나는 몸을 숙여서 맨 아래 선반에서 책을 꺼내 표지에 쌓인 먼지를 털어냈다. 그러고는 책이 손에 잘 맞는지 한번 쥐어본 다음 비로소 책장을 펼쳤다. 책에 사용한 내지는 두꺼운 크림색 종이였는데, 책장이 잘 넘어갔다. 면지는 페이퍼백치고는 이채롭게 색을 입혔으며, 표지와 마찬가지로 매력적인 보라 계열이었다. 나는 얼른 겨드랑이에 그 책을 꼈다. 구입 결정 완료.

원하는 책을 손에 넣었다고 해서 순순히 서점을 걸어 나올 수는 없는 법. 다른 손님들과 마찬가지로 이 아늑하고도 알찬 공간에 머물 수 있다는 사실이, 군중 속에서 홀로 될 수 있다는 사실이 행복하다.

책 욕심이 지나친 탐서주의자들이 그렇듯이, 나를 책과 서점에 미쳐 살 팔자로 이끌었음직한 계기 따위는 전혀 없다. 나는 캘리포니아 주의 산호세에서 성장기를 보냈다. 산호세는 샌프란시스코에서 남쪽으로 80킬로미터가량 떨어진 교외지대인데, 번화하긴 했지만 문학적인 아취와는 거리가 멀었다. 내가 고등학교에 다니던 1970년대 초만 해도 산호세에는 시티 라이츠와 셰익스피어 앤드 컴퍼니, 블랙웰스Blackwell's, 스트랜드Strand 같은 수준 높은 서점은 없었다. 그저 올망졸망한 작은 책방이 몇 있었을 뿐이다.

　나는 열다섯 살 때 『분노의 포도』란 소설을 발견하고부터 게걸스러운 독서가에 광적으로 책을 탐하는 젊은이가 되었다. 처음 몇 년간은 책방 분위기나 평판 따위엔 별로 신경 쓰지 않았다. 그저 서점이란 책들이 쌓여 있는 곳이겠거니 여겼을 뿐이다.

　새 책을 사고 싶을 때면 그 지역에서 가장 큰 쇼핑센터 지하에 자리잡은 B. 돌턴B. Dalton이란 서점이나 근처 스트립몰 후미에 움푹 들어가 있는 리틀 프로페서라는 서점으로 갔다. 나는 스타인벡의 보급형 문고판 책들과 존 치버, 존 업다이크, 커트 보네거트, 조지프 헬러, 존 바스, 도널드 바셀미, 토머스 핀천 등의 염가본들을 구입했다. 당시에는 특별한 목표나 일정도 없이 무턱대고 책을 읽었고, 싸구려 페이퍼백 뒷면에 적힌 광고 문구에 따라 다음에 읽을 책을 정했다.

매주 목요일 밤이면 나는 어머니를 따라 밸리 페어 몰로 갔다. 어머니가 미장원에서 머리를 손질하는 동안 나는 근처 백화점에 있는 서점을 돌아다니곤 했다. 바로 거기서 생전 처음 양장본이란 것을 구입했는데, 모던 라이브러리의 '사키 총서Complete Tales of Saki'였다. 사키에 대해서라면 그게 필명이라는 것(십대의 로망이 아닌가!) 빼고는 아는 게 없었지만 빨강, 파랑, 초록색 천에 싸인 현대 총서의 표지들이 너무 맘에 들었다. 사키 책은 2달러 95센트로 유사한 총서들 중에서는 제일 값이 쌌다. 1년 전 나는 이 서점에서 『매혹의 조련사, 뮤즈』라는 양장본을 형이 입던 해병대 야전 재킷의 커다란 주머니 속에 몰래 쑤셔 넣고 나왔다. 그렇지만 스타인벡을 알고 책 읽기의 즐거움과 감동을 느끼기 시작한 후로는 차마 책서리를 할 수가 없었다.

나는 가끔씩 겁도 없이 산호세의 어수선한 번화가로 발걸음을 돌려, 스테이트 칼리지 근처에 있는 동굴 같은 헌책방 골목의 미로를 더듬고 다니기도 했다. 내가 『플레이보이』 과월호 더미들 사이를 돌아 이 책에서 저 책으로 부지런히 눈길을 쉬가며 몇 시간씩 앉아 있어도 서점 직원은 모른 체해주었다.

이저럼 책빙이라면 시족을 못 쓰는 병은 가족여행중에도 나 홀로 떨어져 나와 책가게 탐색에 나설 정도로까지 깊어졌다. 그게 여행의 목적이라도 되는 양 말이다. 캘리포니아 주의 위성도시들,

그러니까 몬터레이, 샌프란시스코, 샌타바버라, 로스앤젤레스, 버클리에서 나는 우리 동네 서점과는 분위기가 확연히 다른 서점들을 만나게 되었다. 이들 서점에서는 책이 단순히 사고파는 상품으로만 대접받는 게 아니라, 책이며 그 책을 읽는 데 드는 시간에 대한 경외감이 풍겨났다. 이때가 1970년대였으므로, 그 같은 경외감은 어둡고 거친 널빤지를 댄 벽, 화분에 담긴 양치류 식물, 빛바랜 태피스트리 같은 장식품을 통해 더욱 두드러졌다. 고등학교에 다니던 마지막 두 해 동안 나는 업스타트 크로 앤드 컴퍼니Upstart Crow and Co. 서점과 커피숍이 우리 집에서 자전거 페달 한 번만 밟으면 닿는 곳에 문을 열었다는 사실조차 모르고 있었다. 나는 서점 순례를 감행해 그곳을 발견하고는 나도 모르게 날짜를 외우고 있었다.

업스타트 크로는 프룬야드에 있었는데 그건 신新에스파냐 식민지 양식으로 손질 된, 돈깨나 있는 사람들을 상대로 한 야외 몰이었다. 사방으로 펼쳐진 이 드넓은 2층 건물은 꽃들과 지붕을 씌운 보도, 타일 깐 분수대, 가짜 종탑, 테라코타 지붕 등으로 꾸며져 있었다. 프룬야드는 쇼핑을, 시간 나면 즐기는 산책이나 공휴일에 흥청망청 돈을 쓰는 짓거리 정도로 치부하게 만드는 곳인데, 추억에 남을 데이트 장소로는 그만한 데가 없다는 소문도 들려왔다. 내 경우에는 더더욱 보통 데이트가 아니었다. 나는 당시 셀린더라는 예쁘장한 여자애와 데이트를 하고 있었는데, 이 동굴처럼 괴이

하고 근사한 곳을 알게 된 후로는 십대의 냉정을 유지하기가 점점 더 어려워졌다.

다른 서적 소매상에 10년 앞서 있던 업스타트 크로 서점은, 뭐랄까 분위기(그들은 그걸 '아우라'라고 생각했을 게 틀림없다)만으로도 많은 사람을 유혹할 일종의 테마파크를 탄생시켰다. 서점에는 수입된 정기간행물과 장기판, 수많은 테이블과 안락의자가 비치되어 있었고, 영국 커피하우스의 전통을 되살려 우리 동네 최초로 에스프레소 바를 열었다.

이 커피숍과 서점의 벽면에는 그때까지 들어본 적은 없었지만 유명한 인물임에 틀림없을 작가들의 판화와 사진 들이 빼곡히 걸려 있었다. 제프리 초서, 러드야드 키플링, 버지니아 울프, 이디스 싯웰Edith Sitwell, 그레이엄 그린, E.M 포스터(사진 속에서는 빅토리아 여왕처럼 여장을 하고 있었다) 등 대부분 영국 작가들이었다. 꼬리표에 작가 이름이 타이핑되어 있었는데, 나는 그들을 기억하기 위해 이 이름들을 큰 소리로 중얼거렸다. 역사가 일천한 캘리포니아에서 자란 나에게 이 서점은 옛 유산이 간직한 중후한 느낌을 선사했다. 그렇지만 나를 가장 감동시킨 것은 이 유명한 작가들이 생생히 살아 있다는 점이었다. 그 사진들은 그저 장식용이 아니었으니, 그들의 책은 서점 진열대를 가득 채우고 있었던 것이다.

서점 이름은 직관적으로 과거에 연결돼 있다는 느낌을 갖게 하기에 충분했다. 업스타트 크로는 셰익스피어를 일컫는 말인데,

그의 비약적인 출세를 시기했던 동시대인 로버트 그린Robert Greene이 경멸조로 붙여준 별명이다. 그는 이렇게 썼다.

그러나 믿지는 말지어다. 여기 벼락출세한 까마귀가 한 마리 있으니, 배우의 가면에 호랑이의 마음을 지닌 채 아름다운 깃털로 제 몸을 장식하고는 자신만이 세상을 뒤흔들 장면을 내놓을 수 있다고, 누구 못지않게 빼어난 무운시를 뽐낼 수 있다고 자신하네.

이 인용문은 레너드 배스킨의 까마귀 그림과 함께 서점 장서표에 새겨져 있었다. 나는 알고 있었다. 세상엔 고등학교 선생님도 아니면서 셰익스피어와 책과 글쓰기의 중요성을 이해하는 어른들이 있다는 증거가 여기 있음을.

나는 그 장서표 가운데 하나를 크로 서점에서 얻은 다른 물건들과 함께 지금껏 간직해오고 있다. 그중 등이 높은 캡틴 의자와 흰색 머그잔은 서점에서 4년간 행복한 시간을 보낸 뒤 슬쩍 들고 나온 것이다. 그러나 내 어깨에 딱 들어맞는 끈이 달린 오렌지색 가방은 다른 물건들과 함께 잃어버렸다.

나를 사로잡은 것은 분위기뿐만이 아니었다. 그곳엔 표지 사진이 귀엽고 값도 저렴한 고양이 책 코너가 따로 있었고, 자기계발서와 로맨스 소설은 물론이고 그 밖의 책들을 모아 가지런히 진열해놓은 서가들도 있었다. 다른 서점에서는 내가 찾던 책들이 항상 찾기 힘든 구석이나 지하층으로 쫓겨나 쑤셔 박혀 있었으나 여기서는 모든 책이 후한 대접을 받았다.

『긴 골짜기*The Long Valley*』는 내가 좋아하는 스타인벡의 작품인데 나는 작은 문고본을 갖고 있었다. 업스타트 크로가 내놓은 책은 바이킹 컴퍼스Viking Compass 판으로, 아름다운 캘리그래피와 진지한 표현주의 그림으로 장정된 대형 페이퍼백이었다. 나는 첫 페이지를 다 읽기도 전에 그 이야기의 마력에 빠져들었다.

셀린더와 나는 카페 미트 슐락Café Mit Schlag을 홀짝이며 커피바에 앉았다. 카페 미트 슐락은 이름 때문에 주문해봤는데 고맙게도 생크림 거품으로 장식을 해서 가져왔다. 그날 밤, 나는 바를 나오면서『긴 골짜기』의 값을 치르고 더불어 입사원서도 청구했다.

서점이 내가 원하는 만큼 죽치고 있을 수 있는 곳, 돈을 쓰기보다는 시간을 보내는 데 더 적합한 장소라는 점은 정말 다행스러웠다. 내 노력이 부족했던 것도 아닌데 업스타트 크로가 2년 가까이나 채용해주지 않았기 때문이다. 나는 끈질기게 매달리면 되지 않을까 싶어서 매주 그곳에 가 있었으며, 문학 지식 테스트에 세 차례나 응시했다. 첫 테스트 때는 단 한 문제만을 놓쳤다.

'도나 마이라크Dona Meilach는 어떤 장르의 책을 쓰는가? 답: 미

술과 공예'

　서점 매니저인 샬럿은 늘 친절하고 우호적이었지만 고등학생을 채용하는 데는 얼마간 경계심을 갖고 있었다. 내가 대학에 입학하던 해 여름 샬럿은 선반에 책 얹는 일을 도와달라며 나를 불렀는데, 그럴싸하게 허풍을 떠는 내 모습에 급기야는 넌더리를 내고 말았다. 나는 거기서 정규직 일자리를 얻을 수 있으리라는 걸 조금도 의심하지 않았기에 세븐 일레븐 슬러피(세븐 일레븐에서 만든 탄산음료—옮긴이) 자키로 잘나가던 경력을 미련 없이 내던져버렸다.

　크로에 입사한 첫째 주에, 나는 주야장천 선반 위에 펭귄 문고본 상자들을 쌓아 올리는 일만 했다. 처음엔 초록, 검정, 오렌지색 책들을 겨우 몇 권씩밖에 나르지 못하다가 얼마 안 가 한 번에 20~30권씩을 부릴 수 있게 되었고, 곧 모든 책이 주제별로 분류되어 알파벳 순서에 따라 정확히 정리되었다. 책들이 순서대로 묵직하게 정렬돼 있는 모습을 보거나 그때까지 몰랐던 수많은 저자와 작품 들을 접할 때면 짜릿한 전율을 느꼈다. 아마도 그때가 살아생전 이 모든 책을 읽을 시간은 없으리라는 사실을 깊이 깨달은 순간이었는지도 모르겠다. 취직을 하고 맞은 첫 주말에 새 양장본 매대를 지나치는데, 책 한 권이 내 발걸음을 멈춰 세웠다. 존 스타인벡의 『아서 왕과 고결한 기사들의 행적 *The Acts of King Arthur and His Noble Knights*』이었는데 그의 유작으로 최근에 출판된 것이었다.

표지는 채색 사본을 본떴고 페이지 앞쪽 모서리 부분은 다듬어지지 않은 채 조금 거친 느낌을 주었으며 표지 하단에는 고동색 천이 씌워져 있어 소박하기 이를 데 없었다. 나는 세상에 나온 스타인벡의 책이란 책은 다 읽었고, 또 그 책들이 다루는 주제에 관해서도 웬만큼은 알고 있었기에 그런 책이 내 앞에 나타나리라고는 예상 못했다. 한 부도 아니고 다섯 부나! 샬럿은 그 책을 사지 말라고 나를 꼬드겼다. 아직도 5시간은 너끈히 해야 할 일이 남아 있었기 때문이다. 동료 점원인 그레타 레이가 손바닥으로 그 책을 어루만져보더니 "책이 정말 아름답다, 그렇지?" 하고 속삭였다. 물론 그녀의 말대로 아름다웠다. 나는 결국 그 책을 손에 넣고 말았다.

나는 멋지다고밖에는 표현할 길이 없는 일거리를 찾아냈다는 것을 알았다. 마치 살기 안성맞춤인 도시를 찾아낸 것만 같았다. 서점으로 나를 이끈 게 무엇이었는지는 몇 년이 지난 지금도 딱히 표현할 수가 없다. 하지만 그 느낌을 제대로 설명할 수 없다고 해서 내게 육박해오던 그 힘이 덜해지는 건 물론 아니다. 각설하고, 책은 아이디어와 상상에 살을 덧입혀 풍성하게 한다. 또한 시점은 우리의 살진 자아가 터 잡고 사는 도시이고.

그날 배송된 마지막 책더미를 선반 위에 부리는 동안 책들은 불 밝힌 도시의 유리창 같아 보였고, 표지 사이에 웅크린 생물체들의 매혹적인 눈길 같아 보이기도 했다. 이건 단순한 상품의 차원을 넘어서는, 실체 없이 막연한 감각으로 얻는 기쁨과 쾌락이었다. 이 도시의 거리를 거니는 손님과 점원 들은 내 동지처럼 느껴졌다. 그들은 모두 책에 담긴 이야기처럼, 흔하면서도 귀한 존재 같았다.

저물녘에 책방을 나오면서 나는 그레타에게 밤 인사를 건넸다. 그녀는 커다란 유리창을 마주보고 있는 길쭉한 계산대에 앉아 있었다. 창밖으로는 도로와 주차장이 내다 보였다. 그녀는 스타인벡의 '아서 왕'을 한 번 더 보자고 하더니 속삭이듯 말했다.

"끝내주는군. 정말 예쁜 책이다."

우리는 그곳에 선 채로 오랫동안 이야기를 나누었다.

그레타는 매번 놀라움을 안겨주는 여자였다. 살아생전 만나보기 어려운 유형의 인간임에 분명했다. 2차대전 끝물에 태어나 우리 어머니와 나이가 비슷했지만, 그녀는 내 경험으로 어쭙잖게 그려볼 수 있는 주부상과는 거리가 멀었다. 1976년 당시에 나는 그레타를 히피라고 부르곤 했는데, 물론 그건 좋은 뜻에서였다. 하지만 히피보다는 보헤미안이 차라리 나았을 것이다. 나는 전통적인 노동자계급 가정에서 성장했다. 그런데 그레타는 오로지 책 속에서나 가능할 법한 독특한 삶을 살아온 사람이다.

그녀의 짧은 머리카락은 삐죽삐죽 뻗쳐 있었고, 얼굴빛은 붉었다. 토착 인디언처럼 각이 진 얼굴은 아름다웠다. 두 눈은 바닷빛에 가까운 푸른색을 띠었다. 그녀는 북부 캘리포니아에서나 볼 수 있는 골수 히피 복장을 하고 다녔다. 때로는 헝겊을 댄 청바지에 농부들이 입는 작업복을 즐겼다. 그녀는 또 남편이 전전前戰 오스트레일리아 병영에서 자기를 위해 만들었다는 펑키 스타일의 은세공 목걸이를 걸고 다녔다. 그녀의 남편 잭은 논리학 교수에 작가, 화가, 플루트 연주가이니 실로 만능인이었다. 두 사람은 1940년대 후반에 로스앤젤레스 해변에서 처음 만났다고 한다. 재즈와 스포츠카에 열광하는 매력적인 젊은이로 말이다. 1950년대에 마리화나를 피웠고 일찍부터 베트남전쟁에 반대하며 목청을 높였다. 그들은 보브 딜런이 무대에서 감전사로 쓰러지는 현장을 지켜보았다는 사실을 오래도록 감격스러워했다. 두 사람의 아이들은 '개벽'이라는 대안학교에 다니고 있었다. 그들의 집에는 유화가 여러 점 걸려 있었는데 그중에는 잭이 직접 그린 〈논리학자들의 춤사위〉란 작품도 있었다. 그레타는 킹크스The Kinks야말로 세상에서 가장 훌륭한 록밴드라고 생각하고 있었다.

그레타는 그때까지 내가 만나본 사람들 중에서는 가장 아는 게 많고 책을 많이 읽은 사람이었다. 아이들을 기르고, 남편이 논문을 쓸 때 편집하는 일을 돕는 한편 서점에 나가 일을 했다. 그녀가 일을 시작한 때는 1949년으로, 캘리포니아 주 롱비치에 있는 버푼 백화점에서였다. 원래는 거리 맞은편에 있는 음반가게에서 근무하고 있었는데, 버푼 백화점 지하 도서대여점을 하도 자주 드나들다보니 대여점 사람들이 아예 일자리를 내주기에 이른 것이다. 그녀는 스미스 에이커스 오브 북스, 아이오와 북 앤드 서플라이, 키츠 같은 서점을 거쳐, 그후에는 프린터스 서점Printers Inc.에서도 일했다. 내가 그녀를 만났을 때는 업스타트 크로로 직장을 옮겨 5년 동안이나 근무하고 있었다.

내가 서점 고객일 때는 그레타와 이야기를 나눌 기회가 기껏해야 두서너 차례에 지나지 않았다. 대학 신입생 시절에 나는 그때까지 전혀 알려지지 않았던 무명작가 레이먼드 카버의 첫 소설집을 발견했다. 나는 학교 도서관에서 『제발 조용히 좀 해요』라는 소설집을 빌려 단숨에 읽어버렸다. 그런데 겨울방학 내내 산호세 일대를 뒤지고 다녔지만 어디서도 그 책을 구할 수 없었고, 결국 그레타에게 특별 주문을 부탁했다. 그녀는 그 책을 잘 알고 있었을 뿐만 아니라, 내심 다른 사람은 알지도 못할 거라고 건방을 떨던 나를 무안하게 할 만큼 카버에 대해 소상히 설명해주었던 것이다.

크로에서 나는 서가를 정리하는 일을 거치면서 머릿속에 수천 개의 신간 제목과 저자 이름을 저장해놓을 수 있게 되었다. 그리하여 정식 교대조로 편입되어 그레타와 더 많은 시간을 함께 보내기 시작했다. 그녀는 나에게 금전등록기며 재고처리 시스템, 고객 서비스와 특별 주문, 테이블을 진열하거나 서가를 채우는 방법 등을 꼼꼼히 가르쳐주었다. 그레타가 가르쳐준 내용은 점원들을 위한 업무 매뉴얼에는 기재되어 있지 않은 것들이었다.

처음 몇 해 동안 그레타와 나는 밤 근무조로 일했다. 그건 정말이지 전혀 다른 세상의 일 같았다. 우리는 오후 4시면 서점에 도착해서 영업 마감 시간까지 일하고, 매장 청소를 마친 뒤에 자정이 가까워서야 퇴근을 할 수 있었다. 책을 주문하고 배송되어온 책들을 선반에 올리는 일은 대부분 낮 근무조가 해놓고 가기 때문에, 밤 근무조가 할 일이란 그저 서점 문을 열어놓고 조용히 책이나 파는 것이었다. 서둘러 처리할 일이 생길 리도 만무하니 우리는 서점이란 공간을 꽤 여유롭게 즐길 수 있는 셈이었다.

커피바는 환하게 불이 밝혀진 책방 뒤편에 있었고, 그 뒤에 좀더 어둑한 동굴처럼 보이는 공간이 커피숍이었다. 나는 늘 일을 일찍 끝내버리고는 바 뒤쪽으로 뛰어 들어가 수마트라 한 잔을 마시면서 바리스타나 비슷한 또래의 학생들과 이야기를 나누곤 했다. 물론 비슷한 또래라고는 하지만 그들은 서점 직원들보다는 대체로 더 튀는 외양을 하고 있게 마련이었다. 나는 바에서 몇몇 단골들과 잡담을 나누다가도 혹시 누가 와 있는 건 아닌가 하여 커피숍 안쪽으로 슬쩍슬쩍 눈길을 던지곤 했다. 수많은 사람이 한번

발을 들이기 시작하면 단골이 되어 몇 달이고 몇 년이고 하루도 빠짐없이 이곳에 왔다. 아예 지정된 시간에 와서 몇 시간씩 죽치고 있곤 했는데, 우리는 그들과 매일 이야기를 나누면서도 이름조차 모르는 경우가 허다했다. 이 무렵 단골 중의 단골로 인정받았던 사람이 바로 졸탄이었다. 겉보기에는 남에게 손 내밀지 않아도 될 만큼 재산이 제법 돼 보이는 서른 살 즈음의 남자였는데 커피숍에서 족히 예닐곱 시간을 죽치고 지냈다. 그는 두꺼운 바인더에 비밀노트를 끼워놓은 채로 날씨 따위보다는 묵직한 사회철학 분야의 주제를 토론하는 데 재미를 붙인 듯했다. 졸탄은 10년 후 크로 서점이 문을 닫게 되었던 순간까지도 매일 그곳에서 정물처럼 자리를 지키고 앉아 있었다. 지금은 그가 제집 같은 새 보금자리를 찾아냈으리라고 짐작이나 할 뿐이다.

오다가다 불쑥 들른 사람이나 반쯤 단골이 된 손님들도 적지 않았는데 그들은 모두 높직한 의자가 딸린 목재 테이블에 자리를 잡았다. 희미한 불빛들, 펼쳐진 채로 수북이 쌓인 책과 신문 들이 어우러져 분위기가 나른해졌다. 서점과 커피숍은 타고난 동지요 동맹자라고 할 만했다. 어느 쪽에서건 시간은 무한정 천천히 흘러가고 있었다.

저녁때면 그레타는 카운터의 높은 의자에 올라앉은 채로 자기 몫의 커피를 홀짝거리며 줄담배를 피워댔다. 그러면서 손바닥만 한 양식 하나 제대로 작성하지 못하는 고객이란 작자들의 무능력을 비웃으며 특별 주문서를 작성하고는 했다. 그럴 때면 우리는 집에서 가져온 음반을 틀었다. 그레타는 먼저 나를 끌고 가 재즈 목록을 쫙 훑게 했는데 나는 마일스 데이비스니 콜트레인, 버드 같은 대가들의 음악을 그때 처음 들었다. 우리는 몇몇 고객들을 전화로 불러내거나 서점으로 걸려오는 전화를 받기도 하면서 고요히 가라앉은 그 시간을 즐겼다.

커피를 다 마시고 나면 나는 서점을 정리정돈하기 위해 구석구석을 돌아다녔다. 허드렛일은 찾기로 들면 끝없이 나왔다. 시시포스는 그런 반복노동을 천형으로 받았으니 얼마나 끔찍했을까. 저녁에 손님이 몰려들기 시작할 때나 돼야 서점은 다소곳이 정돈이 되었다. 하지만 금세 난장판이 될 게 틀림없었다.

정리를 마치고 나면 책을 찾으러 온 사람들을 도와주어야 한다. 그래봤자 간단한 안내가 전부지만. 대개 고객들은 정확한 정보를 들고 오기 때문에 적당한 서가와 알파벳 순서로 분류된 매대까지 인도해주기만 하면 되었다. 때로 그들이 요청한 책 제목을 찾아낸다는 게 마치 유물 하나로 고대 종교의 실체를 짜맞추는 일처럼 어려울 때도 있었다. 로저 더 소서러Roger the Sorcerer가 로제츠 시소러스Roget's Thesaurus(영어 분류사전. 피터 로젯이 영어의 어휘를 내용별로 분류하어 관련이를 표시한 사전을 만들어 시소러스라는 이름을 붙인 이래, 그러한 사전을 시소러스라고 일컫게 되었다—옮긴이)의 암호라는 걸 어찌 짐작이나 할 수 있겠는가?

아무리 먼 길을 돌아간다 해도 꼭 필요한 사람의 손에 책을 쥐여주면 늘 만족감을 느끼게 된다. 그러나 책을 팔 때 느끼는 진정한 감동은, 순순히 점원의 추천을 받아들이는 사람의 손에 꼭 필요한 책을 안겨주는 데서 온다. 이름이 매혹적이어서 그랬는지 나는 지금까지도 빅토리아 맥킬브라그라는 여자를 기억한다. 그녀는 내가 책으로 놀라움을 안겨주었던 첫 고객이었다. 언제나 어린 아들을 데리고 갈색 레인코트 차림으로 서점에 왔다는 사실을 빼면 지금 그 여자에 대해 기억하고 있는 것은 별로 없다. 처음 만났을 때 그녀는 지금껏 쓰레기 같은 베스트셀러 따위만을 읽어왔다면서, 책 읽는 걸 좋아하긴 하지만 이제는 좀 새로운 것을 읽고 싶다고 했다. 진정한 여자에 대해 쓴 책 말이다. 나는 그녀를 소설 매장으로 데려가 유도라 웰티Eudora Welty가 쓴 『낙천주의자의 딸 The Optimist's Daughter』을 건네주었다. 맥킬브라그 부인은 조금 회의적인 눈길로 그 책을 바라보았지만 결국 내 권유를 받아들였다. 그러더니 다음주에 다시 와서는 제발 웰티 여사의 책을 더 추천해달라고 조르는 바람에 나도 신경을 써서 또다시 무슨 책인가를 추천해주었다.

손님들이 몰려와 한바탕 북적댄 후에 그레타와 나는 1시간 넘게 선반에 책 없는 작업을 한 다음 11시에 서점 문을 닫았다. 그러고 나서 그날 수입을 정산하곤 했는데, 그러기 전에 우리는 기분 좋게 맥주 한 잔씩을 걸치곤 했다. 마지막으로 우리는 닐 영이나 제네시스, 아니면 그 주에 발견한 앨범이란 앨범은 전부 가져다 틀어놓고 시끄러운 음악 속에서 보란 듯 악을 쓰며 청소를 했다.

근무를 시작한 지 며칠 지나지 않은 어느 날 밤이었다. 서점 문을 닫은 뒤 스탄 게츠의 음반을 듣고 있었는데 그레타가 나에게 책 세 권을 선물하면서 엄숙한 말투로 이렇게 말했다.

"이봐 루이스, 잘 들어. 내가 주는 이 책들은 반드시 다 읽어야 해. 그 안에 세상의 모든 진리가 들어 있거든."

그녀가 준 책은 윌리엄 포크너의 『음향과 분노』 『E.B. 화이트 수필집 The Essays of E. B. White』, 모리스 센닥Maurice Sendak의 『히글티 피글티 팝 Higglety Piggelty Pop』이었다. 그레타의 말처럼 완전히 새로운 세계가 내게 문을 열어주었다. 30년이 지난 지금도 나는 여전히 이 작가들의 글을 읽는다. 그들이 펼쳐 보이는 세계는 변함없이 나를 감동시킨다.

그녀는 그 책들을 가리키며 이렇게 말하는 것이었다.

"그냥 바라보기만 해도 좋아. 책들이 정말 멋지잖니."

커피숍이 문을 닫고 주차장이 추위 때문에 온통 툰드라 지대로 변했어도, 그레타와 나는 새로 들어온 음반을 매대에 쌓거나 책을 들고 이 매대에서 저 매대로 뛰어다니며 밤늦게까지 신이 나서 일할 때가 많았다. 우리는 그곳에서 근무한다는 게, 그것도 책더미 한가운데서 함께 있을 수 있다는 사실이 너무나 행복했다.

우리가 그날 밤 처음 시작한 대화는 30년이 지난 지금까지도 이어져오고 있다. 팔로알토Palo Alto에서, 그레타와 나는 업스타트 크로에서 4년, 프린터스에서 6년을, 그것도 일주일에 40시간씩을 함께 일했다. 그녀는 그 동안 나의 교육과정이며 첫 번째 결혼과 이혼, 이혼 후에 온 혼란과 두 번째 결혼, 내 딸의 출생 등을 빠짐 없이 지켜보았다. 내 인생에 중대한 위기가 닥칠 때마다 나는 거실 소파나 마룻바닥에서 새우잠을 자면서 그레타와 그 가족들과 함께 지내곤 했다. 우리는 그렇게 저세상으로 먼저 간 그녀의 남편, 그녀가 가장 사랑하고 아끼던 친구, 그녀의 막내아들을 애도했다. 그녀와 나의 우정은 우리의 책 사랑보다 더 진했지만, 책에 대한 극진한 애정이야말로 늘 우리 관계의 중심을 차지했다. 책과 일상 사이에서 어떤 경계를 발견한다는 건 우리 두 사람에게는 있을 수 없는 일이다. 요즘음엔 1년에 여섯 차례밖에 못 만나지만, 일주일에 한두 번씩은 꼭 전화를 걸어 이런저런 정담을 나눈다. 그레타가 전화를 걸어오는 시간은 언제나 아침나절인데, 그때마다 그녀는 흥분으로 숨이 다 넘어갈 듯하다.

"당신, 그 책 읽었어?"

그날 밤 그리고 그 이후, 그레타가 내게 얘기해주려 했던 것은 책은 언제나 옳기 때문에 우리는 결코 외롭지 않다는 것이다.

나의 독서 편력—누구나 할 수 있는 이야기

다음 빈칸을 채우시오.

_____라는 소설을 만났을 때 나는 _____살이었다.

그리고 나서 6개월 안에 나는 _____라는 작가가 쓴 다른 소설늘을 모조리 읽이 치웠다.

내 경우에 빈칸에 들어갈 말은 각각 『분노의 포도』, 열다섯, 존 스타인벡이다.

나의 독서 편력

-누구나 할 수 있는 이야기

처음부터 책 파는 사람이 되겠다고 말하는 아이는 없다. 책이라면 사족을 못 쓰는 병에 걸리기 전만 해도 나에게는 우주비행사, 심해 다이버, 천문학자, 풋볼 선수, 미 해병대 하사관, 코미디언, 록 스타 등 장래 희망사항이 수도 없이 많았다. 서적판매업자라는 직업 하면, 한 손으로는 고양이를 쓰다듬거나 차를 마시면서 제인 오스틴의 멋진 소설책 한 권을 끼고 높은 의자에 나른하게 앉아 있는 모습을 상상할지 몰라도, 사실 이 일이 그렇게 매혹적이거나 영웅적일 수는 없다. 다행인지 불행인지 우리는 생이 우리를 어디로 데려갈지 전혀 알지 못한다.

알지도 못하는 사이에 살그머니 내 인생을 바꿔놓을 수도 있는 중대한 순간들이 찾아왔지만, 지난날을 돌이켜보면 언제나 내 운명을 지시해주던 표지판이 있었던 듯하다. 열두 살 때 접했던 비틀스의 〈애비 로드Abbey Road〉는 엄청난 커브볼 같았다. 그 소리는 어디에서 온 것일까? 어떻게 만들어졌을까? 불과 일주일 전만 해도 나는 보비 골즈보로의 감상적인 발라드인 〈허니Honey〉를 더없이 자극적인 노래로 알고 있지 않았는가? 그런데 〈애비 로드〉를 접한 뒤로 세상을 바라보는 나의 눈과 태도가 완전히 바뀌어버린 것이다. 잘 가라, 축구선수, 반갑다, 록스타여. 그러나 내가 언어의 힘을 발견하고 책을 읽어야겠다는 강한 충동에 사로잡힌 것은 고등학교 2학년 때 독후감을 써낸 뒤의 일이었다. 어쩌면 비틀스가 세상을 상상하는 문을 일찌감치 열어줌으로써 어떻게든 스타인벡을 맞을 준비를 하게 한 건 아닐까?

업스타트 크로에서 일하기 시작했을 때 나는 스스로도 놀랄 만큼 엄청난 열정으로 책을 팔았다. 이건 학생들의 아르바이트가 아니라 내 일생을 건 천직이 될 터였다. 나는 마치 주님의 기름부음, 하늘의 소명이라도 받은 것처럼 내 선택이 신비롭기만 했다.

여러 해가 지나 나는 불현듯 스쳐간 기억을 통해 그 열정의 또 다른 뿌리를 발견할 수 있었다. 초등학교 다닐 때 가장 즐거웠던 일은 지방 학교에 무료로 배포되던 스콜라스틱Scholastic 출판사의 『위클리 리더Weekly Reader』를 구독한 일이었다. 그 주간지는 시사, 스포츠, 자연 분야의 짤막한 기사와 함께 가벼운 유머와 퍼즐, 만화 따위를 싣고 있었다. 나는 『위클리 리더』를 통해 독서의 즐거움을 만끽할 수 있었다. 최고의 기쁨은 뭐니 뭐니 해도 그 신문에 붙어 있는 출판사 카탈로그를 보고 맘에 드는 책들을 주문해서 받아보는 일이었다. 이 카탈로그는 신문에 딸려오는 네 페이지짜리 부록으로, 책 표지사진들을 넣어 2도 인쇄를 한 것이었다. 『위클리 리더』가 나오는 날이면 나는 독서 수업 시간을, 그러니까 선생님은 거의 잠들어 있다시피 하고, 꿈속을 헤매는 듯한 스물두 개의 머리가 책 위에서 방아를 찧는 나른한 오후의 대부분을 이 카탈로그를 훑어보며 보냈다. 빼어난 표지 그림에 넋을 잃고 마법과 미스터리, 전쟁을 예고하는 제목들을 호기심에 휩싸여 찾아보는 일 말이다. 나는 먼저 카탈로그를 전체적으로 한번 훑어본 뒤, 첫 페이지로 돌아와 이 책을 살까 저 책을 살까 저울질하며 각 도서의 요약 글을 천천히 읽어나갔다.

그날 저녁식사 시간까지 나는 25센트와 35센트 예산 안에서 서너 권의 책을 선택해야 했다. 35센트짜리는 책이 두껍기 때문에 값도 더 비싼 거라고 했다. 나는 착오가 없도록 주문 신청서에 가장 굵은 서체로 체크를 하고, 점선 아랫부분을 잘라 부모님의 도움으로 일일이 세어두었던 동전들과 함께 봉투에 넣곤 했다. 다음날 그 주문서를 선생님 책상에 올려놓고는 그때부터 하염없이 책이 도착하기를 기다리는 것이다. 나는 오래도록 기다리고 또 기다렸다. 아홉 살짜리 소년에게는 책이 당도하기까지의 4~6주라는 시간이 영겁만큼이나 길게 느껴지는 법이다.

마침내 책들이 도착했다. 모든 일이 마치 계획적으로 진행되는 것만 같았다. 내가 책에 대한 생각을 깜박할 때쯤이 되면 누군가 그때에 맞춰 책이 도착하게 해놓은 게 틀림없었다. 내가 교실 창밖으로 잠시 고개를 돌려 풀밭 위의 살찐 개똥지빠귀를 내다보다가 다시 돌아보면 선생님 책상 위에는 어느새 커다란 박스 하나가 도착해 있는 것이다. 선생님은 가위 날로 포장용 테이프를 죽 가른 다음, 주문서 양식과 함께 고무밴드에 묶인 책 뭉치를 끄집어냈다. 마침내 책 뭉치가 박스 밖으로 나오면 얇고 산뜻한 모습의 페이퍼백과 그것이 풍기는 나무 냄새, 그리고 광택이 흐르는 표지에 싸인 『레이더 특공대』『달빛 살인』『해저의 미스터리』『그랜드 캐니언의 브라이티』『대장을 따라가자』『친코티그의 명마 미스티』에 둘러싸여 그날 오후는 꿈처럼 흘려보내기 마련이었다. 이런 날은 책을 들춰보는 일도 별로 없었다. 그저 바라만 봐도 마냥 행복했던 것이다. 마지막 종이 울리면 나는 뒤도 돌아보지 않고 집으로 냅다 뛰어가곤 했다.

업스타트 크로에서, 그리고 그후에 취직했던 다른 서점에서도 나는 책이 든 상자가 도착한다든지, 그 상자에서 쏟아져 나올 책들만 생각하면 감격에 겨워 몸을 떨었다. 지겹다는 생각을 한 적은 한 번도 없었다. 요즘도 서점에 가면 복도에 늘어선 책상자들 쪽으로 저도 모르게 끌려들어가 '어이, 일손이 필요하지 않소?' 하고 소리를 지르기 일쑤다. 이 억제할 수 없는 충동은 『위클리 리더』와 바브 선생님이 담임을 맡았던 초등학교 4학년 교실, 그리고 오후 시간을 서서히 육박해오던 경탄의 느낌에 맞닿아 있다.

내 딸 또한 학교에서 똑같은 카탈로그를 한 번에 일고여덟 개씩 받아오는데, 카탈로그마다 독서 수준이 다르다. 딸애와 나는 몇 시간에 걸쳐 1차 후보를 골라낸 다음 고심 끝에 가장 굵은 엑스 자 표시를 해 넣을 마지막 책을 결정한다. 선생님들이 아이들 앞에서 책상자를 열지 않고, 학생용 보관함에서 주문한 책을 확인할 수 있다니 안심이다. 나는 이 재빠른 손재주가 서적판매업자의 가난한 생활에서 딸아이를 구해줄 수 있기를 바란다.

내가 처음으로 독서의 필요성을 느꼈을 때, 그건 마치 내 삶에 끼어든 갑작스러운 사고, 그러니까 오래도록 나를 쩔쩔 매게 만든 사고와도 같았다. 나는 내 자신이 우리 식구들과는 뭔가 다른 사람이라고 믿었다. 그들보다는 더 잘났다고 생각했던 것이다. 남들처럼, 비루한 어느 집시 가정에서 다시 되돌아갈 수 있다는 조건으로 입양돼 왔거나 팔려 온 신세이기를 바랐고 때로는 그렇게 해달라고 기도까지 올렸다.

그레타와 내가 처음으로 함께 근무를 시작했을 때, 나는 대학 2학년에 재학중이었다. 그 무렵 나는 가족들 중에 하필이면 내가, 뭐랄까…… 이게 마땅한 표현인지는 모르겠지만, 어떻게 그나마 좀 나은 사람이 되었는지 의문스러웠다. 나는 그레타에게 '우리 부모님은 문학책 같은 수준 높은 책은 읽어보신 적이 없는 분들이세요'라고 얘기하곤 했다. 내가 책깨나 읽는답시고 점점 더 고상을 떨고 아는 체를 해대자, 마침내 그레타의 비위가 상하고 말았다. 어느 날 그녀가 그 문제를 따질 작정으로 나를 불러냈다. 우리는 서점 중앙에서 한동안 내버려두었던 구획을 알파벳순으로 정리하고 있었다. 아마도 경제경영서 분야였던 것 같다. 그레타가 입을 떼었다.

"루이스, 너 정말 형편없는 녀석이로구나. 넌 대체 어떻게 생겨먹은 작자야?"

그레타가 이런 투로 말을 건넬 때는 반드시 주의할 필요가 있다. 그녀는 나에게 부모가 책을 읽으신 분들이냐고 물었다. 그렇긴 했지만, 어머니는 고딕소설이라는 괴기스러운 소설을 좋아해서 그런 책이라면 족히 몇 톤 분량은 읽었을 것이다. 그러다보니 하룻밤에 한 권은 쉽게 뗄 수 있었다. 아버지는 한때 이발소에 가면 발길에 채였던 남성 잡지 『아고시』와 『트루』『산호세 머큐리』『타임』 같은 정기간행물을 주로 읽었다. 나는 이런 읽을거리들이 얼마나 별 볼일 없는 것인지, 그러니까 나는 그런 책 따위는 가까이하지 않았다며 발뺌을 하려 했으나, 그녀는 오히려 내 쪽에서 부모님께 감사해야 한다고 주장했다.

두 분은 뉴욕타임스의 서평이나 제임스 조이스를 읽을 필요가 없었고, 또 자기 아이들에게 『보물섬』이나 그리스 신화를 읽힐 필요도 없었다. 아버지와 어머니는 그저 자기만족을 위해 책을 읽으면 되었고 집에 아이들이 읽을 만한 책이 있는지를 확인만 하면 그만이었다. 아이들은 이런 부모를 본받아 자신의 구미에 맞는 독서를 시작하면 되는 것이다.

그레타는 어른들의 참견이 지나치면 아이의 선택 능력에 해가 될 수도 있다고 조언했다. 아이들이 독서에서 자기만의 즐거움을 찾도록 하라는 것이었다. 그레타와 내가 크로 서점을 나와 일했던 프린터스 서점에서 한번은 이런 일이 있었다. 서점은 스탠퍼드 대학 근처에 있었는데, 이 지역 아이들은 어려서부터 공부 스트레스를 꽤나 심하게 받는 편이었다. 하루는 어느 부부가 서점에 들어와서 열한 살짜리 딸이 읽을 '고전' 몇 권만 골라달라는 것이었다. 그들은 딸애가 책 읽는 것을 무척 좋아해서 노상 책만 들여다보지만, 그 책이란 게 죄다 '쓰레기'에 지나지 않는다고 했다. 그 즈음 딸은 『보모 클럽 *The Babysitters' Club*』(축구를 매우 좋아하는 열세 살 꼬마 크리스티와 친구들이 방학을 맞아 아르바이트로 아이 돌보기 클럽을 운영하기로 한다는 내용—옮긴이)이란 책에 온통 시간을 뺏기고 있었다. 부부는 자기네 딸이 『보물섬』이나 디킨스의 작품 등을 진지하게 읽기를 원했다. 그들에게 한참 서점에 있는 책들을 보여주는데, 문제의 딸은 『보모 클럽』이 꽂힌 서가 앞에 앉아 있었다. 그 아이는 보모 시리즈 가운데 최신간을 가능한 한

빠른 속도로 읽어나가는 중이었다. 그들은 결국 『아이반호』와 함께 보모 시리즈 제37권도 사 갔다.

유년 시절 나는 특별히 책을 많이 읽거나 문학 방면에 취미를 붙인 독자는 아니었다. 이불 아래서 플래시를 켜고 디킨스의 소설을 읽거나, 식탁에서 책에 코를 처박고 있다거나, 길을 가면서도 읽을 수 있는 '날개 달린 책'을 꿈꾸는 그런 꼬마는 결코 아니었다. 내가 책을 읽을 수밖에 없었던 것은 어쩌면 부모님 때문이었는지도 모른다.

어머니는 대학에 진학할 예정이었으나 하필 그때 아버지를 만났고 거기다 2차대전까지 발발하는 바람에 그만 계획이 어그러지고 말았다. 시골 소작농의 자식인 아버지는 8학년을 마친 후에 학교를 그만두었다. 대공황기의 불우한 천덕꾸러기로 자란 부모님은 자식들에게만큼은 모든 교육 기회와 혜택을 누릴 수 있게 해주겠다고 결심했다.

고요한 우리 집 거실에는 책을 얹어놓는 기다란 선반이 하나 놓여 있었다. 거기엔 리더스 다이제스트가 펴낸 요약본 소설들과 모든 연령대를 포괄하는 패밀리 북클럽의 선집류를 비롯한 소설들, 약간의 전기와 역사서, 과학책(현재 내 책장에 있는 자크 쿠스

토의 『침묵의 세계*The Silent World*』), 가족 성서, 면지 위에 새겨진 죽은 자와 산 자의 생몰년도, 주책스럽기까지 한 사전, 분홍·초록·노랑으로 칠해진 국가들이 창밖으로 시선을 돌려 멀고 먼 땅을 꿈꾸게 하던 다채로운 지도들이 꽂혀 있었다.

또 부모님은 내가 다섯 살 되던 해 여름에 열린 군郡 농축산물 품평회장에서 특별 케이스에 들어 있는 월드북 백과사전 한 질을 구입했는데, 그건 우리 집 생활비를 몽땅 쏟아붓다시피 한 투자였다. 흔히 생각하는 것과는 달리 꼬마들은 독후감 쓰기 말고도 여러 용도로 백과사전을 이용한다. 지금 떠오르기로, 주니페로 세라 Junipero Serra 신부, 브라질, 버몬트가 당시 학교에서 내줬던 리포트 주제들이었다. 그래도 역시 우리 집 거실의 까칠까칠한 녹색 카페트 위에서 이 주제 저 주제를 따라 페이지를 넘긴다든지, 드리저블Dirigible(비행선)이라는 뜻만 확인할 생각으로 백과사전을 펼쳐 들었다가 비행선 바로 아래 있는 던커크Dunkirk에 관한 내용을 어느새 절반이나 읽고 있다든지, 형광펜으로 중요한 열쇳말에 밑줄을 치다가 하이드로젠Hydrogen(수소)이라는 단어까지 넘어가는 경우가 허다했다.

부모님은 매일 밤 교대로 『믿을 수 없는 동화책*The Tall Book of Fairy Tales*』과 볼랜드Volland 판 『세계명작동화』를 읽어주었는데, 요즘 나는 이 책의 복간본을 사다가 딸에게 읽어주고 있다. 이 이야기에서 매디가 느끼는 즐거움은 내가 느끼는 즐거움과는 사뭇

다를 것이다. 그애로서는 난생 처음 듣는 얘기여서 동화 속의 삽화들을 보면 깜짝깜짝 놀랄 것이다. 나는 기억을 되살려 그 이야기들을 수도 없이 보고 듣는데, 하물며 『잭과 콩나무』 『세 마리 염소 이야기 *Three Billy Goat's Gruff*』 『브레멘 음악대』 등은 세대와 세대를 거듭하며 전해져 내려온 아주 친숙한 이야기들이다. 동화 속 그림들은 부모님 품에 폭 감싸인 채 뜬 눈으로 지새웠던 밤들을 다시금 떠올리게 한다. 이야기를 들려주는 것으로 하루를 마감했던 날들과, 오늘날 내가 딸에게 그러하듯 "불 끄고 자거라" 하고 속삭이는 어머니와 아버지의 모습까지 말이다.

어머니는 고맙게도 내 어린 시절이 담긴 상자들을 빠짐없이 보관해왔고 그 세계의 편린들을 서서히 되돌려주고 계신다. 나에게 그렇게 돌아오는 책들은 고전이 아니라 닥치는 대로 사 모은 것들이어서 지금은 제목마저 잊어버렸다. 어머니가 버리지 않고 남겨놓은 것들 가운데는 여행 책 출판사인 랜드 맥널리가 펴낸 『리틀 엘프 북스 *Little Elf Books*』도 몇 권 있는데, 내가 기억하기로 거기 들어 있는 여행 테마들은 아이들을 꼬드기는 선전에 가까운 것들이었다. 『머긴스 우주로 가다』는 머큐리 우주선을 타고 그 안에서 이리저리 뛰어다니는 감상적인 생쥐 한 마리에 대한 이야기다. 『노란 소형차 볼스키』는 미국에서 최초로 제작된 소형 자동차에서 힌트를 얻어 꽤 사랑스러운 캐릭터를 탄생시켰다. 그리고 『추추, 귀여운 꼬마 엔진』은 철도의 효율성을 이야기한 우화다. 이 책들이 노년층에 먹혀들 작품이 아님에도 눈 내리는 농장 길, 클로버가 빽빽하게 자란 목초지 따위를 조야하게 그린 삽화에 다시금 흠뻑 빠지는 이유는 무슨 매력이 있어서라기보다 친숙함 때문일 것이다. 이것들은 옛날 옛적 내가 좋아했고, 지금은 내 딸아이가 좋아하는 그런 책이다.

부모님은 기분이 내키거나 상을 주어야 할 때를 가려 우리에게 자주 책을 사주셨다. 책은 대개 서점보다는 직장 근처의 북 아울렛, 특히 울워스 매장(아, 그곳에서 흘러나오던 구수한 팝콘 냄새라니!)에서 샀다. 그곳에서 나는 퍼즐북 더미를 헤집고 다니며 『드래그넷』『나는 스파이 I spy』『U.N.C.L.E.에서 온 사나이』『긴 폭탄』『그랜드 슬램』같이 텔레비전 쇼와 스포츠 프로그램을 바탕으로 제작된 수많은 염가 양장본들을 찾아냈다. 우리는 또 겜코 백화점과 렉설 편의점에서도 책을 샀다.

나는 어느 때고 이들 매장에서 책을 샀는데, 그 이유는 어머니가 이곳 매대에서 필리스 휘트니, 빅토리아 홀트가 쓴 고딕소설을 몇 권 고르고 계셨기 때문이다. 고딕소설은 비록 두께가 훨씬 얇고 표지도 핑크나 진홍색보다는 음울한 검정과 회색이 주조였지만 명색이 현대 로망스의 선구자라는 장르소설이었다. 그 표지들에는, 머리카락이 멋진 건장한 남성에게 휘둘리는 여성이 아니라 숄을 두른 채 폭풍이 휘몰아치는 절벽 가장자리에 서 있는 외로운 여성이 그려져 있곤 했다. 곤경에 처한 여자를 남자가 구해준다는 실로 구태의연한 줄거리였다. 어머니는 이 소설들을 너무 여러 번 읽은 나머지 자신이 소설의 여주인공이라도 된 듯 꿈을 꾸다가 얼마쯤 지나서야 그것이 예전에 읽은 소설과 똑같은 장면이란 걸 겨우 깨닫곤 했다.

물론 나는 지역 도서관을 애용하기도 했다. 도서관 건물은 출입문 표시도 없이 잔뜩 웅크린 듯한 현대식 빌딩이었다. 나는 바람이 불고 그늘져 어둠침침하던 오후, 비닐로 씌워놓은 책 뭉치들, 대출 날짜가 찍힌 카드, 삐뚤빼뚤한 글씨로 서명한 내 도서관 출입증이 안겨주던 그 선연한 느낌을 여전히 간직하고 있다. 그리고 중학교 시절의 방 한 칸짜리 도서관과 거기 높다랗게 달려 있던 유리창들도. 그곳 사서는 나를 위해 한 소년과 그애가 가지고 놀던 테디베어, 그리고 에드 설리번Ed Sullivan의 삶을 다룬 『테디베어 해비트*The Teddy Bear Habit*』와 버클리 자유언론운동을 기록한 『스트로베리 스테이트먼트*The Strawberry Statement*』를 골라주었다.

대체로 나는 스콜라스틱 출판사의 『소년 탐정 백과사전』 『미치광이 과학자 클럽』 『호머 프라이스』 『놀라운 비결과 계획』 같은 책들에 달라붙어 열심히 읽고 공부했다. 가끔은 『허클베리 핀』이나 『제3제국의 흥망』처럼 좀 고급스러워 보이는 것들을 골라잡기도 했다. 그러나 텔레비전을 볼 일도, 자전거를 탈 일도 많았기 때문에 지나치게 내용이 무겁거나 두꺼운 책은 곤란했다.

어린 시절에 읽었던 책들은 우리를 과거로 인도한다. 그것은 꼭 책에 나오는 이야기들 때문만은 아니다. 그 책을 읽었을 때 우리가 어디에 있었고 우리는 누구였는가를 둘러싼 기억들 때문이다. 책 한 권을 기억한다는 것은 곧 그 책을 읽은 어린아이를 기억하는 것이다. 내가 여섯 살 때 미미 숙모는 어린이용 고고학 입문서를 한 권 선물해주었다. 그런데 요즘 들어 그 책을 다시 꺼내들게 되었다. 밤에 침대에 누워 그 책을 읽다보면 나는 어느새 산호세에 있던 그 시절의 침실로 되돌아가 있곤 한다. "Says"란 단어가 "hay"의 복수형과 운을 맞추는 대신 엉뚱하게 "sez"로 발음된다는 사실을 알게 되었던 순간마저 선명하게 떠오른다. 그때로 돌아가면 카우보이용 갈색 침대 덮개, 소몰이에 쓰던 올가미, 둥그렇게 세워져 있던 덫 울타리 등을 볼 수 있고, 오렌지색 술이 달린 울타리 가장자리도 만져볼 수 있으며, 어린아이였던 나를 다시 볼 수도 있다. 어린 시절에 읽은 책을 찾아내 내용을 음미하다보면 문득 자신도 모르게 살아 있는 프루스트가 돼 있는 것이다.

　나의 독서 이력을 살펴보면 특별히 남과 다르거나 예외적인 것은 전혀 없다. 내가 시시콜콜한 것까지 다 얘기하기로 작정한 것도 그 이유에서다. 책에 목마른 사람들에게, 독서가 정보 제공이나 현실도피 이상의 의미를 갖는다고 생각하는 사람들에게 열정에 이르는 길은 쉬 열리며 단지 인쇄물이 있다는 것만으로 아름답게 포장되는 것이다.

　이는 누구나 흔히 할 수 있는 이야기다. 자신의 경험에 비추어 다음 빈칸을 채우시오.

_____라는 소설을 만났을 때 나는 _____살이었다. 그러고 나서 6개월 안에 나는 _____라는 작가가 쓴 다른 소설들을 모조리 읽어 치웠다.

내 경우에 빈칸에 들어갈 말은 각각 『분노의 포도』, 열다섯, 존 스타인벡이다.

내가 맨 처음 손에 넣었던 『분노의 포도』란 책을 나는 지금도 소장하고 있다. 군데군데 찢겨나가 테이프로 이어 붙인 이 책은 주타 교수가 담당했던 미국문학 클래스에서 슬쩍 훔쳐온 것이다. 책을 슬쩍한 건 강의를 들으며 정들었던 책과 도저히 떨어질 수가 없었기 때문이고, 무엇보다 주타 교수에게 푹 빠져 있었기 때문이다. 그러나 나는 일말의 죄의식을 느꼈고 책의 가치를 깔아뭉갤 일이 아니다 싶어 대체본으로 그 빚을 갚았다. 그 책의 값싼 종이 냄새를 들이마시기만 해도 나는 그 수업시간으로 되돌아간다. 내가 얼마나 냉정한 사람인지 체리 밀러가 마침내 알 수 있게 되기를 내내 바랐던 1년, 다이애나 터커와 욕설과 비방을 주고받던 1년 동안의 학창 시절로. 터커는 몇 년 후 나와 함께 업스타트 크로에서 일하게 되었는데, 그녀는 지금까지도 내가 스스럼없이 욕설을 주고받을 수 있는 친구다. 나는 지금도 파랑, 초록, 노랑 분필로 쓴 주타 교수의 깔끔한 흑판 글씨를 본다. 30년도 더 된 옛날이야기인데 말이다.

독서와 관련해 가장 강렬한 기억으로 남아 있는 것은 다름 아닌 『분노의 포도』 첫 장이다. 나는 당시 대학원에서 경영학을 공부하던 중에 나보다 네 살 많은 사촌형 척을 통해 그 책을 만났다. 그는 『분노의 포도』 이야기를 슬쩍 꺼내더니 그 누구보다 내가 꼭 읽어야 할 책이라며, 그 책을 읽지 않으면 영원히 장발 닥터 페퍼 Dr. Pepper처럼 살 수밖에 없을 거라고 했다. 형이 워낙 총명하고 슬기롭게 보였으므로 나는 얼마간 거부감을 느끼면서도 그 책을 집어 들었다. 소설은 매우 긴 듯했다. 독후감 숙제를 시작할 시간이었지만, 침대에 편히 누운 채로 나는 소리 나게 첫 페이지를 폈다. 전혀 준비가 안 돼 있는 상태였다. "오클라호마의 적색지구와 회색지구 한편으로 마지막 비가 부드럽게 내렸다. 그 빗줄기는 상처 난 그 땅에 스며들 수 없었다."

기억을 더듬어 이 문구들을 타이프로 쳐놓고는 나의 정확한 기억력에 스스로도 놀랐다. 나는 "gray"의 a를 "e"로 잘못 쳤고, "part of"와 쉼표 하나를 빠뜨렸을 뿐이다.

첫 장을 나 읽어갈 무렵 나는 인젠가 작가기 되겠다는 결심을 하기에 이르렀고, 억울하게도 불과 여섯 해 전에 세상을 떠난 스타인벡 씨가 쓴 책이란 책은 모조리 다 읽어 치우겠다고 작정했다. 내 첫 단편소설의 첫 페이지를 구상하느라 한동안 책 읽기를 중단했는데, 그런 다음 스타인벡에게 돌아가 새벽 여명까지 책을 읽었다.

무언가를 읽지 않고는 못 배기는 사람들이라면 누구나 책 읽기에 안성맞춤인 자기만의 비밀 아지트를 갖고 있을 터이다. 내 경우엔 어린 시절 거실에 놓여 있던 오렌지색 안락의자였다. 혼자 집을 지키는 오후에 나는 그 의자에 앉아 몇 시간이고 책을 읽었다. 가을 햇살이 하얀 페이퍼백 표지와 검정 책등 그리고 노랑으로 물들인 책 가장자리에 풍성하게 쏟아져내리는 그 포근한 오후 내내…… 나는 『분노의 포도』를 다 읽고 나서도 의자에 그대로 퍼질러 앉아 『통조림 공장 마을』을 읽기 시작했다. 그러면서 이삼일에 한 번씩은 자전거를 타고 샌타클라라 밸리의 납작하게 엎드린 교외 주택지대를 가로질러 자그마한 B. 돌턴 서점으로 갔다. 카드 클럽에서 접시를 닦아 마련한 돈으로 다른 스타인벡 소설을 사기 위해서였다. 그런 다음엔 책을 읽기 위해 곧장 의자로 되돌아가는 것이다.

외로움을 타는 전형적인 미국의 십대이자, 시끄럽게 떠들기 좋아하고 사람들과 요란하게 어울리는 것 역시 좋아하던 나로서는 고독의 기쁨, 고독의 즐거움을 선사해준 이 오후의 시간들이야말로 정말 뜻밖이었다. 새로이 맞은 오후의 시간들과 내가 읽던 책들, 그 속에 펼쳐진 내용을 지금도 또렷이 기억한다. 스타인벡과 그를 뒤따르는 작가들의 갖가지 언어는 산호세의 시골소년에 불과했던 나를 새 세상으로 이끌었다. 그렇게 한 주 동안 서점의 긴 의자에 푹 파묻혀 있으면 나는 케냐나 페루를 여행할 수 있었고, 영국식 장원에서 방탕에 빠질 수도 있었으며 배에 실려 강제노동 수용소로 끌려갈 수도 있었다. 나는 자유자재로 남자나 여자, 아니면 어린아이 혹은 유령이 될 수 있었다.

우리를 책 속으로 끌어들이는 것은 이국적인 경이로움뿐만이 아니라 발견의 기쁨이기도 하다. 내 친구 리즈 스자블라는 열아홉 살 때 어니스트 헤밍웨이를 처음 알았는데 어느 날인가는 학교를 빼먹고 집에 남아서 전날 밤에 읽기 시작했던 『무기여 잘 있거라』를 아주 끝장내버렸다. 『무기여 잘 있거라』에는 베르무트 술 이야기가 많이 나오는데 리즈는 그 책에 너무 빠져버린 나머지 자기도 모르게 어머니가 평소 술을 보관해두는 캐비닛을 뒤지러 급히 주방으로 달려갔다. 그런데 이게 어찌된 영문인가. 베르무트 술이 거기 떡하니 모셔져 있었던 것이다. 그녀는 우유잔 하나를 가득 채울 만큼 베르무트를 따라 거실에 있는 큰 의자에 앉아서 책을 읽고 틈틈이 술도 홀짝이면서 한나절을 보냈다. 그러다가 술이 얼근히 취해오자 가끔씩 의자 팔걸이를 두드리면서 빈집이 떠나가라 소리를 지르기도 했다.

"그럼그럼 그렇고말고! 맞아, 맞아, 그는 모르는 게 없지. 내가 이 책을 사랑하는 이유지."

리즈는 그렇게 책 읽는 데 정신을 놓고 있다가 끝내는 어머니가 열쇠로 문을 따고 들어오는 소리도 듣지 못했다. 그녀의 어머니는 리즈에게 화를 내기는커녕 오히려 누가 그 "독한" 베르무트를 그렇게나 많이 마셨는지 모르겠다며 놀라워했다. 물론 헤밍웨이 소설의 주인공은 조금 더 입에 잘 감기는 "순한" 베르무트를 마시고 있었지만 말이다.

혼자 의자에 앉아 책을 읽으니 리즈는 처음으로 자기 밖의 세계를 알고 싶어졌다. 그녀는 베르무트를 마시면서, 이웃 산속에서는 전쟁이 한창인데도 밀라노 거리에 남아 있었던 헨리 중위와 바클리 양에게 당신들은 그럴 만하다고 장단을 맞춰주고 싶었다. 리즈는 저 바깥에 거대한 세계가 존재하고 있을뿐더러 자기도 그 세계에 속해 있다는 사실을 알았다. 또 자기와 생각과 행동이 비슷한 사람들이 존재한다는 사실도 확신하게 되었다.

책을 읽을 때는 생소함과 익숙함이 뒤섞이는데 나는 그 두 가지가 합쳐진 작품을 즉각 알아보았다. 『분노의 포도』의 주요 배경인 캘리포니아 중앙 계곡은 산호세에서는 불과 두세 시간 거리이지만 나에게는 달나라만큼이나 멀리 떨어진 곳이었다. 나는 아버지쪽인 오키O'kie 가계 출신이라고는 하나 조드 일가(『분노의 포도』의 중심인물들 ― 옮긴이)가 직면한 역경은 내게 공상과학소설에 나오는 얘기만큼이나 비현실적이었다. 『분노의 포도』를 읽은 후 나는 캘리포니아를 배경으로 쓰인 스타인벡의 다른 소설들, 그러니까 『에덴의 동쪽』 『통조림 공장 마을』 『토르티야 대지 *Tortilla Flat*』 『긴 골짜기』 등 산호세에서 자동차로 1시간 거리에 있는 살리나스 계곡과 몬터레이 해안을 배경으로 한 소설들을 챙겨 읽었다. 스타인벡이 애정 어린 필치로 묘사한 풍경들, 가령 "그림자가 져 어스름한" 부드러운 물매의 해안 언덕들, 생생한 떡갈나무와 맨저니터 숲들은 내가 익히 알던 풍경이었다. 그러나 그의 산문을 읽고 나서야 나 혼자만 알고 있다고 여겼던 세계를 마치 처음인 양 제대로 알게 되었던 것이다. 그래서 나는 스타인벡의 언어가 여전히 내 안에서 뒹굴고 있었는데도, 그 풍경을 내 눈으로 직접 봐야겠다는 생각에 자전거를 몰고 언덕바지를 달려 내려가곤 했다. 마침내 나는 세상의 이름들, 제일 높은 가지에 매달린 늦여름 살구 열매들처럼 닿을 듯 닿지 못했던 그 이름들을 알게 된 듯했다.

　나는 열여섯 살이 되어 마침내 운전면허를 따고는 학교수업을 빼먹은 채 스타인벡의 시골까지 운전해 가서는 하릴없이 그 일대를 어슬렁거리곤 했다. 이런 짧은 여행중에 내가 제일 좋아했던 곳은 캐너리 로Cannery Row였다. 캐너리 로는 당시 화랑 몇 개와 문 닫은 정어리 통조림 공장들이 길게 늘어선 볼품없는 거리였다. 버려진 그 통조림 공장들은 완전히 부식돼버린 보일러들, 황폐한 오두막들, 잡초로 뒤덮인 부지들로 스타인벡 소설의 세계를 증언하고 있었다. 나는 스타인벡의 절친한 친구였던 리케츠 박사의 소금에 찌든 연구실 주변을 둘러보며 냄새를 맡아보고, 그 연구실의 깨진 창을 통해 스타인벡 자신이 잡았을지도 모르는 오징어, 말미잘, 개구리 따위의 정자 항아리들을 들여다보기도 했다. 그 거리 건너편에는 윙 패츠Wing Fat's라는, 지역 주민들이 한때 "올드 테니스 슈즈Old Tennis Shoes" 몇 파인트씩을 사던 중국인 식료품상이 있었다. 언덕 바로 위쪽으로는 동네 유곽인 플로라스가 있었는데 실망스럽게도 지금은 싸구려 스파게티 식당이 돼 있었다. 나는 조수 웅덩이 위의 말뚝에 올라앉아 눈앞에 펼쳐진 바다를 몇 시간씩 바라보곤 했다. 이곳이야말로 소설 속 인물들이 돌아다니던 실제 장소였다.

나는 스타인벡을 알기 전에도 캐너리 로에 가본 적이 있지만 전엔 단지 바다 풍경이 멋진 곳이라고만 생각했었다. 소년 시절에 좋아했던 로버트 루이스 스티븐슨에 대한 스타인벡의 간절한 생각들을 통해, 나는 역사의 종장終章에서 주의 깊게 미래를 응시하면서 서부세계의 가장자리에 서 있음을 알게 되었다. 스타인벡 때문에 세계는 더욱 확장되었지만 아직은 내 손안에 있는 자그마한 세계였다.

존 스타인벡은 말썽 많은 작가였다. 지난 60년 동안 미국 작가 치고 스타인벡보다 더 많은 작품을 출금 내지 판금 당한 사람은 없었다. 이즈음 살리나스가 관광객들의 돈을 뜯어내려고 자랑스럽게 나팔을 불어대고 있지만, 사실 그는 살아생전에 살리나스 계곡 주민들에게 버림받았고 더할 나위 없이 사랑하던 그 고장에서 내쫓겼다. 그는 뉴욕 문단에서 자주 모욕적인 대접을 받았다. 스타인벡이 노벨문학상을 받자 뉴욕타임스는 사설 맞은편 지면에 그가 그런 상을 받을 만한 작가가 못 된다는 식의 특집기사를 실었다. 오늘날까지도 그의 작품들은 애써 예절과 정중함을 곁들여 너무 단순하다, 날것 그대로 다듬어지지 않았다, 현대성이 충분히 발현되지 못했다, 확실히 포스트모던도 아니고 포스트아이러닉도 아니다 따위의 비난이 뒤섞인 평가를 받고 있다. 그러나 1939년에 『분노의 포도』가 출판된 이래 그의 책들은 씩씩하게 살아남았고 모든 작품이 시대를 초월한 베스트셀러에 여전히 이름을 올리고 있다.

　우리는 책의 판매량이 높고 인기가 많다고 해서 작가의 능력이 탁월하다고 말하지 않는다. 수백만 부씩 팔리지만 지금부터 50년, 아니 단 5년만 지나도 읽히지 않을 책이 너무 많이 널려 있다. 나는 2년 전부터 스타인벡을 다시 읽는 중인데, 젊은 시절의 총기가 많이 흐려졌음을 깨닫고 조금 무서운 생각이 들어 시작한 일이다. 그의 책들은 깊이와 매혹적인 명징함으로 여전히 나를 놀라게 한다. 그렇지만 그를 문학사와 문화사에서 자주 간과해버렸던 어떤 범주에 넣을 때 우리가 논쟁의 여지 없이 내릴 수 있는 명명백백한 평가가 하나 있다. 그건 스타인벡의 책들은 읽을 때마다 매번 새로이 해석할 수 있다는 사실이다. 그 책들은 세상을 더 많이 알고자 하는, 책의 일부가 되고자 하는, 독서를 계속하고자 하는 젊은 독자들의 열망에 불을 지핀다. 그의 책에 적당한 용어를 고른다면 아마도 '동참하는 책'이 될 것 같다. 스타인벡 같은 작가의 책들은 읽은 것보다 더 많은 행동을 하도록 젊은 독자를 자극하고 현실 속으로 끌고 들어간다. 스타인벡 작품의 뿌리가 된 소설은 토머스 말로리Thomas Malory의 『아서 왕의 죽음 Le Morte D'Arthur』이다. 이 기사도 이야기는 스타인벡에게 장차 작가가 되겠다는 꿈을 불어넣었을 뿐만 아니라, 스토리와 그것이 묘사하는 세계에 대한 신화적 접근이라는, 스타인벡 글쓰기의 핵심이 되는 감수성을 키웠다. 대부분의 비평가가 그의 소설들을 평가할 때 잊어버리는 것이 바로 감수성과 집필 의도라고 나는 생각한다.

로널드 레이건은 열한 살 때 해럴드 벨 라이트Harold Bell Wright의 『우델레 가의 인쇄공 That Printer of Udele's』이란 기독교 우화를 읽고 큰 감동을 받았다. 주인공 딕 포크너는 불운한 사람들을 돕기 위해 공동체를 조직하는데, 소설 말미에 이르면 그는 자신의 비전을 국가적 차원으로 확장시켜 활동 무대를 워싱턴D.C. 쪽으로 옮겨버린다. 레이건은 너무나 큰 감동을 받은 나머지 책을 다 읽자마자 곧장 어머니에게로 달려가 자기도 장차 그 주인공과 똑같은 일을 할 작정이라고 말했다. 레이건 역시 대단한 이야기꾼이 됐는데 처음엔 라디오 아나운서로, 그후에는 한 나라의 대통령으로 그러했다. 한 사람의 일생에서 중요한 책이란 게 반드시 대단하다거나 기억할 만하다는 평가를 받는 책일 필요는 없다. 중요한 책의 목록은 어린이책에서 문학성이 빼어나거나 조금 떨어지는 소설에 이르기까지 길고도 들쑥날쑥하며 작품 스타일과 주제만큼이나 광범위하다. 이 책들의 공통점이 있다면, 바로 열두 살에서 열여덟 살 사이의 소년소녀들이 공감할 수 있는 세계를 아주 생생히, 총체적으로 그려냈다는 점이다. 그것도 잘난 척하지 않으면서 말이다.

그레타는 로스앤젤레스 동쪽에 있는 몬터벨로에서 컸다. 그녀는 은퇴한 철도원 소유의 집에서 살았는데, 그 사람은 안쪽에 있는 침실을 보수하거나 꾸밀 일이 있으면 꼭 궤도차의 부품들을 뜯어다 썼다. 그 침실에는 층계식 침대 하나에 객차 화장실에서 떼어온 미닫이 변기문("승객들께서는 기차가 역에 정차해 있을 때는 화장실의 물을 내리지 말아주십시오"란 안내문이 한 자도 지워지지 않은 채였다)이 하나, 거기에 3등 객실에서 가져온 의자와 침대로 개조해 쓸 수 있는 식탁이 한 개씩 있었다. 부모가 식당을 운영했기 때문에 그레타는 세상과 동떨어진 채로 많은 시간을 혼자 보냈다. 침실의 층계식 침대나 식탁 겸 침대에서만도 몇 시간씩을 머물렀다. 그녀가 가장 소중하게 여긴 책은 무엇이었을까? 낸시 드루Nancy Drew의 미스터리 소설들, 『바람과 함께 사라지다』, 엄청나게 부피가 큰 사화집 『스물다섯 가지 괴담』 등이었다. 포크너도 프루스트도 아니고, 드루였던 것이다. 사닥다리의 첫 단에 해당하는 책들은 대체로 가장 야심차다. 포크너에 도달하려면 드루로 시작하라. 아니면 말에 대한 책으로. 또 커트 보네거트 아니면 아인 랜드Ayn Rand가 쓴 책, 또는 『시간의 주름살 A Wrinkle in Time』 『노상에서 On the Road』 『앵무새 죽이기』 『소름 Goosebumps』도 좋다. 열혈 독자들 중에는 『해리 포터』를 내 인생의 책으로 꼽을 사람도 있겠지만, 많은 사람이 지구상의 어느 서점에서도 찾지 못한 소설 한 권을 중요한 책으로 손꼽을 수 있다. 얼마든지 그럴 수 있다.

나는 친구들에게 성장기를 지배했던 책이 무엇이냐고 묻곤 하는데, 당신의 독서욕을 불러일으킨 최초의 책이 무엇이냐고 물으면 사람들은 얼마간 당혹해한다. "아, 아시다시피" 하고 그들은 입을 뗄 것이다. "말馬에 관한 허접한 책들이지요, 뭐." 그렇지만 상상 속에나 존재하는 그 말들이 우리에게 무슨 여행을 시켜주겠는가.

하지만 무엇보다 중요한 조건은 책이 에로틱한 독서 공간으로 독자를 유혹할 수 있어야 한다는 것이다. 에로틱한 독서 공간이란 마음은 뜨겁게 불타오르는데 몸은 조용히 가라앉는 곳을 가리킨다. 그런 변화가 왜 하필 십대 청소년에게 그리도 빈번하게 일어나는 걸까. 청년기는 성적 모험심이 활발해지는 시기다. 존 어빙은 청년기를 가리켜 사랑하는 사람들의 비밀을 지켜주기 시작하는 때라고 했다. 그 비밀스러운 곳에서 우리는 자신을 발견하고, 어떻게 해야 그 자아를 품고 세상으로 당당히 나아갈 수 있을지를 알아내기 시작한다. 책 읽기를 좋아하는 사람을 잡으라. 그 여자에게 독서를 할 수 있는 안락한 장소와 느긋한 시간을 주어라. 좋은 책을 한 권 더 주고, 그런 다음 책을 더 가져다주어라. 그런 다음엔 조용히 물러서 있으라.

독서는 혼자서 하는 외로운 행위이지만 세계와 손잡기를 요구하는 행위이기도 하다. 비록 탐서가들이 모두 책 판매에 나서지는 않지만 그레타와 리즈, 나와 그 밖의 많은 사람은 우리를 감동시킨 책들 때문에 결국 서점으로 이끌린 것이다. 잠깐 중단된 시절이 있긴 했지만 우리가 이 일을 하며 서점에 머문 시간은 꽤나 길었다.

책과 관련한 거의 모든 것의 역사

그들은 출판과 서적 판매의 역사를 이야기하면서 출판 사업은
항상 길드의 성격을 띠며 코뮌 같은 협동체였음을 명심해야 한다고 했다.
업스타트 크로가 '앤드 컴퍼니'를 이름 뒤에 붙인 까닭은 출판업의 역사가 지속되는 한
서적판매업자와 작가, 출판업자 들은 하나요, 성격이 같은 존재라고 생각했기 때문이다.

책과 관련한 거의 모든 것의 역사

업스타트 크로에서 근무하던 몇 해 동안 나는 조그마한 예수회 교단이 경영하는 대학에 다녔다. 그 학교 학생들은 『베어울프』에서부터 버지니아 울프를 아우르는 영국문학을 파고들기보다는 실용적인 경영학 쪽에 더 관심을 갖고 있었다. 내가 학교에서 숙제로 내준 마크 트웨인의 『미시시피 강에서의 생활*Life on the Mississippi*』을 읽으면서 낄낄댈 때 첫 학기 룸메이트인 롤리는 복잡한 회계학 이론을 붙들고 낑낑대고 있었는데, 그 꼴을 보니 영어를 전공으로 선택한 것이 현명했다는 생각이 들었다. 그러잖아도 나는 크로 서점에서 경영 수업을 톡톡히 받고 있었다. 계산을 맞추는 법, 재고조사, 주문과 제품 출하, 고객층을 확장하는 방법 등을 배웠던 것이다. 그건 매우 실제적인 업무였다. 그러나 크로에서 받은 교육은 규모가 작은 영세 기업에 한정된 것도 아니거니와 죽기 전에 읽어야 할 책의 서지목록을 확장하는 일에 한정된 것도 아니었다. 꼭 소화해야만 할 더 대단한 과목이 있었다.

내가 크로에 들어간 직후 어느 식당에서 그레타의 근속 50년을 축하하는 만찬이 열렸다. 그 모임엔 서점 직원들, 서점 매니저인 도나와 샬럿, 그리고 회사 소유주이자 못 말리는 탐서가인 켄 키치와 켈리 캐년 등 모두 열 명이 참석했다. 나는 스물한 살이 되려면 아직 몇 해를 더 기다려야 하는 애송이였지만, 그때는 1976년이었고 긴장이 조금 풀어져 있던 참이라 기분에 취해 술을 엄청나게 마셔댔다. 그날 밤은 오로지 책 이야기만 오갔고, 나는 내가 아는 것을 남김없이 끄집어내 깊은 인상을 남기려고 무진 애를 썼다.

나는 키치 바로 옆 자리에 앉아 있었는데 그는 두서없이 지껄여대는 내게 일일이 대꾸하며 마음을 써주었다. 우리는 스펜서와 아리오스토 Ariosto, 드라이든, 교황, 존슨 박사 그리고 삼운구법과 팔행시체 등을 이야기했다. 키치와 나는 말끝마다 서로 이겨먹으려고 애를 썼는데 그가 반대되는 의견을 내놓기라도 하면 나는 그쪽으로 끌려가지 않으려고 발버둥을 쳤다. 무대훈련을 받은 전직 배우 키치는 굉장히 박식한 사람이었으며, 크로의 오너들이 그렇듯이 상대에게 가차없이 쏘아대는 성격이었다. 그러나 지나치게 열심인 자기 학생을 경계의 눈길로 바라보는 후견인이나 다름없었던 그는 우리 두 사람만 따로 있게 됐을 때 결정적인 한방을 날릴 수도 있었을 텐데 기특하게도 그걸 아껴둔 채 끝내 쓰지 않았다. 우리 두 사람은 화장실로 가던 중이었는데 그때 마침 내가 뜬끔없이 초서의 『캔터베리 이야기』 첫 열여덟 행을 암송할 수 있다고 떠벌였다. 그것도 중세영어로 말이다. "그렇다면 암송을 해보게." 키치가 말했다. 우리는 소변기를 앞에 둔 채 잠시 서 있었고, 나는 암송을 시작했다. "4월의 감미로운 소나기가……" 나는 프롤로그의 레베르디reverdie를 끝냈다. "병들어 고생할 때 그들을 도와준 거룩하고 복된 순교자를 찾아간다." 변기의 물을 내리고 바지 지퍼를 올렸다. 키치는 깊은 감명을 받았다고 했다. 하지만 내가 과연 그 다음 두 행을 알고 있었을까? 아니다. 그는 물을 내리고 지퍼를 올린 다음 내 쪽으로 고개를 돌려 나머지 행을 암송했다. "이 계절의 어느 날, 나는 경건한 마음으로 캔터베리 순례를 작정하고 사자크의 타바트 여관에 투숙했다." 그리고 그는 몇 행을 더 암송했다.

업스타트 크로 사장들은 야심만만하고 의욕이 넘쳤지만(그 당시에는 체인 형태로 서점이 너덧 개 있었다. 아마 체인이 망하는 시점에는 쉰 개 가까이로 불어났을 것이다) 결국엔 자기들이 정열을 쏟고 있던 사업 하나만을 선택했다. 그들은 지금이야말로 '문학 전문' 서점 체인을 운영할 때라고 생각했고 사실 그건 옳은 판단이었다. 그러나 단순히 마케팅만으로 밀고 나갈 일은 아니었다. 그들은 문학과 문학의 오랜 전통을 진지하게 생각했으며 자기네가 고용한 직원들 역시 그러기를 바랐다. 키치와 캐넌은 몇 달에 한 번씩은 꼭 신입사원들을 상대로 책의 역사, 출판 실무, 서점 등에 관한 작은 세미나를 열었다. 그들은 서점 개혁은 말할 것도 없고 장부 결산하는 법, 청소, 어떤 책들이 베스트셀러 목록에 오르고 있는지를 알아내는 일도 가르치고 싶어했다.

어느 토요일 키치와 캐넌은 책 더미가 쌓여 있는 커피바 안쪽으로 나를 데리고 가더니 역사를 강의하기 시작했다. 그들은 먼저 책의 구성요소에 관해 얘기했다. 오른쪽 페이지는 렉토recto, 왼쪽은 베르소verso라고 한다고 했다. 양장본은 접장signatures이라 불리는, 한 페이지 크기로 접은 것을 실로 꿰어 만들고 페이퍼백은 재단 후 풀로 책등에 붙여 만든다고 했다. 홈gutter, 콜로폰 colophon(고서에서 책 끝의 장식을 가리킨다) 같은 용어는 귓등으로 흘려버렸다. 그런 다음 철필로 글자를 새긴 점토판에서 시작해 파피루스 두루마리, 수서본codex, 구텐베르크의 이동활자, 대량 판매를 겨냥한 페이퍼백에 이르기까지 책의 발달사 전반을 설명해주었다.

그들은 출판과 서적 판매의 역사를 이야기하면서 출판 사업은 항상 길드(조합)의 성격을 띠며 코뮌 같은 협동체였음을 명심해야 한다고 했다. 업스타트 크로가 '앤드 컴퍼니& Company'를 이름 뒤에 붙인 까닭은 출판업의 역사가 지속되는 한 서적판매업자와 작가, 출판업자 들은 하나요, 성격이 같은 존재라고 생각했기 때문이다. 키치와 캐넌은 자주 사원들과 함께, 한 간판 아래 모인

숙련 상인들과 함께 일했다. 그후 크로를 떠난 그레타와 나는 팔로알토에 있는 프린터스 서점으로 갔는데, 이 회사가 소유격 어포스트로피 없이 그런 이름을 쓴 이유는 서점이 많은 사람들의 조합임을 나타내기 위해서였다. 프린터스의 로고는 구텐베르크 시대의 활판 인쇄기를 실루엣 처리한 것으로, 우리가 장사꾼 그 이상의 존재임을 가리키기 위함이라고 했다. 내가 일하는 곳은 길고도 유구한 역사를 자랑하는 진짜 회사임에 분명했다. "들어봐." 그날 그들은 종일 떠들었다. "들어보라고."

　서적판매업자에 대한 최초의 기록은 이집트 파라오 무덤의 상형문자로 쓰인 한 명문에서 발견된다. 명문의 내용인즉슨, 한 장의사가 슬퍼하는 유족에게 자신이 손수 펴낸 『사자의 서』를 팔려고 내놓으면서 자기 사업을 확장했다는 것이다. 이 책은 옷이나 노리개, 음식 같은 장례물품과 함께 망자의 무덤 안에 놓여 지하세계로 가는 여행의 안내자 노릇을 할 터였다. 명문은 책을 팔기 위한 아첨을 늘어놓거나 하지 않으며 그저 담담하다. 고양이를 끼고 찻잔을 든 카디건 차림의 모습으로 묘사된 근대의 개리커쳐와는 대조적으로 지난 수백 년 동안 서적판매업자는 건달, 끊임없이 난동을 피우는 자, 재빠른 솜씨로 비탄에 젖은 이들을 달래거나 사람들 사이에 이단과 반대의 씨를 뿌리고 다닐 수 있는 엄청난 능력을 가진 자로 통했다. 서적판매업자는 거래를 처음 시작하던 때부터 정부의 인가나 감찰을 받지 않았으며 당대의 가장 새로운 사상과 정보를 전달해주는 도관 노릇을 했다.

900년이 넘도록(기원전 300년부터 서기 642년까지) 번영을 구가했던 알렉산드리아 도서관은 "전 세계 인민의 책들"을 한자리에 모아놓은 엄청난 책 저장소였다. 프톨레마이오스 왕조(도서관을 지어준 그리스 정복자들에게 충성을 바치던)의 후원 아래 알렉산드리아 도서관원들은 북적대는 항구를 통해 들어온 서물書物들을 남김없이 모두 징발해 베껴 적은 다음 그리스어로 번역하라는 지시를 받았다. 알렉산드리아에 도착하는 배란 배들은 정박하자마자 책 수색을 당했다. 책이 나오면 도서관으로 옮겨져 사자생寫字生들이 책 전체를 일일이 베껴 적었다. 사본들은 원래 책이 있던 배로 돌려보내고 원본들은 도서관에 보관했다.

역사학자들은 알렉산드리아 도서관이 30만 부에서 100만 부에 이르는 파피루스 두루마리를 소장하고 있었다고 추산한다. 그 길이는 1500미터나 되지만 당시의 책 열 권이 오늘날의 책 한 권 분량에 해당하므로 한창 때 그 도서관에 있던 책은 아마도 오늘날의 대형 서점이 보유한 책의 수량과 비슷한 5~10만 부였을 것이다. 알렉산드리아 도서관의 컬렉션은 고대에는 실로 비길 데가 없었으며, 독자나 작가의 수가 지금보다 훨씬 적었던 시절에 모든 책을 손으로 일일이 베껴냈다는 사실은 실로 놀랍기만 하다. 이후 근 1800년 동안 다른 어느 도서관도 알렉산드리아 도서관의 소장 규모를 끝내 능가할 수 없었다.

알렉산드리아가 도서관 부지로 선정된 까닭은 이 도시의 정치적, 경제적 중요성 때문이었다. 뻗어나가는 교역과 제국의 시대에 알렉산드리아는 유럽, 아시아, 아프리카를 잇는 교차로에 걸터앉은 도시였다. 간만이 들고나는 호수와 파로스Pharos 항 사이의 좁은 곳 위에 자리잡은 도서관은 요새화된 왕궁 담벽에 안전하게 감싸여 있었다. 도서관 밖의 거리는 떠들썩하게 열 지어 오가는 장사치들로 붐볐는데 그중 많은 이가 서적판매업자였다. 이 책장수들을 언급할 때 가장 자주 쓰인 말이 "염치도 모르는 아주 괘씸한 놈들"이었다.

도서관에서는 학자들이 볼 수 있도록 책을 소장했지만 책장수들은 특정한 책들을 빼내달라고 도서관원에게 뇌물을 바치기도 했다. 그렇게 빼낸 책들을 손수 베낀 다음 배편으로 멀리 외딴 지역의 그리스 로마 귀족들에게 보냈다. 그들이 책 구하기에 목을 맨 이유는 지식을 습득하려는 목적도 있었지만 자기들의 신분을 과시하고 위신을 높이려는 심산도 있었던 듯하다. 한 스토아철학자가 이랬단다.

"주인이란 자들이 살아가면서 자기가 가진 책을 읽을 짬도 못 내는 판인데 그렇게 많이 모아놓은 책들이 다 무슨 소용인가?"

그렇지만 책장수들의 그런 행위들이 자칫 잊혀버릴 수도 있었던 수많은 고전을 구해냈다. 도서관 두루마리가 죄다 사라짐에 따라 불법으로 빼낸 많은 책이 귀중하기 이를 데 없는 유일본으로 남은 것이다. 수세기에 걸친 약탈과 공격 끝에 무슬림 칼리프 오마르의 군대가 도시를 정복하던 642년에 마침내 알렉산드리아 도서관은 문을 닫는다. 오마르의 알렉산드리아 주재 연락관인 이븐 아므루 엘 아스Ibn Amrou el-Ass 수장은 도서관원이던 요하네스 필로포노스Joannes Philoponos를 고용해 방대한 소장도서들을 보호하는 문제와 관련하여 거의 2년 동안이나 계속된 논쟁에 그를 참여시켰다. 필로포노스는 이 원문과 원자료 들이 예언자 마호메트가 이 세상에 오시기 전에 나왔으므로 이교도의 것이 될 수 없으며, 오히려 무슬림들이 그렇게도 부지런히 연구한 코란의 지식을 담고 있다고 주장했다. 엘 아스는 아라비아인과 무슬림문화에 책이 중요하다는 점을 인정했고, 도서관에 소장된 수많은 두루마리가 원래 아라비아어로 되어 있었다는 것도 알고 있었다. 필로포노스의 주장과 도서관의 풍요로움에 마음이 흔들렸던 엘 아스와는 달리 오마르는 여전히 이 세상에 필요한 책은 오로지 『코란』뿐이라고 확신했다. 오마르는 도서관의 책들은 알렉산드리아 시내에 있는 목욕탕들에 나누어주고 그것을 태워 목욕물을 데우라고 명령했다. 그 책들을 다 태워 없애는 데 꼬박 6개월이 걸렸다.

딱 한 권의 책만 필요하다고 주장하는 사람들이 불을 질러대는 통에 얼마나 많은 책이 희생돼버렸던가? 그 유일본이란 『코란』 『성서』가 그랬고, 『나의 투쟁』 『공산당선언』 『마오쩌둥 어록』 등도 마찬가지다. 그렇지만 책의 도도한 흐름은 불길 앞에서도 결코 중단될 수 없었다.

'common(범속한)' 'secular(세속적인)' 'impious(불경스러운)' 같은 의미로 새길 수 있는 '프로페인profane'이란 단어는 '신전 담 바깥'을 뜻하는 라틴어 '프로파누스profanus'에서 나왔다. 훗날 다른 나라에서도 거듭 나타나는 책장수의 원형, 최초의 진짜 책장수를 다름 아닌 여기 알렉산드리아의 담 바깥쪽에서 만날 수 있다. 중세 유럽에서는 성당 담벼락 바깥쪽에 종종 장이 들어섰다. 루앙 대성당 북쪽 현관 아래에는 그런 출입구가 하나 있어서 지금도 "Le Portail des Libraires"라고 불리는데 이게 바로 "책장수의 문"이다.

책장수는 비유적인 의미에서도 세속적이다profane. 알렉산드리아식 시장이 열리자 돈만 있으면 누구나 사 읽을 수 있는 책의 종류도 놀라울 정도로 광범위해졌다. 무역이 확대되고 문자해득률이 급격히 높아져서 책장수가 전에는 가장 힘 있는 자만이 손에 넣을 수 있던 책들을 내놓기 시작했다. 그때까지만 해도 책은 너무 귀한 나머지 정치적, 종교적 용도로만 봉헌돼왔던 것이다. 엘리트의 손에서 책과 사상을 해방시키기 위한 투쟁이 이어지면서 책장수들의 역할도 덩달아 중요해졌다.

읽어내는 능력과 더불어 중요한 것은 말의 힘이었다. 현재 쓰이는 몇몇 단어를 살펴보면, 거기엔 지식과 교양이 마법magic의 한 형태라는 인식이 담겨 있다. 예를 들어 '그래머grammar'라는 단어는 '글래머glamour'와 어원이 같은데 둘 다 마법을 의미하는 말에서 유래한 것이다. 우리는 어떤 사람들을 "마녀, 무당witches"이라고 부르는데 실은 그들이 재치가 넘치고 학식과 교양이 있는 사람들이기 때문이다. 알렉산드리아 계곡의 주민들이 점차 이야기를 들어주는 사람이 아닌 글을 읽는 사람으로 변모하면서, 그들은 더욱 폭넓고 다양한 인쇄물을 요구하기 시작했다. 이제 책장수들도 자리나 깔고 앉아서 저승으로 가는 안내책자나 내놓고 있을 수는 없는 노릇이었다. 그래서 연애소설, 의료서적, 음란시편, 과학 철학 논문집, 기도서, 그리고 오늘날에도 팔리는 다양한 선집을 팔기 시작했다. 그리고 책장수는 책방을 차렸다.˝

자기 상품을 진열할 수 있는 네거리라든가 중앙광장, 밖에 앉아 손님을 기다릴 수 있는 도시 성벽이 있던 곳에는 어김없이 시장이 생겨났다. 오늘날에도 고물시장에서 대형 쇼핑몰에 이르기까지 여러 시장이 명맥을 이어오고 있다. 초기 알렉산드리아 시장은 활기에 넘쳤을 것이다. 그리스가 제국의 위세를 떨치던 시대여서 시장이 식품과 향신료, 직물과 연장 등 한 번도 본 적 없는 생산품들을 사람들과 맺어주었기 때문이다. 알렉산드리아의 십자로는 상거래를 넘어서 지식 교환의 장이 되기도 했다. 탐험과 무역거래 덕에 먼 세계의 변두리까지도 일층 더 가까워지자 (탐험의 시대, 계몽의 시대, 철도의 시대 등) 문자해득률이 급격히 높아졌다. 글을 읽을 수 있는 능력은 새로운 기술과 영업 실무에 뒤처지지 않기 위해 반드시 필요했던 것이다. 의무적인 독서 뒤에는 까다롭게 골라 읽는 독서가 뒤따르게 마련이다. 독자가 많아질수록 더 많은 책이 필요해지고, 책이 많아지면 덩달아 책방도 많아진다.

알렉산드리아에는 확연히 구분되는 세 가지 유형의 서점이 있었을 것이다. 땅바닥이나 바퀴 날린 수레 위에 책들을 진열해놓고 파는 이동 노점, 아케이드나 독립된 담 안쪽에 만들어놓은 책가게, 그리고 자기 물건을 등에 지고 이 마을 저 마을 돌아다니는 책

행상이 그것이다.

서점은 소매업자들이 잠깐 쓰던 공지에 들어선 노점 비슷한 것
으로 시작된다. 옛사람들의 그림을 보면 고대 로마에서, 중국과
일본에서, 중세 유럽에서, 그리고 아라비아의 여러 나라에서 책장
수들은 축제 기간의 장터 혹은 시장 한가운데 자리를 잡고 앉아
자기 물건들을 깔개 위나 수레 좌판에 진열해놓는다. 팔려고 내놓
은 것으로는 틀림없이 약제에 관한 안내서, 각종 달력과 연감류,
성애 소설, 어린이들에게 읽기를 가르치기 위한 독본, 늘 대중에
게 사랑받는 종교적인 소책자들이 포함돼 있었을 것이다.

나는 오늘도 이런 노점들을 본다. 우리 집 근처 자동세탁기 바
깥쪽과 전차 정류장 앞에는, 한 주 걸러 토요일마다 인도에 낡은
깔개 한 장이 깔리고 그 위에는 양장본과 페이퍼백 미스터리물들
이 얌전히 줄 지어 놓인다. 이 책들을 조달하는 사람은 좋은 직업
을 갖고 있는 호남인데, 그는 열정적인 독서가여서 인도 한쪽에
있는 접의자에 앉아 책을 읽으면서, 틀림없이 더 많은 책을 사는
데 쓰일 푼돈(양장본은 1달러, 페이퍼백은 50센트씩)을 벌며 시간
보내기를 즐긴다. 나는 도시 곳곳에서 지난 수천 년 동안 으레 존
재해온 듯한 즉석 노점들을 본다. 사람들의 왕래가 잦은 곳, 여기

서 나는 책 몇 권을 손에 넣었다. 어떤가, 그런 곳이 책방 아니겠는가? 책을 구할 수 있는 곳은 또 있다. 창고 세일과 벼룩시장, 노점 행상 말이다.

나는 미스터리 소설과는 궁합이 안 맞아 즐겨 읽진 않지만, 길거리에 깔개를 펼치고 표지가 요란한 탐정소설이며 군소 출판사의 미스터리 소설, 사이코 스릴러를 파는 사내를 만나기라도 하면 어김없이 가던 길을 멈춰 선다. 표지에 손때가 묻고 책등이 갈라진 걸로 봐서는 훔친 책은 아니다. 내가 걸음을 멈춘 이유는 마치 책을 주렁주렁 매단 우람한 덩굴식물처럼 곁길에서 느닷없이 나타나 만개하는 광경 때문일 것이다. 아니, 그보다는 누군가 수도꼭지를 틀어놓은 것처럼 콸콸 쏟아지던 지하수가 어느새 책 풀장이 되어버린 형국이다. 그러면 나는 왠지 그래야 할 것처럼 그 앞에서 걸음을 멈춰 서는 것이다. 그건 다른 사람들도 마찬가지. 오후가 저물어갈 즈음이면 거적 위의 그 많던 책이 자취도 없이 사라진다.

독자와 책이 늘기 시작하자 시상 노점 정도로는 원활한 거래를 꾸려나갈 수가 없게 됐다. 규모가 더 큰 서점이 필요했고, 값이 저렴하면서도 속도는 더 빠른 새 인쇄법을 고안해내는 일이 무엇보다 중대한 과제가 됐다.

중국에서는 목판인쇄술이 발명된 6세기까지, 유럽에서는 구텐베르크의 이동활자가 나온 15세기 말까지 이 세상의 복사본이란 복사본은 모두 손으로 일일이 베껴 써서 만들었다. 노점에 내놓은 대부분의 책은 책장수 본인이 직접 베낀 것이고 판을 짜는 일마저도 그가 했을 것이다. 책장수란 자들은 또한 다른 장사치들에게서 책을 사서 복사하고, 덜 미더운 도서관 직원이나 학자 들과 거래를 트거나 원고를 팔고 싶어 늘 안달인 저자들에게서 원본을 입수하곤 했다. 책 매매업이 생겨난 처음 몇 세기 동안 책장수의 가장 큰 자산은 종이나 양피지 따위에 아름다운 서체를 수놓을 손이었다. 솜씨가 빼어난 필경사筆耕士들은 그렇지 못한 사람들보다 훨씬 높은 단가로 작업을 했다.

알렉산드리아 시장에서는 대개 파피루스를 사용했다. 파피루스란 글자를 쓸 수 있도록 표면을 다져놓은, 갈대 비슷하게 생긴 나일 강의 특산물이다. 이 식물의 줄기를 좁고 긴 조각으로 잘라내고 그것들을 여러 번 두들겨 바람이 통할 만큼 얇게 만든 다음 다시 햇볕에 말려 여러 장을 풀로 붙인 것이 파피루스다. 이 파피루스 낱장들을 앞뒤로 붙여 긴 두루마리를 만든 다음 해충과 부패를 막기 위해 삼나무 기름을 채워 넣은 오지항아리에 보관했다.

하지만 파피루스 두루마리에는 불편한 점이 두 가지 있었다. 두루마리 안에서 앞쪽으로 건너뛰거나 뒤쪽으로 가고 싶으면 두루마리를 말고 푸는 동작을 계속해야 했다. 그리고 재질이 유연하고 풍부하다고는 하지만 자연의 풍화작용에는 취약해서 상태가 급격히 악화되는 단점이 있었다.

그러나 파피루스의 운명을 결정한 것은 문화적, 경제적 시기심이었다. 알렉산드리아 도서관원들은 소아시아에 있는 페르가몬의 지배자들이 도서관을 짓고 있다는 사실을 알고 있었다. 이 라이벌 의식은 두 나라 사이에 첨예한 경쟁을 불러일으켰다. 새 도서관에 책을 공급하기 위해 분주히 움직이던 책장수들은 수백만 부의 책을 만들었고, 그러다보니 파피루스의 수요가 엄청나게 늘었다. 4세기에 이집트인들은 자기들의 이익을 지키기 위해 파피루스 수출을 전면 금지했다. 그러자 파피루스의 부족을 메우기 위해 페르가몬의 도서관원과 책장수 들은 양가죽 혹은 염소 가죽을 이용하여 글자를 써넣을 수 있는 새로운 지면을 만들어냈다. 이것이 바로 양피지Parchment인데, 라틴어로 '페르가몬의'라는 뜻이다. 짐승의 생가죽이 오랫동안 글을 쓰는 데 사용돼왔고, 아직 유럽화되지 않은 아메리카에서 계속 사용되고 있던 시절이었다. 새로 나온 양피지에는 여러 이점이 있었다. 물에 흠뻑 적신 양가죽에 석회를 발라 털을 부드럽게 해준다. 이어 가죽을 깨끗이 닦고 문지른 다음 사방으로 늘여놓은 후에 건조했다. 조그만 책 한 권을 만들려면 이런 가죽이 스무 장은 들어가야 했지만 대신 살은 먹을 수 있었다. 그렇지. 디플로마diploma('접어 개다'라는 그리스

어에서 유래했으며 공문서나 외교문서, 학위 등의 뜻으로 쓰인다)를 양가죽이라고 하는 이유가 있다.

그러나 양피지의 진짜 이점은 수명이 길고, 그 재질이 접을 수 있을 만큼 얇고 질기다는 점이다. 두루마리에서 코덱스로 이행할 수 있었던 것도 순전히 양피지의 이런 유연성 덕분이었다. 코덱스는 페이지들이 책등에 붙은 현대적인 책이다. 코덱스의 원형은 가락지같이 생긴 둥근 테로 양끝을 고정해놓은 밀랍판, 로마시대의 회계사 원장에서 찾을 수 있다. 양피지는 접을 수 있었기 때문에 페이지들이 접힌 부분에서 서로 철해져 소위 접장이 되고, 이 접장들이 책등에 부착되어 표지에 싸이는 것이다. 코덱스의 이점은 당신이 지금 당장 손에 들고 있는 것만으로도 확인할 수 있다. 그 즉시 아무 페이지나 넘길 수 있고 되감을 필요는 없다. 양피지와 코덱스가 금세 독자와 책장수 들을 사로잡자 파피루스 두루마리는 옛유물이 돼버렸다.

글은 어디에라도 쓰일 수 있다. 세금 징수나 법률문제와 관련된 인류 최초의 기록들이 기원전 3000년경의 메소포타미아 점토판에서 발견되고 있다. 이들은 우선 젖은 점토판에 내용을 새겨서 불에 구운 것이다. 이 점토판은 화재에도 견딜 수 있지만 부피가 너무 큰 게 단점이다. 인도에서는 초기에 야자잎 위에 글을 썼으며, 중국과 일본에서는 비단, 대나무, 나무껍질 위에 쓰기도 했다.

종이는 중국인이 처음 발명했다. 전설에 따르면 서기 1세기에 궁정의 환관이던 채륜이 연못에서 나무껍질 비슷한 부유물들을 보았다. 그는 그물눈이 총총한 체를 연못에 여러 차례 담갔다 건 져올렸고 펄프질로 된 표면의 얇은 막이 체를 뒤덮자 그것을 건조 시켜 마침내 종이를 만들어내기에 이르렀다. 그러나 기록에 따르면 중국인들은 이보다 2세기나 앞선 시절에 이미 종이를 사용하고 있었다. 전설은 제쳐두고라도 채륜이 종이를 만드는 전 과정을 체득해낸 것만은 분명하다. 초기에 중국인들이 쓰던 책은 두루마리 형태였거나 아코디언처럼 책장을 접어서 만들었을 것이다.

종이 제조법은 아시아 각지로 퍼져나가고, 9세기경에는 아랍에 이르렀다가 점차 유럽에까지 알려졌다. 유럽에서는 인쇄기와 더불어 읽고 쓸 수 있는 능력이 일반화하면서 대륙 전역의 성직자들이 생계를 위협받게 된 16세기에 들어서야 비로소 종이가 널리 사용되기 시작했다. 이때까지만 해도 사람들은 종이 문서들이 양피지 문서에 비해 법적인 구속력을 갖지 못한다고 생각했던 것이다.

종이는 양피지나 비단보다 훨씬 값이 쌌고, 파피루스나 야자잎보다 내구력이 강했으며, 어떤 물질보다 가볍고 부피도 작았다. 코덱스 형태를 취하면 두루마리보다 훨씬 더 쉽게 운반·보관할 수 있었다. 게다가 가볍고 얇은 재질 덕에 더 많은 내용을 채워넣을 수 있었으며 그런 책을 더 많이 만들어낼 수도 있었다. 늘 그러했듯이 책이 많아지면 독자가 많아지고, 독자가 많아지면 책장수도 늘어나는 법이다.

책장수들은 잉크병과 철필 등 장사에 필요한 기초 도구들이 담긴 통을 하나씩 갖고 다녔다. 그들은 또한 필경사 노릇을 겸했는데 그런 관행은 19세기까지 이어졌다. 결국 모든 서점이 필사실을 함께 운영했던 셈인데, 글을 쓰는 재주가 없는 사람들은 사업상의 서류가 됐건, 멀리 떨어진 가족 친지들에게 그리움을 전하는 편지가 됐건, 필경사가 직접 작성하는 매혹적인 수사로 장식된 연애편지가 됐건, 글을 써야 할 필요가 있으면 이 서점 필사실에서 필경사를 고용할 수 있었다. 글을 쓸 줄은 아는데 거기 쓰이는 많은 양의 필경 재료를 조달할 수 없는 사람은 (오늘날 인터넷 카페를 이용하듯이) 필사실에서 시간과 물품들을 빌리거나 살 수 있었다. 처음부터 서점에 없어서는 안 될 시설이었던 필사실은 아마도 서점의 여유롭고 느긋한 분위기가 정착되는 데 큰 도움을 주었을 것이다. 자리를 잡고 앉아 편지를 쓰는 그런 느긋함 말이다.

많은 책 노점상과 그리고 서점이 적은 비용으로 독서할 수 있는 혜택을 제공하면서 사람들은 꼭 책을 사서 소유하지 않아도 되었다. 문자해득률은 상승했으나 책들은 여전히 너무 비싸서 살 수 없던 그 시절, 독서실은 언제나 서점의 상징이었고, 지식 전파에 매우 중요한 역할을 했다. 유료 대출 도서관 형태로 20세기까지 살아남았던 이 전통은 이제 서점에서는 완전히 사라져버렸다. 단골은 가입비 몇 푼이면 도서관 회원이 되었고 다음엔 소액의 요금만 지불하면 책을 빌릴 수 있었다. 서점은 도서관보다 새 책을 더 신속하게 입수했기 때문에 독자들은 가능한 한 빨리 서점으로 달려가야 그 책들을 손에 넣을 수 있었다. 유료 대출 도서관은 2차 대전 말까지만 해도 미국에서 크게 유행했다. 전후의 번영과 새로운 소비문화가 우리 모두를 빌려 쓰는 자보다는 아예 사서 쓰는 자로 만들었던 그때 이후 세상이 달라져버렸지만.

누구라도 길 가다 멈춰 서서 두루마리를 살 수 있고, 연애편지를 써달라고 청할 수도 있는 노점은 경우에 따라서는 살림이 아주 단출했다. 철필과 잉크, 종이를 갖춘 책장수 한 사람에 카펫 위에 매력적으로 값을 매겨놓은 책 몇 권만 늘어놓으면 됐기 때문이다. 그게 아니라 노점이 시장에서 시장으로, 도시에서 도시로 이동할 수 있는 바퀴 달린 수레일 수도 있었다. 이런 노점엔 셔터만 장치해놓으면 그만이었다. 사업이 안정 단계에 접어들었다고 생각되면 이 수레형 노점 업자들은 아케이드의 베란다와 교회 현관 안에 설치한 판매대와 더불어 결국엔 튼튼한 담장까지 두른 영구적인 거처를 찾아 나섰다. 노점이 영구적인 거처로 탈바꿈하자 가게로 인정받을, 사방이 담으로 둘러싸인 터도 생겨났다. 책장수들은 조수 한두 명을 고용할 만큼 충분한 돈을 벌기도 했다. 서점이 손님이 들어가 둘러볼 수 있는 공간으로 진화한 것은 바로 이 시장 노점에서부터였다.

4장

—

서점에서 일을 한다는 것

사람들은 뭔가 원하는 게 있어서 서점엘 온다.
이면 시의 제목이 궁금해서라든지 아니면 단세포 생물의 세포 발육 속도를
예측하는 데 필요한 수학 등식을 찾아보기 위해서 말이다.
그러니 이 책 도시에서 일할 수 있다는 게 얼마나 큰 행운인가 말이다.

서점에서 일을 한다는 것

업스타트 크로에서 행복한 4년을 보낸 뒤 마침내 자리를 옮겨야 할 때가 왔다. 1980년 나는 팔로알토에 있는 대형서점인 프린터스로 일하러 갔다. 프린터스 서점은 업스타트 크로에서 북쪽으로 불과 20분 거리에 있었으나 스탠퍼드 대학 캠퍼스 끝자락에 위치해 있어 둘은 서로 동떨어지고 생소해 보였다. 그레타와 나는 프린터스 서점으로 함께 옮겼는데, 우리 둘 다 업스타트 크로가 점점 더 법인기업 냄새를 피우는 데 좌절감을 느끼던 참이었다. 우리는 몇 번인가 프린터스를 방문했고, 서점 규모와 다양하고 폭넓은 분야의 책들, 그리고 매장의 활기찬 모습에 깊은 인상을 받았다. 첫눈에 그 서점은 업스타트 크로를 끌어다놓고 규모를 늘려 성공적으로 키워낸 듯한 느낌을 주었지만 우리는 얼마 안 가 그 이상의 뭔가가 있다는 사실을 깨닫게 되었다. 알고 보면 프린터스

서점은 한창 번영을 구가하던 작가와 과학자, 기업가, 교수, 그리고 모든 분야를 아우르는 진지한 독자 공동체 한가운데 서 있었다. 프린터스 서점이야말로 진정한 코스모폴리탄의 이상이 구현되는 공간이었던 것이다.

기독교도들과 그 검열관들이 유럽을 암흑기로 밀어 넣기 시작하던 5세기 끝자락 이전만 해도 로마는 제국의 수도였고 번영하는 문예와 학문의 국제적 중심지였으며 책과 작가, 독자 들을 위한 안식처였다. 당시 로마의 문자해득률은 세계 어느 도시보다 높았다. 공공도서관이 차고 넘칠 만큼 많았으며 글을 읽을 수 있는 모든 이에게 개방돼 있었다. 학문 경연이 열렬한 반응을 불러일으키며 빈번하게 열렸고 또 높은 평가를 받았다.

공공장소에는 모든 시민이 읽을 수 있도록 신문들이 내걸렸고, 이어서 벌어지는 토론과 논쟁 들은 거리를 왕래하는 사람들의 발길을 붙들었다. 부유한 사람들이 고용한 필경사들은 주인들이 읽을 수 있도록, 혹은 조금 더 인심을 써서 여가중에 주인들에게 소리 내어 읽어줄 작정으로 이 신문들을 베끼곤 했다. 로마에서 발간되던 수많은 일간지들은 내용 면에서 오늘날의 신문들과 그다지 다를 게 없었다. 출생과 사망, 경제 흐름, 자연재해, 정치적 추문, 군사적 업적, 심지어는 유명인사의 이혼 사실까지도.

이런 분위기 속에서 서점은 도시를 먹여 살리는 데 없어서는 안 될 교역상이 되었다. 고대 로마에서는 서점들이 넉넉하고 풍요로웠으며 서로 맹렬한 경쟁을 벌였다. 서점들은 제국만큼이나 광범위하게 뻗은 유통체제에 기대어 장사를 할 수가 있었다. 흑해 근방에서 유배생활을 하던 오비드는 사랑하는 도시 로마에서 수천 킬로미터나 떨어져 있는 그곳에서 자기 작품의 사본들을 발견하고 안도감을 느꼈다. 로마가 알렉산드리아의 목욕탕들과 물을 데우기 위해 지펴 올렸던 불길에서 멀리 떨어져 있었기에, 그리고 학문과 문학이 단 하나의 저장고, 다시 말해 알렉산드리아 대도서관처럼 단 한 곳에만 자리잡고 있지 않았기에, 그리스보다는 로마적이라고 해야 마땅한 저작물들이 첫 밀레니엄을 통과해 살아남을 수 있었다.

지중해의 선배들에 비하면 훨씬 안정된 처지였다고는 해도 로마의 책장수는 여전히 조금은 명예스럽지 못한 직업으로 생각되었다. 기원전 1세기에 서정시인이자 풍자문학가인 호레이스는 저서 『시론 *Ars Poetica*』에서 벼락출세한 책장수들인 소시 Sosii와 사기 작품들을 많이 출판해준 소시의 동료 소수스 Sosus를 조심하라고 작가들에게 경고했다. 호레이스는 그들이 판매 부수를 속이는 비열한 짓을 했다면서, 자기 작품을 표절한 책들이 버젓이 유통되는 것을 강 건너 불구경하듯 방관하고 있다고 비난하기도 했다. 그렇지만 호레이스는 다른 시에서 자신에게는 명성을, 로마에는 영광을 가져다주었다며 소시와 소수스에게 경의를 표했다. 그는 이렇게 물었다. "달리 어떻게 내 작품들이 빛을 볼 수 있었을 것이며, 나아가 로마세계의 먼 끝까지 가 닿을 수 있었겠는가?"

책장수들에 대한 감정이 모호한 것과는 별개로 호레이스는 자기 시에서 그들의 서점으로 가는 방향까지 일러주는 이해심 많은 출판업자였다. 그는 편지에 이렇게 썼다.

나는 안다네. 자네가 왜 그토록 열렬한 눈빛으로 내 책을 바라보는지.
당장이라도 야누스와 보르툼누스 신전 입구로 달려가고 싶겠지.
소시 형제의 서가에 올려놓을 아름다운 새 책을 손에 쥐고
근사한 차림으로 시장에 당도할 생각에 자네는 아주 안달을 하고 있지.

상업신商業神의 하나인 보르툼누스Vortumnus 상은 서점 지구 바로 바깥쪽에 서 있었다. 야누스 신전은 포룸Forum(광장) 입구 쪽에 있었는데 상인들은 거기에서 각자 들고 나온 다양한 물건을 팔았다. 소시 형제는 최초의 서점 체인들 가운데 하나를 경영했는데 아무 체인점에서나 호레이스의 신간을 살 수가 있었다.

장사가 더욱 안정적인 단계로 접어들자 서적판매업자들은 새

저작들 중에서 어느 것을 출판할지를 결정한다든지, 출판에 따르는 손익을 따져본다든지, 또 생존 작가들과 법적으로 구속력이 있는 계약을 체결하는 등의 일을 하면서 오늘날 우리가 아는 출판업자가 되었다. 출판업자로서의 서적판매업자는 19세기 산업혁명 때까지도 변하지 않고 남아 있던, 이 장사의 역사에서 가장 유서 깊은 상징이었다.

갑작스럽게 늘어난 수요를 충족시키기 위해서는 필경사들이 더 많이 필요했다. 때마침 로마에는 노예노동이 넘쳐났다. 로마에서도 가장 부유한 축에 드는 가정에서는 오래전부터 사적이면서도 사치스럽다는 느낌마저 주는 도서관과 함께 하녀, 요리사, 정원사 같은 집안 일꾼들을 거느리고 있었다. 그 정원사들에는 낭독자 겸 필경사가 포함돼 있었다. 필경사가 된다는 것은 암염 갱부가 되는 것과는 반대로 누가 보아도 호사임에 분명한데, 그런 경우는 제쳐놓고라도 노예들에게 읽고쓰기를 배울 기회는 자유를 향한 노정의 첫걸음이나 마찬가지였다.

티투스 폼포니우스 아티쿠스Titus Pomponius Atticus는 기원전 1세기에 그 시대의 가장 인기 있는 책들을 수요가 생기는 즉시 복제해낼 노예 필경사들을 들여왔다. 그의 필경사들은 하루에 큰 책 한 권을 똑같이 복사해낼 수 있었다. 그것도 엄청나게 싼값으로. 사람들은 아티쿠스 서점을 통해 장식용으로 나온 마르티알리스Martialis의 『격언집Epigrams』 초간본을 5데나리온에 살 수 있었다.

요즘 돈 10달러를 밑도는 가격으로 말이다. 같은 책의 염가판은 10세스테르티, 약 3달러면 살 수 있었다.

새 책들과 그것을 만들어낸 일꾼들의 요청을 수용하기 위해 서점의 외형과 구조도 변하기 시작했다. 깔개나 노점식의 흔해빠진 전면 구조로는 버티기 어렵게 되면서 서점은 급속히 증가하는 재고서적들을 보관하고 필경사들과 그들이 베껴내는 책들이 차지할 내실 공간을 확보하기 위해 안으로 깊숙이 들어가 앉게 되었다. 수레와 노점이 개조된 계산대는 오늘날에도 그렇듯이 고객과 사업주의 만남의 장소였을 테고, 그 위에는 신간서적들이 진열돼 있었을 것이다. 계산대 뒤, 그리고 서점 정면의 다른 벽들에는 엑스자 모양의 작은 칸들로 나뉜 상자같이 생긴 선반들이 늘어서 있고 거기엔 금방 꺼내 읽을 수 있는 두루마리들이 제목 꼬리표를 달고 하나 가득 보관돼 있었을 것이다. 필사실 서비스 역시 제공되었을 테고, 현대의 서점처럼 저자 낭독회는 빼놓을 수 없는 풍경이었으리라. 공공광장에서 저자들은 책을 낸 사람, 안 낸 사람 할 것 없이 모두 서점 앞에 모여 단 한 명의 청중이라도 찾아보겠다는 희망을 품고 자기 작품을 큰 소리로 낭독했을 것이다. 고대 로마 서점의 발전상, 이 장사에서는 그게 분수령이다. 비록 500년 된 분수령이라고는 하지만 말이다. 로마시대 서점, 그러니까 매혹적인 외관을 갖추고 안쪽으로 깊숙이 들어간 구두상자 형상의 서점은 오늘날에도 여전히 유행하고 있다. 이 시대에 이르러 서점은 각계각층의 시민들이 저렴한 책을 살 수 있는 곳이라는 개념이 유럽문화에 깊이 각인되기 시작했던 것이다. 한때는 사제와 학자들만의 재산이었던 책은 이제는 일반인들의 개인 소유가 인정되는 거래품목이 되었다.

내가 프린터스 서점에 발을 들여놓았을 때 처음 들었던 생각은 단순했다. 내가 이상적이라고 생각하는 서점 꼴을 갖추었다는 것이다. 구두상자의 좁다란 한쪽 끝은 거리에 면해 있었고, 책으로 꽉 찬 서가들이 늘어선 길고 높은 양 옆구리는 독자를 길게 뻗은 통로로 끌어들이는 것처럼 보였다. 드넓은 서점 한복판에서는 신간들로 가득한 매대들이 손님들의 주의를 끌기 위해 독립서가 구역들과 서로 다투고 있었다. 전망은 확 트여 있었고 또렷한 데다 단순했다. 한마디로 서점다웠던 것이다.

입주하기로 한 상인을 위해 융통성 있게 공간을 디자인한 쇼핑몰에 차리잡았던 업스타트 크로는 낮은 지붕 아래 움푹한 작은 벽감과 쪽방투성이였으며 그래서인지 불규칙하게 뻗어나간 교외 지역을 연상시켰다. 면적이 크로 서점의 네 배 기까이 되고 천장 높이가 6미터나 되는 프린터스 서점은 그에 비하면 맨해튼 같았고 전체적인 느낌이 당당하면서도 중후했다.

구두상자형 가게는 어느 소매상에나 훌륭한 모양새가 돼준다. 우선 입구가 좁은 탓에 쇼핑가에 면하는 면적이 더 넓어지는데 상인이 더 많은 고객을 끌 수 있기 때문에 이는 부동산업자가 더 많은 의뢰인을 얻는 데에도 도움이 된다. 공간은 좁아지는데 사람은 더 많아진다는 얘기다. 한 가게를 향하던 고객이 잠깐 멈추어 서서 가지런히 잘 정돈된 다른 가게의 진열창을 들여다본다, 저기 있는 한 품목에 마음이 끌린다, 가게 문을 연다, 그러고는 보라, 밖에서는 상상할 수도 없었던 수많은 제품을.

구두상자형이 서점에 꼭 적합한 형태는 아니다. 서점도 몹시 초라하고 남루한 공간으로 전락할 수 있으며, 치솟는 임대료와 얼마 안 되는 수익 사이에서 부대낄 것이다. 실제로 세계 유수의 서점들(파리의 셰익스피어 앤드 컴퍼니, 샌프란시스코의 시티 라이츠 두 곳이 우선 떠오른다)은 이상한 나라의 미궁같이 토끼사육장, 터널, 작고 괴상한 방처럼 이리저리 비틀린 공간들을 사용한다. 오늘날 대형 슈퍼마켓들은, 다른 모든 체인점과 똑같은 구조에 평평한 케이크 상자형 공간이다.

그러나 책의 물리적 특성을 감안하면 서점에 제일 잘 어울리는 모양은 역시 구두상자형이다. 크기는 약간 다르지만 책들은 기본 형태가 똑같아서, 한 권 다음에 또 한 권 하는 식으로 쉽사리 세울 수 있는 직사각형 입체이며, 두 평면이 맞물리되 각 평면이 다른 평면에 90도 각도로 균형을 맞추는 모양새를 띤다. 그러므로 거기에 맞춘 것이 서가인 것이다. 캔털루프(멜런의 일종) 한 시렁을 한 줄로 세워놓기가 얼마나 어려울지를 상상해보라. 책을 선반에 얹는 작업이 힘들지 않은 이유는 종이와 판지의 단단하면서도 유연한 특성, 그리고 책 자체가 이미 포장된 물건이라는 간단한 사실 때문이다. 가득 쌓인 스웨터 더미에서 스웨터 한 장을 끄집어내는 일과는 반대로 두 권의 다른 책들 사이에서 책 한 권을 빼내는 것, 그렇게 빼낸 책을 선반 위의 같은 곳에 다시 집어넣는 것은 사실 일도 아니다.

선반에 무언가를 간단히, 안전하게 얹을 수 있다는 것은 그걸 더 높이 쌓을 수 있다는 얘기다. 당신에게 각기 종류가 다른 과일 5만 개가 있고, 그나마 같은 종자라곤 전혀 없다면 높은 선반은 당신이 임대료를 내고 사용하는 공간을 확장하는 효과를 낸다. 예컨대 임대 면적은 줄이면서 책은 더 많이 수납할 수 있다는 이야기다. 도서관만큼이나 서점에서도 흔히 쓰이는 도서관용 사다리가 있어 높은 선반을 만들어 쓸 수 있으며, 선반 모양이 일률적이어서 사다리를 타고 비교적 쉽고 안전하게 책을 위아래로 운반할 수 있다.

서점의 높다란 벽들은 친밀감을 자아낸다. 다채로운 책으로 꽉 찬 서가들은, 저녁때가 뇌빈 밀리 떨어진 언덕들이 더 가까이 다가서는 느낌을 주듯이 공간을 훨씬 단축시키고 앞쪽으로 끌어당긴다.

서점 설계의 미학에서 한 가지는 확실히 옳다. 공간이 지나치게 넓으면 책이 충분치 못하다는 얘기이고, 그러면 이내 고객들이 발길을 끊으면서 망조가 들기 시작한다는 것이다. 고객이 서점에 이끌려 들어오는 이유는 그 서점이 번듯하게 잘나가는 것처럼 보이기 때문이다. 책이 많은 풍경을 보고 싶어한다는 얘기다. 우리는 말끔히 치워진 서점보다 여기저기 아무렇게나 어질러진 서점에 이끌릴 공산이 더 큰데, 난잡하고 무질서해 보이는 것이 활기를 띠고 우리를 유혹하기 때문이다. 표지의 색 조합을 고려해서 조심스럽게 골라놓은 책들이 가지런히 꽂힌 고급스러운 은회색 철제 서가가 보인다고 해서 그 서점에 들어가고 싶어지는 건 아니다. 우리가 기대하는 것은 난잡함, 그러니까 현대 도시처럼 규율이 있는 난잡함이다. 뭔가 도를 넘는 혼잡스러움과 흥분, 구경거리가 없으면 그건 도시가 아니다.

서점의 높은 벽과 키 큰 독립서가들은 이 도시의 거리들을 구성하는 좁은 통로, 깊은 골들을 만들어낸다. 이 서가들에는 대개 꾸준히 팔리는 구간 도서들이 알파벳순으로 진열되어 있다. 이 서가 거리들은 지금 이 순간도 원활하게 돌아가고 있는 이 도시의 주민들에 해당한다. 당신은 지나는 길에 멈춰 서서 여러 해 동안 다시 읽겠다고 작정하던 헤밍웨이를 찾아내고, 장차 당신에게 필요할 세금 관련 서적과 귀여운 아이에게 줄 어린이책을 고른다. 북적이는 인파로 흥이 넘치는 이 거리에서 당신은 가던 길을 멈추고 좁은 구석으로 잠시 숨어들 수도 있다. 그러고는 한쪽 팔꿈치를 선반에 괸 채로 캘리포니아의 신화를 풀어간 조앤 디디온Joan Didion의 에세이에 빠져들거나, 보조계단을 딛고 올라가 죽은 자를 기리는 날의 풍경을 포착한 멋진 사진집을 들춰볼지도 모른다.

만약 서가들이 도시의 스카이라인을 형성하는 마천루라면 평평하고 나지막한 매대는 누구나 조금씩 속도를 늦추게 되는 개방된 공원이나 집 안뜰이다. 여기서 당신은 여태껏 보지 못했던, 표지에 눈길 한번만 주어도 매혹당할 수밖에 없는 책들을 마침내 손에 넣기로 돼 있는 것이다. 서두를 필요는 없다. 여기선 하루 종일 머물며 시간을 보낼 수 있으니까. 여느 대도시처럼 이곳엔 누구에게나 어울리는 무드가 있고 골목골목 거리거리에 뜻밖의 놀라움이 기다리고 있다.

프린터스 서점 정문 바로 안쪽에는 이 서점의 로고이며 영감의 원천인 활판인쇄기가 한 대 놓여 있었다. 이것은 구텐베르크 혁명의 유물로 수백 년 동안 서점의 상징이었다. 프린터스 서점에서 이 활판인쇄기는 단순한 장식물이 아니다. 그것은 이 서점의 지향점과 의지 그리고 목표를 선포하는 상징물이다. 이러한 의지가 근사한 북마크 디자인에 그칠 수는 없지 않겠는가. 그리하여 오너들은 지역에서 가장 경험 많고 헌신적인 서적판매업자들을 직원으로 불러 모으기 시작했다. 제프리 셔틀레프, 애니 래더스, 케이트 애비, 수전 맥도널드, 개리 마스텔러 등 서점 창립자들은 모두 멘로 파크 근처에 있는 케플러 서점Kepler's Books에서 일했던 사람들이었다. 케플러 서점은 이 일대에 처음 출현한 대형 페이퍼백 서점이었는데, 특이한 것은 1960년대에 한창 활기를 띠던 반전운동의 본거지가 되었다는 점이다. 프린터스 서점의 첫 경영 행보는 가능한 한 많이 케플러의 직원들을 스카우트해오는 것이었다.

1978년에 프린터스 서점이 문을 연 뒤 오너들은 케플러 서점 말고도 다른 서점에서도 적극적으로 직원들을 모집해 들이기 시작했다. 스카우트 담당 팀장은 셔틀레프였다. 그는 큰 소리로 껄껄거리며 왁자하게 전화질을 해대는 사람이었는데, 그러면서도 티 없는 미소로 어느 방이든 환하게 불을 밝혀주는 멋쟁이였다. 셔틀레프는 주 계산대에서 일하는 우리 같은 사람들과 정답게 대화를 나누면서 그 일대의 서점들을 돌아다녔다. 프린터스의 오너들은 우리 같은 수많은 소매업의 노예들이 책을 판매하는 데 아주 열심이라는 것, 우리가 B. 돌턴이나 월든, 혹은 크로 서점 등 어디서 일하든 현재 지위에 적지 않게 좌절감을 느끼고 있을 것이며, 좀더 야심 찬 서점에서 새 보금자리를 찾으려는 생각 때문에 얼마간은 흥분해 있다는 것을 잘 알고 있었다. 그레타와 내가 셔틀레프를 만났을 때는 그가 이미 크로 서점에서 최고의 핵심 인재로 평가받던 데이비드 호넷을 빼내간 후였다. 그 당시에 그레타는 관리직이었고 나는 그녀의 조수였는데 두 사람 다 크로를 "내" 서점으로 생각하고 있었다. 호넷이 더 많은 보수를 받고 더 막중한 책임을 맡는다는 조건으로 그들의 제의에 응했을 때 우리는 당황하긴 했지만 충분히 이해할 수 있었다. 그레타와 나는 호넷을 통해서 프린터스에 대해 이미 많은 것을 알고 있었고 셔틀레프가 어슬렁거리며 들어온 그날 우리 셋은 서점들에 대해서 이러쿵저러쿵 늘어놓던 잡소리를 끝내버렸다. 그는 우리에게 프린터스 서점의 스태프로 동참해달라고 제의했고 우리는 다른 오너들과 미팅을 시작했다.

그레타와 나는 금세 솔깃해졌다. 첫째로 돈 문제가 있었다. 프린터스 측은 괜찮은 직원 하나를 데려오려면 상당한 금전적 대가를 치러야 한다는 사실을 잘 알고 있었다. 그레타와 나는 크로 서점보다 30퍼센트가량 높은 임금을 제의받았는데, 반일제 근무자를 포함해서 더 많은 프린터스 직원들이 그후 몇 년 동안 무료 건강검진 혜택을 받았다. 오너들은 또한 이윤 배분 계획을 세워 그걸 실행에 옮기기도 했다. 계획이 실행에 옮겨지자 4년 만에 내게는 거의 1년치 봉급에 해당하는 이자가 붙었다. 한때 시간당 10센트 인상안(한 달이면 16달러, 엄청난 액수다)을 놓고 크로 서점 측에 회사를 그만두겠다고 위협한 적이 있었으니, 그레타와 내가 고민할 이유가 없었다.

그러나 돈만이 문제는 아니었다. 원래 서점에서 일하는 사람들에게 돈은 큰 문제가 되지 않는다. 셔틀레프가 처음에 이런저런 얘기를 하던 중에 그레타와 나의 맘을 결정적으로 뒤흔들었던 말은(케이트, 수전, 게리가 프린터스 서점에서 우리를 길게 인터뷰하면서 거듭 강조한 것이기도 했다) 바로 훌륭한 서점, 세계적 수준의 서점을 만드는 데 우리가 큰 기여를 할 수 있다는 얘기였다. 책밖에 모르는 인간들이 어찌 그런 기회를 마다할 수 있었겠는가.

첫 미팅 참석 차 서점에 들어서기도 전에 그레타와 나는 프린터스 서점이 다른 서점들과는 뭔가 달라도 확실히 다르다는 것을 직감했다. 서점 전면의 높다란 유리벽을 따라 그다지 품격이 느껴지지 않는 흰색 글자로 한 자 한 자 써붙인 것은 "Books(영어), Bücher(독일어), Livres(프랑스어), Libros(에스파냐어)" 같이 국경을 바꿔가며 이어지는 '책'이라는 단어였다. 서점으로 들어간 우리는 그들의 자부심을 뒷받침할 외국어책 코너를 발견했다. 우리는 또 세계 각지에서 수입해온 무려 1200종이나 되는 잡지도 볼 수 있었다. 시詩 코너는 크로 서점의 소설 코너보다 컸고, 소설 코너는 크로의 전체 도서를 합쳐놓은 것보다 규모가 컸다. 아시아사, 러시아사, 중동사 같은 개별 섹션은 그 하나하나가 크로의 전체 역사 코너보다 더 컸으며 미국이나 유럽사 코너 역시 크로의 같은 분야와는 비교도 안 될 만큼 어마어마했다. 그들의 심리학 코너는 『최고가 되기 위한 인생관 Looking Out for Number One』의 수

준을 훨씬 넘어섰고 상당수 비즈니스 코너는 『긍정적인 사고의 힘*The Power of Positive Thinking*』보다 더 세분화되어 있었다. 그곳에는 화학, 생물학, 수학, 천문학 텍스트 같은 전문 코너도 있었는데, 대학의 전공 논문과 일반 독자들은 읽어낼 수 없는 자료들이 대부분이었다. 또 소수만이 컴퓨터를 갖고 있던 시절에 컴퓨터 프로그래밍이라는 전문 매뉴얼로 코너 하나를 따로 꾸려놓았다. 실로 의미심장한 일이 아닐 수 없다.

이 모든 것이 '책 도시'를 가득 채우고 있었고, 양지바른 매대를 가지런히 덮고 있었다. 너무나 놀라웠다. 그레타와 나는 크고 훌륭하다는 서점을 꽤 많이 가봤지만 베이 에어리어Bay Area에는 그때나 지금이나 그런 서점들이 넘치도록 많다. 그렇다면 프린터스 서점의 무엇이 우리를 사로잡았던 것일까? 우리는 바로 이 책 도시를 건설하는 데 도움을 달라는 요청을 받았던 것이다.

팔로알토는 맨해튼이 아니다. 나뭇잎은 무성하고 잔디는 가지런히 짧게 깎인 풍요로운 교외지대로 자전거 타기, 조깅, 테니스, 골프에나 딱 어울릴 곳이다. 그곳에는 대노시처럼 혼잡하거니 북적이지 않는 나른한 모습 때문에 서점 하나가 어떻게 문예 공동체를 창조하고 활성화시킬 수 있는가를 더 잘 보여줄 수 있을지도 모르겠다. 돈만 충분하다면 어느 바보라도 파리의 레프트 뱅크 빌리지Left Bank Village에 있는 블리커 가에 서점을 낼 수가 있다. 오해는 말기 바란다. 그 서점을 제대로 운영해나가는 것은 아무 바보나 할 수 있는 일은 아니다. 그러나 팔로알토의 호화스러운 중심가 남쪽에 그동안 내내 버려두다시피 했던 쇼핑가에 세계적인 수준의 가게를 열려면 어딘가 특별한, 운이 좋은 바보들이 필요한 법이다.

캘리포니아 애비뉴 310번지는 새 서점 부지로 적합한 조건을 갖추고 있었다. 그곳은 스탠퍼드 대학 캠퍼스에서 약 1.5킬로미터, 장차 실리콘밸리의 거인이 될 고만고만한 햇병아리 회사들이 들어선 곳에서도 불과 몇 킬로미터밖에 떨어져 있지 않으며 믿을 수 없으리만치 임대료가 쌌다. 임대료가 싸다는 것은 결코 그냥 지나칠 수 없는 조건이다. 소매업은 목만 잘 잡으면 장땡이라고들 하지만 그 못지않게 중요한 것이 임대료다. 판매 이문이 박하니 세가 너무 비싸면 재앙을 부를 수도 있다.

캘리포니아 애비뉴는 1950년대 말에 이미 걸음을 멈춰버린 듯한, 세 블록으로 이뤄진 빛바랜 쇼핑가였다. 프린터스 서점이 차지한 넓은 공간은 한때 푸줏간, 그러니까 동물의 무릎뼈를 부숴뜨릴 시멘트 바닥까지 갖춘 대형 정육점이었다. 거리에는 지하 싸구려 술집 하나와 펀 바fem bar(고사리 같은 관엽식물로 장식한 바—옮긴이) 하나가 있었고, 달랑 스크린 하나만을 갖춘 극장, 별 볼일 없는 중국집, 갯보리와 두부를 파는 건강식품점이 하나씩, 그리고 작은 장신구 따위를 취급하는 가게가 몇 있었다. 낮에도 조용하기만 하던 캘리포니아 애비뉴는 밤이 되면 그대로 유령도시가 되었다. 프린터스 서점이 문을 열기 전까지는 말이다.

그때 팔로알토와 이웃 멘로 파크에는 괜찮은 서점들이 꽤 많이 들어서 있었다. 케플러 서점, 비즈니스·기술 서적을 전문으로 하는 스테이시 서점, 드넓은 스탠퍼드 대학 구내서점, 상류층 고객만을 대상으로 하는 셜리 코브 하드커버 서점, 거기다 중고서적과 골동품을 사고파는 책장사들도 많았다. 프린터스 서점의 오너들은 "우리에게 과연 또하나의 서점이 필요한가?"라는 진부한 질문에 맞닥뜨려야 했는데, 어찌됐든 이성의 명령과는 반대로 "예스"라는 답이 나오도록 자신에게 확신을 심어주어야 했다.

그 숱한 영리한 상인들처럼 프린터스 서점의 오너들 역시 최고로 훌륭한 아이디어들을 모두 남들에게서 빼내다 썼다. 재주라면 훔쳐온 아이디어들을 새로운 방법으로 뒤섞는 것이었다. 프린터스 서점은 케플러 서점이 그러했듯이 신간들을 한 권도 빠짐없이 완벽하게 갖추어 내놓았다. 그뿐만이 아니었다. 그렇게 많은 스테이시 서점 고객들이 찾아다니던 비즈니스와 기술 도서 매대를 따로 마련했으며, 스탠퍼드의 서점늘이 제공하던 광범위힌 학술 정보 서비스와 특별 주문 서비스 제도를 채택했다. 또한 일주일에 두세 차례씩 유명 작가와 아직은 많이 알려지지 않은 예비 작가들이 참가하는 낭독회를 개최했다. 그들은 버클리와 케임브리지의 대형 신문잡지 매점에서 방법을 배웠다. 그리고 업스타트 크로에서 곧장 영감을 얻어 커피바를 운영함으로써 대미를 장식했다. 스탠퍼드와 실리콘밸리 공동체를 위한 원스톱 쇼핑. 오! 우리는 또질세라 자정까지 서점의 문을 열어놓았다.

장사를 시작한 지 몇 달도 안 되어 서점은 성공을 거두었고, 곧 거리 전체에 활기를 불어넣었다. 프린터스는 이제 사람들이 일부러 찾는 대형 백화점으로 탈바꿈했다. 더 많은 레스토랑들이 생겨났고, 생음악 연주를 위한 나이트클럽 하나에 부유층 상대의 의류와 장식품점, 복사 가게, 카페 들이 잇따라 생겨났다. 그곳은 아연활기에 넘쳤고, 당연히 세도 비싸졌다. 고등학생들은 밤늦게까지 그곳을 떠나지 않고 서성거렸다. 차를 세워두기도 어려웠으니 거리의 일상이었다고 할까.

더없이 적막한 시골 교외에서 올라온, 그리고 크로에서 코스모폴리탄적인 삶의 한 조각을 겨우 맛본 얼뜨기로서, 나는 프린터스 서점에서 보는 광경이 번영과 발전을 향한 절박한 내달림이라는 것을 깨달았다. 산호세 시절 크로 서점에 이런 자유분방한 패거리들이 출현하는 건 별나고 희귀한 일이었다. 하지만 그 시절 프린터스 서점 안팎의 문화적 사건은 결코 변칙이나 예외가 아니라 일상이었다. 프린터스 서점 주변으로 성장해가던 마을을 먹여 살린 것은 다름 아닌 책이었다. 짧은 세 블록만을 놓고 본다면 이 도시의 중심은 단연 서점이었다.

프린터스 서점에는 간명한 지상명령이 하나 있었으니, 그건 바로 '모든 것을 다 갖춰놓아야 한다'였다. 서점은 그런 명령을 감당하고도 남을 만큼 대성공이었지만 명령을 이행하려면 직원을 늘려야 했다. 업스타트 크로의 경우 분점이 마음대로 책을 주문할 수 있는 재량권이 별로 없었다. 대부분 본점 사무실에서 합리적인 서가 길이 측정법을 쓴 도표와 차트를 이용해 주문을 넣었다. 즉, 픽션 부문 A와 B 서가는 길이가 약 111센티미터라야만 했고 더 길면 안 되었다. 그레타와 나는 이런 엄한 제한을 뚫고 나갈 방법을 찾아냈다. 우리는 열심히 머리를 써서 가공의 특별 주문 고객을 만들었다. 그중에서도 내가 제일 많이 썼던 이름이 럼척 히클 Lumchuck Hickle이었는데, 마르셀 뒤샹 같은 이름은 들통날 게 뻔했다. 이 상상 속의 고객들은 자주 최신간 문학 에세이 세 권, 혹은 그해 최고의 전위희곡집 다섯 권을 구입했다. 본점 사무실에서 일하는 직원들 가운데 어느 누구도 책을 여러 권 특별 주문하는 우리의 이런 야바위 짓에 이러쿵저러쿵하지 않았다.

그러나 프린터스는 독립서점(독립서점이란 말이 가장 잘 들어맞는 서점이었다)이었고, 오너들은 우리에게 무제한의 자유를 주다

못해 아예 모든 고삐를 풀어버렸다. 한 손엔 출판사 카탈로그 더미를, 다른 한 손엔 녹색, 흰색의 재고카드 파일을 들고 서가로 가서 팔려 나간 단행본 한 권 한 권을 점검한 뒤 재주문을 넣었다. 또 그렇게 진행되는 거래들이 우리가 미처 갖춰놓지 못한 책들에 대해 시사하는 건 무엇일까 궁리했다. 내가 금전등록기 앞에 없을 때는 십중팔구 책들의 도시 밖으로 나와 그곳을 더욱 북적대는 도시로 만들기 위해 애쓰고 있을 때였다. 그 몇 년 내내 우리는 말 그대로 매장 일만 하면서 보냈다. 내가 언제나 좋아했던 말은 "예, 전 지금 매장에 있는데요"였다. 그곳은 정말 편안한 장소였다.

서점에서 일하며 얻는 보상들 가운데 남들에게는 잘 알려져 있지 않지만, 나에게 늘 기쁨과 위안을 준 것이 있다면, 금전등록기 뒤에서 백룸에 이르는 작업 공간, 즉 매장이다. 그곳은 좀 괜찮다는 서점에는 다 있는 공간으로, 대부분의 일이 처리되고 직원으로서 숙련이 되는 곳이다. 자유로움과 융통성, 사적인 일을 하면서도 공적인 활동 무대에 있다는 느낌, 시대와 그 언저리를 배회하는 낯선 사람들에 연결되어 있다는 느낌 따위를 안겨주는 공간이다. 매장은 공중의 광장이자 거리의 연장이며 장터이기도 하다. 육체적, 감각적으로도 매장 일을 하면 칸막이가 쳐진 열람실이나 사무실 생활을 할 때보다 더 많은 공기를 들이마실 수 있고 하루 종일 변화해가는 빛과 계절의 변화에 더 예민해진다. 매장 일을 하는 것은 세계의 일부가 되어 그 속에서 일하는 것과도 같다.

나는 재고카드 뭉치를 들고 각 섹션을 오가며 책의 판매 일자와 빈도를 체크하곤 했다. 서가에서 책을 뽑아 드는 이유는 그것들을 재배치해야 할지 어떨지를 살피기 위해서였는데, 대개는 책을 좀더 많이 알고 싶어서였다.

내가 프린터스 서점에서 일하던 시절에는 컴퓨터 재고조사 시스템이란 게 없었다. 그게 1985년이 돼서야 겨우 갖춰졌기 때문이다. 우리의 1책 1카드 재고처리 시스템은 노동집약적이고 지루하며 막판에 가서야 모든 게 밝혀지게 돼 있는 원시적인 방식이었다. 이 경우 책 속에는 하드커버는 녹색, 페이퍼백은 흰색으로 된 카드가 한 장씩 들어 있는데 책이 팔렸을 때는 카드 내용이 등록기에 옮겨졌다. 이 시스템으로는 하루 종일 컴퓨터 모니터 앞에 앉아 책의 목록과 관련 번호들을 읽어낼 수가 없었다. 우리가 서가에 가야 했다는 얘기는 책을 손으로 만져보아야 한다는 것, 또 책을 더 많이 알 수 있는 기회를 얻는다는 의미였다.

한 권의 책, 거기서 읽은 하나의 문장으로 세상의 온갖 좋은 것, 사소한 것, 심오한 것들이 시작되었음을 나는 배웠다. 그 한 문장이 나를 다른 책으로 이끌고 다시 그 책이 훨씬 더 많은 다른 책으로 이끄는 시발점이 된 것이다. 책장수의 마음은 이런 작은 정보의 조각들, 즉 피보나치 수열, 철새들의 이동 패턴, 아비시니아의 민간설화, 16·17세기에 이탈리아 명장名匠들이 썼던 바이올린 니스 등으로 채워져 있기 십상이지만 그건 아주 즐겁고 유쾌한 중독이라 할 수 있다. 하나의 정보를 실마리로 하여 계속해서 다른 정보를 찾아가는 인터넷 검색에 대해서도 같은 이야기를 할 수 있겠지만 거기에는 한 가지 중요한 차이가 있다. 서점에서는 책이 당장 팔릴 준비를 마친 상태로 고객 가까이에 있다는 점이다.

프린터스 서점의 재고조사 시스템, 그리고 서점 매장 업무에서 가장 유쾌한 것은 컴퓨터가 갖춰져 있다 해도 아직은 몸을 써서 작업을 해야 한다는 것이다. 컴퓨터를 이용한 재고조사 시스템 덕분에 서적판매상은 밤낮없이 컴퓨터 모니터 앞에 앉아 있을 수 있겠지만, 조만간 그 역시 엉덩이를 털고 나와 서가에 책을 얹을 게 틀림없다.

재고조사를 하지 않을 때는 책을 선반에 얹는 작업을 하다보면 내가 들어올려야 할 무게가 수천 킬로그램에 육박했다. 크리스마스 대목 중에는 이것이 두세 배로 늘어날 수 있었다. 그러다보면 좋이 몇 킬로미터씩 통로를 오가며 2,3톤이나 되는 책들을 선반에 올려야 하는 중노동을 해야 했다. 섹션별로 분류된 책들을 카트에 가득 싣고는 될 수 있는 대로 빨리 매장으로 내달린다. 그렇지만 가령 아까 그 아르헨티나 소설은 너무나 흥미로워 차마 외면할 수 없다든지 하는 이유로 매장 행을 멈추고 다시 돌아가 선반 작업을 하기도 한다.

그리하여 어느 금요일 밤, 정말이지 바쁘기 짝이 없는 와중에 당신은 전기傳記 섹션에서 B. 플리번 만화를 읽으면서 초콜릿 케이크를 먹고 있는 가족 옆으로 카트를 운전해 가야만 한다. 주말은 머리가 팽팽 돌 정도로 바쁘게 돌아갈 게 틀림없고, 휴가도 코앞에 닥쳤기 때문에 책을 가득 실은 이 카트 일을 재빨리 해치우려 안간힘을 쓴다. 하지만 한 고객과 이야기가 끝날 때마다 다른고객이 기다렸다는 듯이 나타나 소리를 지른다. 이봐요, 책을 찾고 있소! 그러면 세인트루이스의 BBQ 레서피가 있는 곳을 알려주기 위해 요리책 코너를 부지런히 돌아다녀 책을 찾아준다. 그러고 나면 열두 살짜리 어린 아들놈에게 책 선물을 할 요량인데 도움이 필요하다는 사람이 또 불쑥 나타난다. 그런 와중에도 전화는끊임없이 걸려온다. 그럼 그 전화들을 일일이 다 받아가면서 컴퓨터 관련 책자들을 몇 권 집어 든 채로 여전히 이 사내를 도와주기위해 고군분투한다. 마침내 일을 멈추고 주위를 둘러본다. 기분이상쾌하다. 금전등록기 앞에 늘어선 줄이 제법 긴 탓에 거기서 일하는 수전은 고객들이 빨리 계산을 마칠 수 있게 도와달라는 의미로 가끔 한 번씩 부저를 누른다. 그녀는 데이비드가 열 일 제치고달려와주리라는 걸 알기 때문에 때로는 장난삼아 부저를 누르기도 한다. 서로 자주 마주칠 수 있는 구실을 만들었다고나 할까. 그들은 서점에서 일하면서 사랑에 빠졌는데 두 사람의 관계를 아는사람은 아무도 없었던 것 같다. 서점은 사람들로 가득하고 커피바역시 앉을 자리가 없을 정도로 붐빈다. 그런데 여기 있는 사람치고 책을 읽지 않는 사람은 아무도 없다. 당신은 유명한 작가(아직

이름이 나지 않은 사람은 커피바에 있는 테이블에서 글을 쓰고 있다)
와 아름다운 민요가수 또는 '가상현실'인지 뭔지를 발명했다는
소문이 있는 젊은 친구를 알아본다.

사람들은 뭔가 원하는 게 있어서 서점엘 온다. 아니, 실은 뭔
가가 필요해서 온다. 어떤 시의 제목이 궁금해서라든지 아니면 단세
포 생물의 세포 발육 속도를 예측하는 데 필요한 수학 등식을 찾
아보기 위해서 말이다. 그러니 이 책 도시에서 일할 수 있다는 게
얼마나 큰 행운인가 말이다.

5장

그해 여름, 외판원의 삶을 시작하던 날

한 외판원이 출판이라는 거대한 그물망의 한 가닥이 될 수 있다는 것,
비록 출판업이 복잡하고 혼란스러우며 의심할 바 없이
비효율적인 사업이라고는 해도
좋은 책들이 여전히 독자들의 손에 쥐여진다는 것은 뿌듯한 일이다.

그해 여름,
외판원의 삶을 시작하던 날

아시아 지역, 그중에서도 특히 중국과 일본에서 책거래 관행이 널리 자리잡은 때는 첫 밀레니엄이 끝나가던 무렵이었다. 9세기경 중국의 회화작품에 책 판매상이 처음 등장하기 때문이다. 중국인들은 일찍이 11세기에 이동식 활자를 실험해놓고도 19세기에 이르도록 이 현대적인 인쇄기술을 받아들이지 못하고 있었다.

그림을 보자면 기와지붕 아래로 가게 주인이 계산대 뒤에 서서 두 여성고객이 구매한 물건을 챙겨주고 있다. 여자들은 계산대 맞은편, 그러니까 시장 쪽에 서 있다. 서적판매상은 여자들의 구매욕을 부추길 작정으로 책 몇 권을 매대 위에 펼쳐놓은 채 한 손을 들어올려 무언가를 열심히 실명하고 있다. 바로 뒤편에 서 있는 서가에는 새로 나온 책들이 독자를 기다리고 있다.

여러 기술 혁신 덕분에 중국에는 독특한 유형의 서적판매상이 등장하게 되었는데, 그것이 제법 꼴을 갖추고 유럽에 나타난 때는 아무리 이르게 잡아도 구텐베르크 혁명 이후이다. 중국 서적판매상들은 1세기 이래 종이를 사용해왔고 6세기에는 목판인쇄술을 사용했다. 이런 기술의 진보 덕분에 전보다 훨씬 값이 싸고 가벼운 책과 팸플릿을 생산해낼 수 있었던 것이다. 서적판매상은 이제 고심 끝에 고른 책들을 등에 둘러매고 지방 곳곳을 돌아다닐 수 있었다. 가가호호 방문하여 책을 파는 이른바 서적행상을 그린 최초의 그림이 발견된 곳도 다름 아닌 중국이다.

목판인쇄에서 전체 페이지의 본문과 삽화는 나무 조각에 거꾸로 새긴 다음 잉크를 묻혀 종이에 찍어낸다. 목판인쇄 덕분에 서적판매상들은 오늘날까지 유통되는 작품들의 판본뿐만 아니라 도심 변두리에서 문학과 동떨어져 사는 사람들에게나 먹힐 책들도 인쇄할 수 있게 됐다. 농사짓는 사람들은 달력과 연감이 필요했고 어느 가정이든 최신 의료정보의 혜택을 얻을 수 있었다. 책이 처음 집필된 이래 줄곧 그래왔듯, 첫 밀레니엄에 접어든 중국에서도 다른 나라들과 마찬가지로 각종 음란소설이 인기를 모으고 있었다. 초기에 행상인들이 둘러매고 다니던 것은 오늘날 편의점 계산대 바로 옆 철제 선반에 놓여 있는 것들과 같은 물건, 이를테면 식품, 점성용 천궁도, 싸구려 소설 들이었다.

이 목판인쇄물들은 당시 유럽에서 유행하던 나무나 가죽 표지는 전혀 쓰지 않고, 대개 아코디언 모양으로 장정되거나 간단히 접지 표시 안쪽을 철한 초기 페이퍼백들이었다. 장래성 있고 유능한 젊은 도부꾼은 의약품, 장신구, 완구, 종교적 장식물 같은 품목들과 함께 이 페이퍼백들을 잔뜩 모아들인 다음 이 마을에서 저 마을로, 이 농장에서 저 농장으로 돌아다니며 장삿길을 재촉하곤 했다. 중국과 일본의 도붓장수들은 등에 나무나 대나무로 짠 시렁을 얹었다. 그들이 가지고 다니는 시렁은 키가 180센티미터 혹은 그보다 조금 더 컸는데, 리본과 깃발 그리고 눈길을 사로잡을 갖가지 물건들로 장식을 했다. 그들은 사람들의 관심을 끌기 위해 특별히 요란한 옷을 입었다.

동력인쇄기의 발명으로 책을 더 싼값에 유통할 수 있게 되자 유럽의 서적행상들 역시 번드르르하고 천박한 옷을 입었으나 등에 진 시렁 대신 배에 둘러맨 바구니 쪽을 택했다. 그 때문에 변경지역을 다니며 지식의 씨앗을 뿌리는 옛날 조니 애플북스Johnny Applebooks(조니 애플시드를 패러디한 말. 조니 애플시드는 각지에 사과씨를 뿌리고 다녔다는 미국 개척 시대의 전설적인 인물이다—옮긴이) 분위기를 풍길 수 있었던 것이다. 유럽의 서적행상들이 골라 제공한 책과 팸플릿의 내용은 아시아의 도붓장수들의 그것과 별반 다를 게 없었다. 즉, 종교, 건강, 섹스에 관한 책들이 주류였다.

행상 제도는 19세기에, 그것도 특히 인구의 대다수가 농촌과 소읍에 살던 미국에서 번창했다. 위대한 사전 편찬자이자 철자체계를 혁신한 노아 웹스터는 자기가 만든 사전들을 팔고 또 미 전역의 언어와 철자법 시스템에 대한 자기 생각을 널리 확산시킬 목적으로 마차며 기차를 타고 시골을 여행했다. 19세기에 미국에서 팔린 책의 90퍼센트가량은 순회 영업을 뛰는 판매 대행업자가 팔아치운 것이다. 이것이 전 세계 어느 곳을 막론하고 수천 년 동안 도시라는 담벽 바깥쪽에 살고 있던 독자들이 책을 구하는 방식이었다.

20세기의 미국에서 서적행상은 일일이 호별 방문을 하는 백과사전과 가정용 성서 판매원으로 명맥이 이어졌다. 열여섯 살 때 나는 장차 백과사전 방문판매원이 될 사람들을 위한 오리엔테이션에 갔다가 한 차례 돌 때마다 한 권씩만 팔면 된다는 것을 알고는 안도의 한숨을 내쉰 적이 있었다. 그렇지만 나는 그 기회를 포기해버렸다. 그러나 1800년대 말에 소포우편 제도가 생겨나고 카탈로그 판매까지 등장하면서 서적행상, 그러니까 집집마다 문을 두드리고 다니는 호별 방문판매는 불필요해졌다.

서적행상은 오늘날에는 도시에서 도시로, 서점에서 서점으로 바쁘게 옮겨 다니는 출판사 외판원으로 환생했다. 외판원은 출판사와 서점의 연결고리라고 할 수 있는데, 모든 작업을 전화나 편지 혹은 팩스나 이메일로 쉽게 처리할 수 있는데도 서점의 독특한 성격 때문에 지금도 여전히 길 위로 발걸음을 옮겨야만 하는 것이다.

그걸 알고나 있는지 모르겠다. 프린터스 서점에서 나름대로 즐겁게 꼬박 6년을 일한 후 이제는 서점 일을 그만둬야 할 때라는 느낌이 왔다. 바로 그때 나는 출판사 외판원이란 직업을 얻어 하루에 서점 서너 곳을 돌아다니면서 한 시절을 보냈다.

나는 출판의 세계로 더 깊숙이 들어가는 것에 짜릿한 흥분을 느끼고 있었지만 또 한편 세일즈맨이 된다고 생각하니 불안과 긴장이 몰려왔다. 세일즈맨의 고역을 감당해야 한다고 생각하니 더 그랬다. 상대방과 악수하면서 "와, 넥타이가 멋있군요. 부인과 애들은 별일 없지요? 좋아 보이시는 걸 보니 일은 잘 해결된 모양이죠?" 하고 재빨리 너스레를 떠는 세일즈맨이라니. 물론 얼마간은 뜬금없는 두려움이라는 걸 나도 알고 있었다. 왜냐하면 내가 프린터스 서점에서 직업상으로나 혹은 다른 인연으로 알고 지내던 수백 명의 외판원 중 그런 사람은 눈을 씻고도 찾을 수 없었기 때문이다. 그런데도 지레짐작으로 두려워했던 것이다. 하지만 출판사 외판원들이 세일즈맨이 되는 경우란 거의 없다고 해도 과언이 아니다. 대개 그들은 서적판매상으로, 그러니까 여전히 가속의 일부로 남는 것이다.

그렇게 해서 나는 정장을 갖춰 입고 넥타이까지 맨 모습으로 새 차를 끌고 길을 나섰다. 불과 몇 달도 지나지 않아 나는 이런 차림이 불필요하다는 걸 알게 되었다. 이것은 구원이라고 할 만했다. 서점은 격식을 차리지 않아도 되는 편한 분위기를 준다. 이 업계에도 패션을 아는 멋쟁이가 몇 있긴 하지만 진과 티셔츠 차림이 서점에는 훨씬 더 잘 어울린다. 도대체 누가 신사복 정장에 나비넥타이 차림으로 50파운드나 나가는 상자더미들을 안고 다니겠는가?

나는 심지어 정장에 타이를 맸다는 이유로 한 서적상이 마구 성을 내는 경우까지 보았다. 타워 레코드 앤드 북스라는 서점을 연 러스 솔로먼은 자기가 정장에 타이 차림을 한 사람을 평소 어떻게 생각하는지를 잽싸게 가르쳐주었다. 그는 걸핏하면 책상 너머로 손을 내뻗어 그때까지도 그가 준 힌트를 알아채지 못한 정장 차림 외판원의 타이를 가위로 싹둑싹둑 잘라버리곤 했다. 그의 뒷벽에는 그렇게 잘라낸 타이들이 비싸고, 싸고, 점잖고, 야하고를 가릴 것 없이 형형색색의 부채 꼴을 하고 못 박혀 있었다. 그에 관한 전설은 그렇게 해서 탄생한 것이다.

외판원으로 첫 여름을 보낸 뒤에, 길고도 냉정한 눈길을 숱하게 받아낸 뒤, 캘리포니아의 산 호아킨 밸리에서 37~38도의 무더위를 두 주일이나 견뎌낸 뒤에, 나는 신사복 정장과 넥타이를 벗어 던지고 책을 팔 때 입는 유니폼으로 되돌아갔다. 그날은 정말 기분이 날아갈 듯이 유쾌하고 편했다. 이 유니폼에는 평등한 느낌과 우리는 모두 같은 편이라는 동지의 느낌이 깃들어 있었다. 내가 서적판매원과 외판원으로 일하는 동안에 자기 신분과 지위를 넘어서 옷을 입을 수 있었던 사람은 오직 한 명뿐이었다. 올리버 길랜드(그의 영혼에 축복이 있기를!)는 수십 년 동안 노턴 출판사의 외판원으로 일하면서 모든 사람에게 사랑받은 인물이다. 그는 빈티지풍 최고의 정장과 타이, 구두를 착용했다. 길랜드는 세련된 멋쟁이였으니 여기서 그의 직업은 전혀 문제될 게 없었다. 그는 극도로 단순화한 우리 시대의 영업용 유니폼, 또 권력자임을 노골적으로 과시하는 듯한 양복과 타이를 선택한 게 아니었다. 길랜드에게는 그 어떤 세계에서도 찾기 힘든 그만의 독특한 스타일이 있었고, 바로 그 스타일 때문에 그를 조금 부러워하기까지 했다. 그러나 우리는 캐주얼한 복장, 외판원과 책을 파는 사람의 본분에서 결코 벗어나지 않았다. 우리는 백룸에 있는 피고용인들에 지나지 않았기 때문이다.

나는 세일즈맨salesman이란 말을 남자와 여자 양쪽에 다 사용한다. 왜냐하면 이 말은 어조와 정의에서 세일즈퍼슨salesperson이란 말이 갖지 못하는 직업의 에센스라 할까, 그런 것을 안고 있기 때문이다. 여기서 강조점은 세일즈란 말에 있다. 당신은 세일즈맨이 된 이상 무엇이든 팔 수가 있다. 판매중인 것이다. 그게 세일즈렙 sales-rep이 되면 머리글자 s와 r은 소문자로 표기되면서 대리인 혹은 연락관, 중개인을 뜻하는 렙rep이란 말에 강조점이 찍힌다. 당신이 렙일 때는 그냥 아무거나 팔지 못한다. 책을 파는 게 렙rep이다. 물론 이건 어디까지나 내 해석이지만, 그래도 의미만으로 접근할 때는 부서를 가리키는 데 불과하기 때문이다. 모름지기 뉘앙스가 중요하지 않은가.

'방문판매cold call'(생판 모르는 사람에게 영업상 걸어야 하는, 그래서 냉정한 반응이 돌아오는 전화―옮긴이)란 말을 생각해보자. 진정한 세일즈맨이라면 그런 전화도 해야 하고, 자신에게 한번 보자고 청한 적도 없는 사람과도 만나야 한다. 이렇게 청하지도 않은 집들의 문을 두드리고 다닌다는 점에서 전통적인 서적행상은 진짜 세일즈맨이다. 그는 지금도 여전히 책을 팔고 있는데, 당신이 책에 신경을 쓴다면 차이를 낳는 건 바로 그 점이다. 출판사 외판원들이 방문판매를 하지 않아야 한다는 사실이 나에게는 엄청나게 중요했다.

외판원들에게는 1년에 두세 차례 시즌이 있는데 봄가을, 때로는 겨울에 닥치는 이들 시즌을 위해 지방서점에서 보통 같은 구매자와 약속을 한다. 그건 성도 없이 이름을 불러도 되는 아주 친숙한 거래다. 헤이, 게리. 나 루이스야. 언제 볼 수 있을까? 이 전화의 목적은 납득이 되게 설명을 하려는 것이다. 유능한 외판원은 서점들의 거래방식과 특성을 알고 있으므로 거기에 맞춰 출판사 목록(어떤 서적외판원은 서로 다른 출판사에서 나온 열, 스물, 혹은

백 가지가 넘는 카탈로그들을 보여줄 수도 있을 것이다)에 있는 책들을 소개한다. 그의 일은 구매자에게 신간의 내용을 자세히 알려주는 것이다. 그러면 구매자는 가능한 한 빨리 결정을 내릴 수 있어서 다른 책들에 대해 이야기하는 시간을 절약할 수 있다. 책 얘기가 아니면 야구, 정치, 혹은 그날 어디서 점심을 먹을까 따위를 이야기한다. 물론 점심값은 외판원이 부담한다. 서점의 백룸에서는 세일즈맨이 갖춰야 할 직업적 품위를 유지하기 어렵다. 그 방들은 대개 매장과 나머지 세상에서 차단돼 있는 탓에 멋대로 흐트러져 있고 어수선하며 어쩐지 사사로운 느낌을 준다.

외판원으로 일하는 동안에도 나는 틈만 나면 서점에 들러, 이 서점엔 어떤 책들이 들어와 있는지 살펴보다가 어느새 그 서점 고유의 분위기에 젖어들어 그 자리에 주저앉기 일쑤였다. 언젠가 비가 주룩주룩 내리던 날, 캘리포니아 북쪽 해변의 유레카라는 서점에서, 늦어지는 바이어를 기다리면서 서점의 벽난로 앞에 앉아 리처드 포드의 『스포츠 라이터Sportswriter』를 처음부터 끝까지 해치워버렸던 것처럼 말이다. 그러나 뭐니뭐니 해도 내가 좋아했던 일은 백룸에서 노닥거리며 시간을 보내는 일이었다.

서점의 백룸에는 갖가지 잡동사니들이 어질러져 있다. 금방이라도 무너져 내릴 듯 비스듬하게 쌓인 책 상자들, 데스크 전체를 빼곡히 뒤덮은 주문서 양식과 카탈로그들, 벗겨낸 책 표지를 담은 상자들, 표지 없는 책을 쟁여놓은 상자들, 표지가 붙어 있거나 떨어져나간 과월호 잡지들로 난장판이다. 거기다 출판사의 판촉물들, 힐러리 클린턴의 사진을 넣은 포스터와 판지 조형물들, 각종 배지와 열쇠고리, 범퍼 부착용 광고스티커들, 장식용 마케팅 폴더와 곧 나올 책의 가제본들이 가세한다. 서점의 백룸에는 온갖 종이가 파도처럼 밀려드는데 그 종이들은 다채로운 풍경을 연출해낸다. 프린터스 서점에서는 초록색과 흰색으로 된 재고목록 카드들이 묶음이나 낱장 형태로 사방에 놓여 있었고 아무 서랍이고 열어보면 거기엔 훨씬 더 많은 카드 뭉치들이 들어 있었다. 크로 서점에서도 장부에 의지해 재고조사를 할 때는 프린터스 서점과 다를 게 없었다. 책 표지 안쪽에 작은 구멍이 난 태그들을 붙여놓았다가 판매 시점에 떼어낸 다음 그걸 모두 모아서 재고조사 결과를 보고하는 것이다. 그러나 요즈음에는 무엇보다 컴퓨터 프린트물들이 홍수처럼 쏟아져 공간이란 공간은 죄다 잡아먹을 지경이다.

프린터스 서점이 1985년(지금 생각해보면 이 1985년이라는 해는 사람들이 갑자기 집에 컴퓨터를 들여놓고 심지어 퀴키 마트Quickie Mart(주유소에 딸린 편의점 이름—옮긴이)의 금전등록기까지 딸랑거리며 착발신 신호음을 내지르던 컴퓨터 전성기의 분수령이었던 듯하다)에 컴퓨터 재고조사 시스템을 도입했을 때, IBID 컴퓨터 재고관리 시스템을 조달한 업자들은 머지않아 이 사회에서 종이가 자취를 감추게 될 거라고 단언했다. 우리는 "만세"를 외쳤다. 아아("만세"라는 말 뒤에 걸핏하면 따라 붙는 말이다) 하지만 이것은 빗나가도 보통 빗나간 예언이 아니었다. 컴퓨터 재고조사 시스템은 검은점이 있는 전파wave들이 끊임없이 앞으로 진행해가는 영구인쇄기에 지나지 않는 것 같다. 그 말과 아이디어에 권위를 부여해준 것은 바로 우리 자신임에도 불구하고, 그게 컴퓨터라는 이유로 그 기계와 거기서 출력돼 나온 것들에 경의를 표해야 할 의무가 있는 것이다. 컴퓨터는 재고를 더 빠르고 효율적으로 관리해주지만 일정한 수준까지만 그렇다. 당신은 뼈 빠지게 일하고도 저임금에 허덕이는 소매점 종업원에게서 이런 말을 얼마나 자주 들어왔던가. "컴퓨터에 재고가 없다고 뜨네요." 이 경우 컴퓨터가 틀릴 수도 있고 책이 그곳 서가에 없을 수도 있다. 컴퓨터와 그 출력물에 적힌 정보의 99퍼센트는 맞다. 그렇지만 나머지 1퍼센트가 오류를 낼 여지가 있는데, 그것이야말로 중요한 점이다. 왜냐하면 그게 당신의 고객이 꼭 챙겨야 할 바로 그 책일 수도 있기 때문이다.

도붓장수가 다른 사람들의 나라와 삶, 집 따위를 즐겨 들여다보고 다녔듯이 서적외판원은 관음증 환자의 꿈을 고스란히 이어

받는다. 외판원은 종이로 넘쳐나는 백룸의 불편한 의자에 좌정한 채로 구매자와 책 이야기를 나누면서 수많은 판매원들이 연출해내는 삶의 모습을 주의 깊게 지켜본다. 직원들 간의 논쟁, 빈번한 모임, 책 상자를 푸는 행복하면서도 쓸쓸한 시간들, 새 책에 눈길을 모으고 혼자 먹는 점심, 고객들 사이에서 터져나오는 불평과 항의들, 채용과 해고…… 매장에서 시작된 점원들 간의 연애사건이 완성되는 곳도 대개는 이곳이다. 서점이 문을 닫고 난 한밤중에 말이다. 백룸은 가족이나 다름없는 사람들의 삶이 어지럽게 물결치는 곳이다. 우정과 사랑, 다른 부서에서 일하는 가족이나 다름없는 이들이 바로 너머에 있다는 걸 알지만, 나는 무미건조한 공간으로 다시 돌아온다. 여기는 벽도 없고 칸막이도 없다. 있는 것이라고는 단지 모두 함께 일하는 커다란 방 하나, 그리고 문 하나를 사이에 둔 바깥쪽이 텅 빈 복도가 아니라 고객들과 다른 생명들로 북적이는 세상이라는 느낌이 있을 뿐이다. 백룸은 옛날 로마의 사자생(필경사)들이 자기네 작품들을 파피루스와 양피지에 옮겨 적으며 십중팔구 고객들에게 불평을 늘어놓으면서 앉아 있던 곳, 오늘날 서적판매원이 프린트물에 펜을 들이대고 앉아 있는 바로 그곳이다.

외판원이 하는 일의 대부분은 끊임없이 지껄이는 것이다. 책이 여기 있습니다. 무슨 책을 드릴까요. 손님 이름으로 몇 권이나 신청할까요? 책과 구매자에 따라서 이건 아주 재미있는 일이 될 수도 있고 그렇지 않을 수도 있다. 따분함이 엄습해올 수도 있다. 모든 것은 결국 당신이 얼마나 말하기를 좋아하는가, 온전한 정신으로 얼마나 같은 말을 되풀이할 수 있는가에 달려 있다. 그러나 외판원의 업무에는 내가 전혀 예상치 못한 즐거운 일이 두 가지 있었다.

이 서점에서 저 서점으로 돌아다니면서 매주 서점 직원들과 수많은 대화를 나누다보니 특정 책이 어떻게 팔려나가는가뿐만 아니라 더 큰 그림들이 보이기 시작했다. 외판원 자신의 리스트, 즉 재미도 없고 지루하기만 한 최근 베스트셀러에서 뽑은 책이 아니라 깜짝셀러라고나 해야 할 책이 들어오는 것이다. 대화의 내용은 점차 넓혀져서 이러저러한 책뿐만이 아니라 책의 주제나 장르, 그 책의 매상이 작은 출판사에 어떤 영향을 미칠 것인가까지 나아간다. 내가 어느 구매자에게 배운 지식이 더 많은 사람에게 퍼져나가고 수없이 가지를 쳐서 캔버스 위에 그림이 그려신나. 그 느낌은 정말 짜릿하다. 그 공로가 한 사람에게만 돌아갈 수는 없겠지만, 한 외판원이 출판이라는 거대한 그물망의 한 가닥이 될 수 있다는 것, 비록 출판업이 복잡하고 혼란스러우며 의심할 바 없이 비효율적인 사업이라고는 해도 좋은 책들이 여전히 독자들의 손에 쥐어진다는 것은 뿌듯한 일이다.

그러나 내가 외판원 노릇을 하면서 발견한 가장 큰 즐거움은 영리나 이득과는 무관한 것이다. 외판원에게는 가끔 책을 남에게 나눠줘야 할 경우가 생긴다. 도서교환권, 무료 기증본 따위가 그것이다. 어이, 내 그 책 자네에게 한 권 주겠네. 나는 책 이름과 받을 사람의 주소를 적은 작은 수첩 하나를 언제나 지니고 다녔다. 물론 내가 몸담고 있는 출판사의 책에 한정된 선물이지만 그것으로 늘 충분했다.

공짜 책들은 서점 직원에게는 정말 큰 특권이어서 그런 책이 오면 아마 열이면 열 애정 어린 눈길로 바라보며 그 책에 대해 더 많은 걸 알아낼 게 분명하다. 그러면 판매 실적도 더 향상될 터이다. 이것이 기증본에 숨은 원리이며 이 원리는 현실세계에서도 어김없이 작용한다.

그들은 또 앞으로 나올 책의 페이퍼백 가제본도 받는다. 견본책을 받으면서 느끼는 흥분은 유별나다. 누구보다 먼저 책을 읽을 수 있다는 데서 오는 감격 때문에 판매 효과가 높아지기도 한다. 공짜 책과 견본 들은 웬만한 광고보다 값이 싸면서도 효과는 더 크다. 그런 데다 실제로 책을 위해 일하는 사람들, 그러니까 책을 받고, 서가에 올리고, 전시하고, 돈을 치르는 고객의 손안에 그걸 쥐여주는 사람들에게 직접 가 닿는다는 이점까지 있다.

서점 판촉을 끝내면 나는 책을 구매한 사람에게 책 선물을 받고 싶으냐고 묻곤 했다. 대답은 늘 예스였다. 그런 다음 나는 백룸을 돌아다니면서 다른 직원들(수납계 직원, 반품계원, 어린이책 구매자)에게도 같은 질문을 하고, 다시 매장으로 나와서는 주 계산대에 있는 판매원들과 그 주변에서 얼쩡거리는 아무 손님이나 붙들고 공짜 책을 원하느냐고 물어보곤 했다. 그야말로 모든 사람에게 책을 선물하겠다는 배포였다! 이 책들은 솔직히 말해서 내 담당구역의 전체 매상이나 서점의 연간 판매고를 늘려주는 것은 아니었다. 대개는 읽히지 않게 마련이고 그중 어떤 것들은 곧장 창고에 처박히는 신세가 되기도 한다. 중요한 것은 그것이 모든 사람이 느끼는 것이지만 유독 내게는 더 특별했다는 것이다. 나는 다른 독자들에게 내가 좋아하는 책, 중요하다고 느끼는 책들을 전해주었다. 그것도 모두 공짜로.

출장길에 나선 외판원에게 더 많은 특권들이 따라 붙었다. 멋진 자동차, 끝내주는 호텔 룸과 레스토랑, 이 모든 비용을 밑아 처리해줄 근사한 신용카드 말이다. 모든 것을 회사가 부담하게 되어 있는 생활이다. 외판원의 번호판은 이를테면 "공짜로 먹어라. 그렇게 할 수 없다면 차라리 죽어버려라"라는 의미로 해석해야 마땅하다. 이 생활에는 하루 종일 차를 달리는 자유 그리고 기진맥진함과 욕구불만, 특히 차창을 활짝 열어놓고 라디오의 볼륨을 한껏 올려놓은 채로 긴 직선로를 내달리는 장쾌한 자유가 있다. 또 내 담당구역인 북부 캘리포니아엔 멘도시노에서 몬터레이에 이르기까지, 아름다운 풍경이 수놓여 있다. 작은 마을들, 정겨운 사람들, 그러다 잠시 도시를 벗어나면 눈앞에 펼쳐지는 새로운 경치는 꼭 늦은 봄날 울긋불긋한 야생화가 만발한 치코Chico 외곽의 드넓은 언덕 같아 보인다.

어떤 사람들은 한번 나서면 일주일씩은 서점 이곳저곳을 둘러보며 호텔생활을 해야 하는 이 직업을 몹시 부러워하기도 한다. 이 뿌리 없고 덧없는 환경에서 스스로 활기를 끌어올리는 외판원이 있는가 하면 그런 조건을 꺼안아버린 사람도 있다. 그리고 지역에 따라서는 담당해야 할 구역이 아주 광범위해질 수도 있다. 내가 알던 어느 외판원은 몇몇 작은 출판사들을 한데 아우른 구역을 담당했는데 워싱턴에서 몬태나, 오리건과 콜로라도에 이르기까지 미국 북서부 전체를 커버하는 엄청난 영역이었다. 그는 아파트도 집도 없이, 달랑 옷걸이 하나와 단골 호텔 체인점에서 발행한 멋진 마일리지 카드가 딸린 지프차 한 대를 가지고 있을 뿐이었다.

서점들을 오가며 그 속에서 성장했기 때문인지 나는 그 서점이라는 장소나 공동체에 대한 느낌에 좌우되는 신세가 돼버렸다. 그러다가 결국 외판원이라는 직업을 발견했고 그 생활이 대체로 안정되어 있음을 알게 됐다. 나는 점점 다른 사람들과 함께 어울려 일해야 하는 상황에 싫증이 났다. 어느 날 밤, 나는 투숙해 있던 멋진 호텔에서 룸서비스 식사를 하고 있었다. 이리저리 채널을 돌리다가 우연히 1960년대 초에 제작된 거칠고 삭막하기 그지없는 다큐멘터리를 한 편 보게 되었다. 미국 남부의 농촌 지역에서 집집마다 방문판매를 하며 살아가는 성서 외판원의 이야기였다. 이 세일즈맨들이 투숙한 모텔들은 기껏 콘크리트 블록에다 룸서비스도 목욕풀도 없는 게 분명했는데, 나는 그런 것들이 어쩐지 내 처지와 비슷하게 느껴졌다. 정말이지 거칠고 삭막했다. 그리하여 7년 후, 마침내 이 일을 그만둘 때가 왔다.

서점 직원과 고객의 은밀한 대화

여기저기 구경을 하고 다니는 고객에게 서점을 들르는 일이란
분주한 일과 속 한 차례 심부름이거나 잠깐의 휴식이겠지만,
책 판매원에게는 시공간을 한껏 늘여놓은 하루 종일인 것이다.
그런 다음 일시적인 휴전 상태가 깨지고 고객 한 사람이 가까이 다가오는 것이다.

6장
서점 직원과
고객의 은밀한 대화

    중세는 유럽의 서적판매상들에게 불길하기 짝이 없는 시대였다. 그리스 로마가 이루어낸 위대한 진보의 성과들이 수도 없이 사라져버렸다. 야만족들이 언제나 국경을 위협했기에 그 관문들은 단단히 닫혀버린 채 열릴 줄을 몰랐다. 기독교 제국은 자신들이 훔쳐온 선량한 유럽의 영혼들을 온전히 붙잡아두기란 어렵다는 것을 통감하고, 자유사상과 그 유포 행위를 엄격히 통제해서라도 사태를 수습하려 애썼다. 기독교 이전의 로마시대만 해도 읽고 쓰는 능력이 급속도로 향상되고 책 거래도 매우 활발했으나 중세에는 그렇지 못했다. 헨리 커원Henry Curwen은 『서적상의 역사 *History of Booksellers*』란 저서에서 그런 상황을 점잖게 기술하고 있다. "사람들은 서로 때리고 맞는 일에, 남을 억압하고 억압당하는 일에 너무 분주했기 때문에 책을 통해서 배우는 일에는 손톱만큼도 틈을 낼 수가 없었다."

근 천년 세월 동안 유럽에서의 출판은 사실상 성서나 교회가 인가한 종교 팸플릿, 소수의 특권층만이 접근할 수 있는 고전들, 그리고 과학과 철학 책에 한정돼 있었다. 이 기간에 간행된 새 책들은 대개 수도승들이 공부와 기도생활을 위해 일일이 손으로 베낀 것이었다. 물론 어떤 수도회에서는 팔거나 교환할 목적으로 사본들을 베끼기도 했다. 당시에 책은 너무도 귀중한 물건이어서 자물쇠를 채운 철제문 뒤편 서가에 얹어두거나 책상에 아예 사슬로 묶어놓곤 했다.

중세에 나온 책의 형태와 제작비용은 교회의 검열과도 관계가 있었지만 그에 못지않게 퇴조해가는 지식과 학문의 경향과도 밀접한 관계가 있었다. 가톨릭 신학은 하느님의 영광이 이 세상의 성스러운 것들과 반드시 일치돼야만 한다는 법령을 공포했다. 크고 웅장한 성당들은 하늘에 가 닿겠다고 기를 쓰고 있었고 성직에 임명된 자들의 법의와 관冠은 금은보석들로 치장되었다. 그러니 하느님의 언약을 담은 책들이 예술작품이 되어야 하는 것은 당연했다. 책표지는 금박과 상아, 보석들로 꾸며졌으며 책 내지는 가장 화려하고 값비싼 글자꼴과 삽화로 장식되었다. 코덱스(책의 초기 형태로, 낱장들을 한데 모아 철한 것. 양면에 글을 쓸 수 있었고, 표지가 있어서 내지를 보호할 수 있었다—옮긴이)가 두루마리의 뒤를 이어 일반적인 문자 매체가 되었지만 중세의 책표지들은 묵직한 나무판으로 돼 있었고(가장 많이 쓰인 게 너도밤나무였다. 독일어로는 '부케buche'라고 하는데 오늘날 '북book'이란 말은 여기서 유래했다) 때로는 겉에 가죽을 입힌 경우도 있었다. 책들은 매우 컸는데 주로 도난을 방지하기 위해서였다. 당시의 책은 다루기가 여간 번거로운 게 아니었다. 어느 학자는 중요한 참고서적이 어찌나 크고 무거운지 그걸 받치려면 책상이 두 개나 필요하다며 불평을 늘어놓기도 했다. 하느님 말씀에 대한 공경심은 꽤나 영리한 검열 방식으로 보일 수도 있다. 책은 비쌌고 수량도 많지 않으며 훔쳐내기도 매우 어려웠다.

1100~1400년경 유럽에 대학이 생기면서 중세의 책 거래에 중요한 진전이 이루어졌다. 아라비아문화에서 수입되었다고 할 수 있는 대학은 따지고 보면 학생과 선생 들이 한데 모여 책을 읽고 토론하는 도서관에 지나지 않았다. 대학 설립은 중세라는 암흑시대의 종말을 예고하는 첫 징조, 그러니까 르네상스에 이르러서야 비로소 꽃필 휴머니즘을 향한 멀고도 지난한 싸움의 첫걸음이기도 했다. 이제 학생들에게 팔아치울 더 많은 책이 필요해졌기 때문에, 수도원에서 공들여 삽화를 그려 넣은 호화 미장본들보다는 값이 싸고 공도 덜 들인 책이 나올 수밖에 없었다.

이 수요에 부응하기 위해 새로이 필생들이 급격히 늘었는데 이런 현상은 유럽에 종이가 전래되면서 불붙기 시작했다(아랍문화로 인한 또하나의 혁신 사례였다). 이 시기의 유럽 서적상들은 자기들이 수세기 동안 보유하고 있던 필사 서비스를 제공함과 동시에 점차 늘어가는 학생들에게 종이로 된 상품들을 팔았다. 대부분의 서적상들이 노점이나 가게에서 살았으므로 그들은 '책의 집 stationarii' (문방구란 뜻의 'paper stationery' 란 말은 여기서 유래했다) 이라고 불렀다. 특히 파리에서는 소르본 대학의 보호와 지도 아래 '책의 집' 들이 번창했다. 오늘날 센 강변에 가득 들어찬 고서상들의 초록색 목조 매점에서 옛 서적판매상의 모습을 볼 수 있다.

대학과 서적매매업자의 결탁에 힘입어 유럽에서는 이 둘이 함께 번영을 구가했다. 그러나 서적발달사에 길이 남을 혁명적인 진보가 그 뒤를 이었으니, 그 사건은 단숨에 전 유럽을 찬란한 지식의 빛 속으로 인도했다.

요하네스 구텐베르크가 1438년 독일의 마인츠에서 이동식 동력 인쇄기를 발명했다. 금세공업자인 구텐베르크는 몇 년 동안이나 이동식 활자와 씨름한 끝에 비용이 들지 않으면서도 무한히 연속되는 조합 속에서 얼마든지 재배열, 재사용이 가능한 활자들을 주조해냈다. 더 구체적으로 말하자면 이 활자를 포도압착기에 연결하여 조합할 수 있었기에 현대적인 인쇄술이 탄생할 수 있었다. 구텐베르크는 몇 년에 걸쳐 수많은 실험을 거듭한 뒤에야 그의 첫 성서, 즉 1454년에 세상에 나온 그 유명한 42행 구텐베르크 성서를 인쇄해낼 수 있었다. 당시 손으로 베껴낸 책들이 다 그러했듯이 구텐베르크 성서 역시 속표지가 없었고 발행인 정보도 싣지 않았다.

역사의 분수령이 되는 여느 사건이나 마찬가지로 구텐베르크의 동력인쇄기도 저 혼자 뚝 떨어져 탄생한 것은 아니었다. 유럽은 암흑시대의 질식할 것만 같은 종교적 광신 상태에서 빠져나오는 중이었다. 15세기 말에 접어들자 대양을 건너는 대탐험이 시작되었고, 종교개혁운동이 가톨릭교회를 점차 약화시키고 있었으며 르네상스가 한창 진행중이었다. 교역이 얼마간 자유로워지고 경제 사정이 나아짐에 따라 대학이 사회적 우위를 점하게 되었다. 거기에 문자해득률이 또 한 차례 치솟으면서 책의 수요가 늘어갔다. 유럽 전역의 책 제작자들은 이 새로운 수요에 부응하는 좀더 빠른 방법을 찾느라 골몰했다.

목판인쇄술은 중국과 일본에서 차용된 기술로서 구텐베르크 성서가 나오기 전, 적어도 100여 년 동안 유럽에서 사용되었다. 그러나 부정확한 데다 손으로 직접 채식彩飾한 호화 미장본들과 미감 면에서 경쟁이 될 수 없었다. 유럽에서 목판인쇄술은 무엇보다 성인들의 기도예배서 제작에 사용되었는데, 이 책들은 자잘한 죄의 면죄부를 얻기 위해 순례길에 나선 사람이 순례 막바지에 구입했다. 목판인쇄는 또한 베네치아 등지에서 새로이 인기 있는 오락으로 자리잡고 있던 카드놀이의 패를 만드는 데도 이용되었다.

그런 세속의 물건들을 인쇄하는 것은 아직 불법이었으므로 이 일은 대개 많은 서적판매상이 이 업계의 일을 처음 시작했으리라 여겨지는 합법과 불법의 경계에서 행해졌다. 목판인쇄본 책들은 이 시기를 전후해 만들어졌지만 구텐베르크 성서와는 어깨를 나란히 하고 유통되었다.

구텐베르크 성서보다 조금 앞선 시점에 인쇄된 책들도 있다. 그중 몇 권은 네덜란드어로 된 것인데 하를렘Haarlem의 라우렌스 얀스존 코스터르Laurens Janszoon Coster가 만든 책이 가장 유명하다. 하지만 구텐베르크의 책보다는 눈에 띄게 질이 떨어졌다. 구텐베르크가 인쇄과정에 세련된 기술과 정교함을 더하고서야 책을 좀더 경제적으로 만들 수 있는 길이 열렸다.

구텐베르크는 적잖은 세월 보석세공사로 단련되었으니 바로 그것이 대규모 인쇄 일에 필요한 수천 개의 활자편 주조법과 각종 연장들을 창안해내는 원동력이 된 셈이었다. 그는 활자체에 코인 펀치coin punches를 맞추고 거꾸로 된 글자본을 더 무른 금속에 때려 박은 다음 이 움푹 팬 곳, 즉 주형을 불에 녹인 납·주석·안티몬 혼합물로 채웠는데, 이 액체는 닿는 즉시 굳어져 돋을새김된 활자편片이 되었다. 이 활자편들은 조판 막대 위에 가지런히 정돈되어 다른 막대들과 인쇄판에서 짜이면서 이른바 경상鏡像 페이지라는 게 만들어진다. 인쇄판을 개량된 포도주 압착기 안에 단단히 매고 거기에 잉크를 바른 뒤 위에서 압력을 가하면 글자나 그림이 찍혀 나왔다. 구텐베르크는 또한 자신의 작업장에서 속건성 잉크와 테두리가 빳빳하게 유지되는 정제된 종이를 발명해냈다. 구텐베르크의 인쇄기는 몇 세기에 걸쳐 기계화되기는 했으나 기본적으로는 크게 변하지 않았기에 20세기 초에 다양한 사진 인쇄술이 도입될 때까지는 그대로 사용되었다.

콜럼버스가 처음 아메리카에 발을 내디뎠던 무렵에는 동력인쇄기가 자리를 잡아 유럽 어느 도시를 가도 이 인쇄기가 없는 곳이 없었다. 16세기 말에 이르러서는 아시아를 건너 멀리 일본에까지 퍼졌고 페루를 경유하여 아메리카 대륙에도 전래되었다. 구텐베르크의 발명이 거둔 성공은 숫자에 가장 잘 반영되어 있다. 동력 인쇄기 한 대는 수도사 한 명이 여섯 달 걸려서 할 수 있는 일을 단 하루 만에 해치울 수 있었다. 동력인쇄기가 나오기 전에는 유럽 전체를 통틀어 책이 겨우 5만 권에 지나지 않았다. 그러던 것이 구텐베르크의 첫 성서가 간행돼 나오고 50년이 지나자 무려 2천만 권 이상으로 불어났다.

누군가 이 책들을 팔아야만 했다. 유럽의 서적상들은 길드와 동업조직 들을 세웠고, 효과적인 저작권 시스템의 창안을 꾀하는가 하면 교회와 정부의 검열조치에도 분연히 맞서 싸웠다. 종교개혁운동에 바짝 다가서 있던 구텐베르크 식후의 세기에 대중에게 큰 인기를 끌며 보급된 책은 라틴어 이외의 다른 언어, 그러니까 누군가 실제로 읽을 수 있는 언어로 쓰인 성서였다. 16세기 영국

에서는 300종이 넘는 영어판 성서들이 쏟아져나왔다. 다음으로
인기 있던 책은 어린이용 입문서들이었다. 그렇게 유럽은 읽기를
배우고 있었다.

　인쇄 시대 초기의 고객은, 오늘날의 서점과 비슷하면서도 몇
가지 뚜렷한 차이가 있는 서점으로 걸어 들어갔을 것이다. 15세
기부터 18세기까지는 책들을 서가에 수직으로 세우기보다는 수
평으로 눕혀 얹는 방식으로 보관했으며, 책등도 고객이 아니라 서
가 안쪽을 향하고 있었을 것이다. 책들은 대개 표지가 없었으나
속표지만은 갖춰져 있었다. 그리고 전혀 제본되지 않은 채 느슨하
게 접지되어 24쪽짜리 전지 더미 상태로 쌓여 있었을 것이다. 고
객은 책을 고른 후에는 자신의 서재 규모와 장식에 가장 잘 어울
리는 색깔과 제본을 선택할 것이다. 그게 아니라면 책을 읽기만
할 작정으로 표지도 없는 초기 페이퍼백을 선택할 수도 있었다.
책이 반듯반듯하게 제본된 상태로 팔린 것은 18세기 이후의 일이
었다. 그때에야 오늘날처럼 책이 서가에 수직으로 세워지고 제목
따위가 적힌 책등도 고객을 바라보고 꽂히게 되었다.
　백룸에는 필기사들 대신 인쇄기, 제본기와 함께 나무통으로 된
보관함이 자리잡았다. 이것은 중세시대부터 19세기 말까지 책들

을 보관하고 운반하는 데 쓰였다.

이들 서점의 특색이라면 인쇄용 데스크가 한데 짜맞춰진(그 업에 필요한 온갖 소소한 것들과 함께) 주 계산대와 서비스 코너였다. 여기서 서적상은 자기의 차후 출판계획과 관련된 일을 할 수 있었고 언제라도 고객을 맞거나 끌어들일 수 있었다. 르네상스 시대 이후에 나온 서점 내부 그림들을 보면 주로 눈에 띄는 것이 바로 계산대, 즉 서적판매상과 고객을 따로 떼어놓는가 하면 연결하기도 하는, 그 좁고도 어수선하기 이를 데 없는 외딴 공간이다.

오늘날의 서점에서 보는 주 계산대에는 우선 무언가를 기다리는 듯한 모습으로 금전등록기가 놓여 있고, 전화기 한 대, 펜과 연필 따위를 넣어두는 허름한 단지, 책갈피 한 무더기, 독서용 스탠드, 얇은 판을 씌운 지도와 도표 차트tip charts, 오디오 CD, 다양한 만듦새에 우스운 내용을 담은 미니어처 책 같은 판촉물들이 널려 있기 십상이다. 계산대 뒤와 그 밑에도 수많은 물건과 자재가 쌓여 있다. 선물용 포장지 두루마리, 대충 골라서 해당 고객의 이름을 적은 메모지를 고무 밴드로 둘러놓은 책들, 스테레오와 잡다한 부속물들, 각종 서식이며 종이클립, 보조 열쇠 따위를 넣어두는 서랍들, 종업원들의 속 터지는 감정을 배출시키는가 하면 그들을 교화하기 위해 비치한 메시지 보드 혹은 업무일지, 표지가 떨어져 나간 채 다시 돌려 읽히기를 기다리는 잡지들, 선글라스, 스카프, 우산, 낙서로 지저분한 노트, 셔츠나 재킷, 빈 지갑 등으로 가득 찬 분실물 박스. 비둘기집같이 비좁으면서도 아늑하고 기분 좋은 방, 그리고 재떨이에서 타들어가는 담배까지.

그러나 주 계산대가 아무리 혼란스럽다 하더라도 고객이 가만히 옆걸음질로 다가와 구매한 책 꾸러미를 내려놓을 수 있는 평온하고도 깨끗한 곳이 있다. 더할 나위 없이 질서정연함이 지배하는 곳, 거래를 명확히 끌어갈 작은 길이 있게 마련이다. 일이 뜸한 날이면 그 열린 공간은 책 판매원이 양 팔꿈치를 얹고 물건들을 감시하는 곳이 된다.

주 계산대는 배의 갑판과 똑같은 지휘의 거점이요, 절도와 폭력에 대처하기 위한 감시초소이자 교역소다. 살롱의 바처럼 공중에게 맞서는 바리케이드이자 그들로부터의 피난처이며 권력과 안보의 요지이기도 하다. 조금 이상화해서 말하자면 서적판매원은 여러 신神들의 사자다(수세기에 걸쳐 출판업의 상징은 진리와 예술을 실어 나르는 발 빠른 머큐리 신이었다). 서적판매원은 훌륭하고 멋진 곳을 지켜내는 보호자요, 그 장소의 질서와 보호, 평판을 책임지는 관리인이다. 그는 또 공중에게 공간을 보존하고 제공하는 한편 그 공간과 그 안의 무언가를 보호하는 일도 한다. 매일 책을 팔다보면 고상한 정신보다는 육체를 혹사하게 되는데, 소매업

특히 서점은 사람의 마음보다는 무릎과 등 쪽을 더 고되게 한다.

계산대는 끊임없이 정리하고 치우고 나르는 일을 되풀이해야 하는 종업원들의 휴식처이다. 그리고 누구라도 운이 좋으면 거기에서 짐을 가볍게 해줄 높은 발판을 발견할 수도 있다. 서점이 알카트라즈 섬에 있건 그랜드 티턴 산에 있건, 아니면 샌프란시스코 오페라와 바로 이웃해 있건 간에, 거기엔 보통 거리로 난 유리창이 있다. 그 유리창을 통해 세상의 풍경과 비바람이 쓸어가는 것을, 하루해가 시간의 구비구비를 정처 없이 헤매다니다 어둑어둑한 밤 속으로 서서히 떨어지는 것을 볼 수 있다. 이렇게 세계가 그 모습을 바꾸는 시간에, 단골과 장차 고객이 될 사람들이 큰 물결을 이루며 서점으로 몰려온다. 반대쪽으로 시선을 돌리면 새 책과 인기 있는 구간도서들이 빚어내는 진열의 섬, 서가의 골짜기들이 펼쳐진다. 여기저기 구경을 하고 다니는 고객에게 서점을 들르는 일이란 분주한 일과 속에서의 심부름이거나 잠깐의 휴식이겠지만, 판매원에게는 시공간을 한껏 늘여놓은 하루 종일인 것이다. 그런 다음 일시적인 휴전 상태가 깨지고 고객 한 사람이 가까이 다가온다.

보통 고객들과 친밀한 관계를 맺을 수 있는 최적의 장소는 계산대다. 고객과 판매원 사이에 있는 계산대라는 섬이 상상의 공간을 만들어내기 때문이다. 거기엔 물리적 장벽이라는 안전장치가 있어 두 사람을 좀더 자유롭게 해준다. 고객과 직원이 서로 얼굴을 맞댈 지경으로 가까이 있다 해도 그 사이에는 장벽이 버티고 있다. 그러니 판매원은 자기 업무를 찾아, 고객은 서점 밖 세상으로 언제고 자유롭게 그 자리를 떠날 수 있는 것이다.

그러나 결국 모든 걸 좌지우지하는 것은 다름 아닌 금전등록기다. 왜냐하면 금전등록기는 상품과 돈의 교환을 전제로 하는 것이며, 판매원이 고객에 대해 뭔가 알게 되는 것도 이 기계로 책값을 계산하는 동안의 일이기 때문이다. 바깥 매장에서는 고객이 무슨 책을 선택할 것인가가 모두 가능성의 영역에 있지만, 카운터에서 일단 금전등록기가 울리기 시작하면 이런저런 고객의 비밀이 까발려진다. 이것들은 고객이 읽어보기 위해서, 아니면 그냥 쌓아둘 요량으로, 그도 아니면 다른 사람에게 선물로 주려고 집으로 가져갈 책이다. 책은 어떻게든 그 사람의 삶을 넌지시 이야기해준다. 그것은 단순히 누가 어떤 작가들을 좋아하는가 하는 독서취향만을 말하는 것은 아니다. 그 사람과 관계있는 것, 사로잡는 것 등을 판단하는 근거, 척도가 되는 것이다. 그곳 팔꿈치에 쓸려 반들반들하게 윤이 나는 계산대의 나무탁자 위에 얼굴을 마주한 채 판매원과 고객은 잠시나마 침묵 속에서 대화를 나눈다. 여행안내서, 요리책, 이혼에 관한 책, 병환중인 부모에 관한 책, 아기 이름에 관한 책, 새로운 세기에 퍼져나가게 될 소름 끼치는 전쟁에 관한 책, 어쩌면 단 20분 동안에 모든 것을 잊어버리게 할 뱀파이어 소설일지도 모른다. 그건 얼마쯤은 다른 사람의 가슴속을 꼼꼼히 들여다보는 것과도 비슷하다.

이런 말을 한다고 해서 나를 오해하진 말기 바란다. 물건을 사 고파는 일인데 언제나 따뜻함이 넘치고 좋은 게 좋은 거라는 식으 로 어물쩍 넘어갈 수는 없는 노릇이다. 위대한 미국 시민이란 사 람들은 당신에게 아무 서점에서나 기대할 수 있는 것 이상을 요구 할 수 있기 때문이다. 그렇다. 서점의 백룸에는 고객들에 대한 불 평과 욕설이 넘쳐난다. 때로는 이 욕설만 가지고 설전이 오갈 때 도 있다. 대중을 상대로 일하는 것이 고역이 될 수 있다는 사실! 겪어본 사람이라면 누구라도 동의할 것이다.

많은 나라에서 군복무는 성년에 이른 시민들이 반드시 이행해 야 할 의무이다. 그렇다보니 열여덟 살에서 스무 살 사이의 젊은 이들은 모두 군복을 입고, 단체 행군을 하고, 무기 조작법을 익히 면서 적의 침략에 맞서 나라를 지킬 준비를 한다. 내 생각에 우리 나라의 젊은이들은 병영문화에 지나치게 젖어 있다. 민간에 나도 는 총기가 얼마나 많은가.

나는 우리나라의 모든 시민에게 2년간의 소매점 근무를 의무화 할 것을 조심스럽게 제안한다. 돈이나 가문의 영향력을 아무리 동 원해봐도, 대학에 거액을 기부해도 이 의무에서 벗어날 수 없다. 예외는 없다. 운 좋게 당첨된 사람만이 레코드점이나 서점에서 일 할 수 있다. 나머지는 요식업이나 갭Gap 매장이나 월마트 같은 데서 일해야 할 것이다. 서점이나 레코드점이 얻어걸린 억세게 운좋은 친구들에게 또다른 이점이 있다면 남에게 대놓고 자랑할 만한 근사한 물건들과 공짜 책, 공짜 CD 따위는 제쳐놓고, 제복을 입지 않아도 된다는 점일 것이다.

국경일마다 증명되듯이, 우리 미국인이 제일 잘하는 건 뭐니뭐니 해도 쇼핑이다. 의무적인 소매점 근무의 이점은 결코 한두가지가 아니다. 자녀들을 대학에 보낸 부모들의 은행계좌에서는 휴대전화 요금, 음주 게임, 유럽여행으로 인해 빠져나가는 돈이 훨씬 줄어들 것이다. 이렇게 해방된 펀드들은 이미 망했거나 망해가는 기업들에 투자할 수 있을 것이며 사회보장기금 역시 크게 불어날 것이다. 소매점에 고용된 사람들은 장사 밑천이 되는 것들을 직접 배우기 때문에, 전문학교와 대학에서는 회계와 마케팅 과정에서 절약한 돈으로 인문학부 교직원들을 더 채용할 수 있을 것이다. 또한 튼튼한 신발이 엄청 팔릴 것이다.

이 작은 계획에 따르는 가장 큰 이점은 진정 더 친절하고 예의바른 나라를 만들 수 있다는 점이다. 미국의 모든 시민이 한때 소매점에 고용되어 일한 적이 있다고 상상해보라. 그렇다면 미국에 사는 우리 모두의 오락이라 할 쇼핑에 동참하면서 지금보다 더 인내심을 발휘할 수 있을 것이다. 아이템은 때로 품절될 수 있지만 수명은 다하지 않았다는 것, 미소가 빠진 서비스는 그저 억지 서비스에 지나지 않는다는 것을 알 수 있으리라.

소매점 일에 관련한 작은 비밀 하나를 당신에게 알려주겠다. 만약 당신이 우리를 성격이 까탈스럽고 늘 앙앙불락인 데다 한시도 그곳에 붙어 있고 싶지 않은 사람으로 생각한다면 우리를 제대로 본 것이다. 그렇지만 이걸 잘못된 쪽으로 받아들이지는 말기 바란다. 소중한 단골고객인 당신에게 다소 퉁명스럽고 무뚝뚝하게 보일지는 몰라도, 우리는 당신이 이곳에 와서 우리를 바쁘게 하는 게 즐겁다.

내가 제안하는 소매점 근무제도는 분명코 실현되지 못할 것이다. 모두가 록스타나 CEO, 고위 지도층 인사로 출세하기만을 바라는 문화적 풍토에서는 어림도 없는 일이다. 그러나 서적 거래시장에서 흔히 '노가다'로 통하는 업무에 매달리는 우리 같은 사람들이 1, 2년 아니 10, 20년 혹은 30년 동안 차고 넘칠 것이기에 소매업은 지금처럼 살아남을 것이다. 서점의 활력 때문인가, 유리창에 붙어 있는 다음과 같은 광고에 개의치 않는 사람들이 우리 가운데도 너무 많다. "직원 구함. 급여 낮음. 혜택은 거의 없거나 전무함. 불확실한 미래에 존중심도 부족함." 서점생활을 하겠다고 계약을 하는 우리 같은 사람들은 그 간판의 행간에서 마치 "모든 책에 대한 할인, 융통성 있는 근무시간, 이유를 설명할 수 없지만 즐겁고 재미있는 시간, 넘치는 우정과 동지애" 따위의 의미를 읽는 듯하다.

어차피 우리가 떠맡고 나선 생활이다. 서적판매원 중에 더 높고 훌륭한 직업을 준다 한들 거기에 전혀 어울리지 못하는 사람이 얼마나 많은가 말이다.

　1667년 4월 27일, 시인이며 청교도 선교사인 존 밀턴은 런던의 서적상 겸 출판업자 새뮤얼 시먼스와 『실락원』의 판권을 계약했다. 밀턴은 선불로 5파운드를 받고, 초판본 1300부가 다 팔리면 5파운드를 더 받기로 했다. 책값이 3실링에 지나지 않았는데도 판매가 워낙 저조하다보니 밀턴은 출간 7년이 지나 죽음을 눈앞에 두고서야 겨우 5파운드를 더 받을 수 있었다. 1680년에 밀턴의 미망인은 겨우 8파운드를 받는다는 조건으로 이 시에 걸린 모든 권리를 시먼스에게 팔아버렸다. 『실락원』은 그후 300년이 넘는 세월 동안 절판되지 않고 명맥을 이어왔으니, 그 사실만으로도 18파운드의 투자에 돌아온 수익이 그다지 형편없지는 않은 셈이다. 이것은 전형적인 출판 관련 스토리라고 할 수도 있겠지만, 저자가 헐값에 엄청난 걸작을 출판업자에게 넘기는 것 자체가 저술가의 시대, 영어 서적 판매의 황금시대가 열리기 시작했음을 웅변하는 사례이다. 저자가 공적인 페르소나, 권위와 이해력 그리고 어느 정도 완전함을 갖춘 인물이 되려면 그를 단순한 작가 이상으로 만들어줄 서적상이 있어야만 했다. 작가와 저술가의 차이점은 저술가는 〈투데이 쇼〉에 출연하는 것이라고 존 스타인벡은 말했다.

17세기 말까지도 대부분의 작가는 출생 시의 운(독립적인 생활을 보장하는 재산), 혹은 지위가 우월한 제3자의 후원에 생계를 의존했다. 르네상스 시대의 어떤 극작가들은 극장에서 생활비를 벌어 근근이 살아갈 수는 있었으나 사실 부유한 후원자들에게 신세를 져야만 했다. 셰익스피어는 살아생전에 출판되었던 희곡들에서 돈이라고는 단 1페니도 구경하지 못한 채 세상을 떠났다. 작가들은 자신의 명성을 드높여줄 가능성이 가장 크다고 생각되는 사람들을 서적판매업자로 선정해왔다. 사실 작가들 중에는 자기들이 써낸 책에서 이익을 구하는 행위를 '품격 떨어지는 짓'이라고 생각하는 사람들이 많았다. 그러나 17세기에 들어서면서 변화가 생겼다. 작가에게 자기의 말과 글을 팔아 살아갈 수 있도록 하는 (그것이 결코 호화스러운 생활이 아니라면) 기회가 제공된 것이다. 독자와 작가의 수가 부쩍 많아지고 출판 가능성도 따라서 높아졌다. 17세기 말의 유럽은 새로운 저널들이 넘쳐났으며, 이런 저널들을 찾아 읽고 또다른 독자들을 만날 수 있는 장소도 생겼다. 커피하우스들은 계몽운동의 새로운 지식들을 널리 전파하는 데 중요한 역할을 했다.

커피는 중동지역을 통해 유럽에 전래되었다. 널리 알려진 전설에 따르면 빈 포위전에서 패배한 무슬림 군대가 수톤에 달하는 커피콩을 남겨둔 채 도주했는데, 빈 주민들이 그 콩을 이용해 번창하는 사업을 만들어냈다. 역사적으로 보아 커피는 유럽이 또다시 다른 세계와 거래를 트던 시기에 수입된 상품들과 함께 아랍 국가들에서 건너왔을 개연성이 크다.

에티오피아에서 처음 재배된 식물임에도 음료용 커피, 즉 콰화qawha를 예멘에서는 8,9세기까지도 사용하지 않았다. 다만 수피교도들이 종교적으로 몰입하는 고되고 힘든 시간 내내 각성상태를 유지하기 위해 마시고 있었다. 중동지역에서 커피는 수많은 질병들을 치료하는 약으로도 쓰였다.

16세기에 이르러 중동에 커피가 널리 퍼졌고, 아라비아의 커피하우스는 이미 뿌리를 내린 문화의 일부였다. 초기 유럽 커피하우스의 후원자들은 아라비아식 커피하우스의 형식과 의도를 금세 알아차렸다. 단골 고객들은 오랫동안 머무르면서 문학, 정치, 신학 등을 넘나드는 열정적인 토론에 참여했다. 아라비아식 커피하우스를 꼼꼼히 관찰한 한 유럽인은 그걸 가리켜 "세속의 웅변을 실습하는 극장"이라고 했고, 랠프 해턱스Ralph Hattox는 『커피와 커피하우스』에서 그것을 가리켜 "사교상의 지체에 대한 변명an excuse for sociable procrastination"이라고 했다.

영국 최초의 커피하우스는 동東 지구 성베드로 교구의 옥스퍼드에서 "천사The Angel"란 간판을 달고 1650년 문을 열었다. 이 커피하우스는 당시 퇴위한 군주에게 충성하는 학생과 교수 들에게 만남의 장소로 인기를 끌었는데, 급기야는 한 케임브리지 교수의 입을 통해 옥스퍼드 대학생들은 학과 강의에서보다 커피하우스에서 배우는 게 더 많을지도 모르겠다는 흰소리까지 나왔을 정도였다. 2년 후 런던에서는 한 공공포스터가 "현재 파스쿠아 로제 Pasqua Rosé란 사람이 자기 상점의 이름을 앞세워 콘힐의 '성 미카엘의 오솔길St. Michael's Alley'에서 커피를 제조해 판매하고 있다"는 사실을 알렸다. 로제는 고향인 스미르나Smyrna에서 음료용 커피나무를 재배했는데 영국으로 건너와 에드워즈란 남자에게 고용돼 일하면서 이 영국인 주인과 그의 런던 친구들에게 커피를 처음 소개했다. 그들은 곧바로 커피 맛에 푹 빠져버렸고 그에 따른 온갖 불평들이 쏟아져나왔다.

이너 템플 게이트Inner Temple Gate가 운영하는 레인보Rainbowe의 제임스 파James Farr를 지목한 초기의 불평 내용을 보면 그가 "검댕으로 색깔을 낸 음료를 만들어 화덕 안에서 말린다는 것, 그 사람들이 견디기 힘들 정도로 뜨거운 커피를 마신다는 것"이었다. 이웃들은 그 가게와 거기서 만드는 것들을 모두 내쫓아버리라고 요구했다. "그가 고약한 냄새를 피워 이웃들을 괴롭히고 있을 뿐만 아니라 밤낮 없이 종일 불을 때는 관계로 한때 그 집 굴뚝과 방에 불이 나 이웃들에게 엄청난 위험과 충격을 안겨주었기 때문"이라는 것이다. 청원인들 가운데 세 사람이 서적판매상이었는데, 한눈에도 일리가 있어 보이는 화재에 대한 우려 때문에 그들은 초기에 잡을 수 있었던 프랜차이즈 기회를 날려버렸다. 취하지 않은 온전한 정신으로 덜 비싼 값에 마실 수 있는 커피 때문에 위협을 느끼던 선술집 주인들도 역시 불평에 가세하고 나섰으나, 이런 모든 불평은 끝내 사람들의 관심을 끌지 못한 채 무시당하고 말았다. 커피하우스는 런던, 파리, 빈, 암스테르담을 거쳐 전 유럽의 도시들을 정복했다. 이 새로운 음료점에 몰린 인기는 파딩과 펜스 같은 잔돈이 런던에서 갑자기 자취를 감추자 그 대부분이 커피하우스 주인들의 돈궤 속으로 들어갔다는 말이 나돌 정도로 엄청났다. 커피하우스 주인들은 실제로 얼마 안 가 돈 대신 자기네 가게에서만 쓰는 토큰을 주조할 수밖에 없었으며, 고객들은 더 큰돈을 주고 그것을 대량으로 사들인 다음 커피를 마실 때마다 한 번에 한 개씩 냈다.

영국 커피하우스의 발전에 날개를 달아준 것은 아메리카 대륙에서 들어온 담배였다. 두 가지 신약은 커피하우스에서 노닥거리며 오랫동안 꾸물거릴 수 있는 "사교상의 지체"에 대한 완벽한 핑곗거리가 되어주었다. 이제 고객은 번갈아 목소리를 높였다 부드럽게 낮췄다 하는 식으로 다른 사람과 똑같은 조건에서 이야기를 나누면서 몇 시간이고 커피하우스에 죽치고 있을 수 있었다.

세기 초에 일어난 청교도혁명, 그에 이은 전 유럽의 반反왕당파 분위기와 함께 커피하우스는 계몽주의운동의 전야, 즉 평민과 지주의 신분이 뒤섞이면서 사회적 장벽이 점차 내려앉던 시기에 처음 등장한다. 처음부터 영국의 커피하우스는 유럽 내에서는 가장 혁신적이고 민주적 성격을 띤 포럼이었다. 실제로 사회적 지위와는 상관없이 커피 한 잔 값을 치를 수 있는 사람은 누구라도 거기 들어가 대화를 시작할 수가 있다. 상인, 과학자, 사무원, 철학자, 멋쟁이 모두 이곳에 모여 50년 전에는 상상조차 할 수 없었던 토론에 참여했다.

런던의 커피하우스와 서점 들은 운명인지, 일부러 그렇게 한 건지, 혹은 완전한 우연인지는 알 수 없지만 플리트 가Fleet Street 인근과 이너 템플 바를 중심으로 같은 구역에 자리잡은 경우가 많았다. 이 시기에 서점과 커피하우스가 짝을 맞춰 설립됐다는 것을 알려주는 기록이 없음에도, 분명 둘은 지리적으로나 기질상 매우 오랫동안 제휴를 맺어왔으리라.

옷감 장사는 최근의 패션 경향을 소개함으로써 다음 시즌에 사람들이 무엇을 입을지 예측할 수 있다. 그러나 서적판매상은 자기가 파는 물건을 통해 사람들이 어떻게 생각할 것인가를 점치는데, 개인의 사고방식에서 나타나는 변화들은 깊고도 장기간에 걸쳐 사회적 반향을 불러일으킬 수 있다. 계몽주의 시대의 서적판매상들은 시대상을 반영했을 뿐 아니라 그것이 구체적으로 모습을 갖추는 데 일익을 담당했다. 사고의 변화를 널리 퍼뜨리는 책이 없었더라면 역사의 오르막길은 훨씬 더 형편없고 조잡해졌을 것이다. 우리의 생각과 사고방식을 변화시키기에 서점은 늘 조용하면서도 사실은 힘이 센 존재였다. 물론 서적판매상에게 언제나 좋은 일만 있는 것은 아니다.

프린터스 서점이 다른 대형 독립 서점들과 차별화될 수 있었던 요인은 컴퓨터 섹션이었다. 프린터스가 실리콘밸리 도심에서 처음 문을 연 것은 그곳에 제1차 골드러시가 닥치기 직전인 1978년이었다. 타이밍이 완벽하다는 점에서는 1849년 샌프란시스코에 삽 가게가 문을 연 것과 비슷한 사건이었다. 그렇지만 지금으로부터 고작 30여 년 전인 1978년에 집에 컴퓨터를 가진 사람이 아무도 없었다는 사실은 정말 믿기 어려운 일로 보인다. 컴퓨터 서적은 기술 분야 책인 데다 대학출판물은 도무지 알 수 없게 돼 있어 우리 스태프 중 오직 한 사람, 라파엘 디아스만이 들어온 책들이 컴퓨터서적 코너 어디에 놓여야 할지를 겨우 이해할 수 있었다. 비록 고등학교 때 '대수학 2' 과목의 기말시험 답을 컨닝해서 간신히 낙제를 면했지만, 나는 그것을 보자 수학 관련 책이라는 걸 대번에 알아차렸는데 그건 다름 아닌 난해한 문숫자 제목이 붙은 방정식 교본들이었다. 디아스는 문학 담당인 우리 스태프들을 도와주기 위해 각 카드 위에 짤막짤막한 암호들을 적어놓았다. 책들은 서가에 올려놓기가 무섭게 팔려나갔다. 어떤 책들은 페이퍼백인데도 가격이 65달러나 됐다. 소문이 실리콘밸리 일대로 퍼져나가면서 우리 컴퓨터서적 코너는 금세 커피바만큼이나 분주해졌다.

그후 20년이 넘도록 프린터스 서점의 컴퓨터서적 코너의 고객들은 문자 그대로 가정용 피시, 정부와 학술단체에서 조사 작업에 쓰는 슈퍼컴퓨터, 컴퓨터와 비디오게임, 가상현실, 인터넷, 이메일, 그리고 현대의 삶을 단순화하는가 하면 혼란스럽게도 하는 소프트웨어의 수요 창출을 도왔다. 컴퓨터 섹션은 제2차 실리콘밸리 골드러시, 즉 닷컴 폭탄을 고안한 사람들의 생각과 상상력에 불을 지폈고, 그 과정에서 부분적으로는 프린터스 서점의 종언을 가속화했다. 2000년에 서점이 문을 닫았을 때 프린터스는 새로 등장한 전자상거래에 꾸준히 고객을 잃어가는 중이었다. 왜냐하면 컴퓨터산업의 기술혁신 전사들이 자기들이 이룬 여러 혁명의 방법과 내용 들을 검토하기 위해 한 번은 와본 프린스터스가 자리 잡은 실리콘밸리는 이제 벽돌과 모르타르로 상징되는 전통적 기업, 서점의 물리적 공간구조에서 한참 멀어졌기 때문이다. 이제는 누구라도 온라인으로 물건을 살 수 있었다. 물건을 사러 꼭 집을 나서야 할 필요가 없어진 것이다.

프린터스가 문을 닫았을 때 나는 그 사태의 목격자가 될 심산으로 팔로알토로 차를 몰았다. 사방의 흰 벽이 썰렁한 분위기를 풍기고 썩은 카펫이 널린 크고 텅 빈 빌딩, 전에 그곳이 서점이었다는 걸 상기시켜주는 것은 기껏해야 커피바가 있던 자리에 깔린 붉은 빛깔의 반원형 리놀륨뿐이었다. 나는 그 북적임과 소란은 모두 다 어디로 가버렸을까, 의아해하면서 유리창 안쪽을 일일이 들여다보았다.

프린터스가 문을 닫은 것을 두고 어느 한 가지에 원인을 돌릴 수는 없겠지만, 작은 사업체를 20년이나 경영하면서 누적된 피로

가 사주들에게 영향을 끼쳤던 것은 분명하다. 전자상거래가 사람들을 컴퓨터 앞에 붙들어 매놓고 서점에서 고객들을 내몰았다는 것도 부정할 수 없는 사실이다. 한때 프린터스에서 일했던 우리 탐서가들은 모두 프린터스를 뒤에 남겨둔 채 떠나가던 미래를 세우는 일을 도왔다. 우리가 남긴 것은 빈 공간뿐이었다.

계몽주의 시대 영국인 서적판매상들의 흥미로운 점은 이들이 대부분 아주 낮은 지위에서 출세한 사람들이라는 것이다. 사회적 지위에서 상인들은 기껏해야 해적을 위시한 범죄자들보다 조금 뒤쪽에 있었을 뿐이다. 여기서 당시 런던 서적판매상들을 묘사하는 데 쓰인 문구들을 보자. 한 사람은 "주정뱅이 신기료장수의 자식"이고, 또 한 사람은 "아슬아슬하게 대학 교육을 피해 나온" 후에 서적판매상이 된다. 또다른 한 사람은 "몇 가지 천한 직업"의 도제살이를 하고 나서 이 직업에 들어서며, 한 사람은 "기분 더럽게도 감옥과 친한" 처지이다. 한 서적판매상은 출신배경이 너무 보잘것없던 나머지 독학으로 글 읽는 법을 배우기 위해 그 직업에 뛰어들었다. 이 영국인 서적상들 가운데는 다음과 같은 예외적인 인물도 눈에 띈다. "그는 부자라는 점에서 다른 서적판매상들과는 달랐다."

이들 서적판매상은 많은 점에서 해적들과 다를 게 없었다. 그때까지도 새로운 자유와 사상에 적응중이던 사회의 가장자리에서 활동했으며 그러면서도 서점을 이들 사상의 원천으로 보고 있었다. 선동적이거나 외설적인 작품의 간행은 법률로 금지되고 있었으나 그 한편에서는 감시가 거의 없어 새 책에 대한 대중의 요구는 커져만 갔다. 당시의 저작권 관련 정책들도 사정은 마찬가지였다. 지적재산권의 소유를 규제하려는 시도들도 있었으나 실제로 시행되진 않았다. 출판인으로서의 서적판매상은 허가받지 않은 비공식적인 작품들, 그러니까 해적출판물을 마구 쏟아냈는데 과로로 건강을 해칠 정도였다.

에드윈 컬Edwin Curll은 이런 서적판매상들 가운데서도 가장 악명 높은 인물이었다. 그는 위대한 시인과 작가 들의 작품을 많이 출판했으나 항상 문인들의 요청이 있어야만 책을 냈던 건 아니었다. 게다가 대중적이고 포르노성을 띤 책들, 언제나 인기 있는 음란한 로맨스, 즉 『수도원의 비너스 Venus in the Cloister』 『속옷 차림의 수녀 The Nun in Her Smock』 『별난 아내 The Curious Wife』 같은 책들과 함께, 공간公刊이 명백히 금지된 정부의 청문회 필기록 따위를 출판하기도 했다. 그리하여 '컬리시즘Curllicism의 죄악'이라는 오명으로 물든 신조어를 낳았다. 컬은 또한 성서를 줄판함으로써 낳은 돈을 벌어들였다.

컬은 엄청난 성공을 거둔 서적판매상이었다. 그러나 살아가면서 성공과 죄악 양쪽에 대해 응분의 대가를 지불해야만 했다. 외설작품들을 출판한 혐의로 자주 무거운 벌금형을 받았으며 그럭저럭 감옥행만은 면하고서도 언젠가 한번은 채링크로스 가에서 1시간 동안 칼을 쓴 채 대중의 웃음거리가 되는 굴욕을 당했다. 컬은 수치를 당하던 그 1시간 동안 대중에게 돌팔매질을 당하고 음식물을 뒤집어썼다. 사랑하는 앤 여왕의 명성을 지키려 했다는 이유로 이렇게 칼을 쓰고 있다는 것을 시민들에게 알리는 회람을 인쇄해 배포한 대가였다. 킹스 칼리지의 존 바버John Barber가 쓴 추도사를 본인의 허락도 없이 멋대로 출판한 뒤, 언젠가 더 완전한 추도사 카피를 건네주겠다는 약속을 철석같이 믿고 컬은 칼리지 교정으로 들어갔다. 성난 학생들은 그를 담요 위에 눕혀놓고 상당히 오랫동안 거칠게 헹가래를 쳤으며 그런 다음 강제로 무릎을 꿇리고 바버 씨에게 사과하도록 시켰다.

컬에 대한 응징으로 가장 유명했던 것이 시인 알렉산더 포프가 꾸민 보복극이었다. 복수를 위한 그의 요령은 다소 메스껍긴 하지만 영리하고 재치가 넘쳤다. 컬은 포프와는 상관도 없는 시들을 이 시인의 작품이라고 거짓 주장을 늘어놓으면서 시집으로 펴낸 일이 있었다. 포프는 정정과 공개 사과를 요구했지만 무례하기 짝이 없는 언사와 조롱만 돌아왔다. 그러자 컬과 타협하려는 척하며 온갖 감언이설로 그를 플리트 가의 백조 여인숙으로 초대했다. 그곳에서 포프의 공식출판인인 버나드 린톳Bernard Lintot까지 끼어

세 사람은 술을 마셨다. 컬의 기록으로는 "미스터 린톳이 호크hock란 오래된 독일산 백포도주를 반 파인트, 미스터 포프와 미스터 컬은 색Sack이란 수입 백포도주를 각각 반 파인트씩 마셨다". 포프는 컬의 술잔에 많은 양의 분말구토제를 몰래 타 넣었는데 그 약기운이 사람들이 많은 대로상에서 그를 덮쳐버렸다. 포프가 조롱조로 써내려간 서사시 「던시어드The Dunciad」에 후대를 위해 기록했다는 장면이다.

홀번Holborn 출신 돌팔이 의사의 아들로 "서적판매상들의 황태자"로 불렸던 제이컵 톤선Jacob Tonson마저도 의심스러운 행동을 한 것은 마찬가지였다. 그는 언젠가 베스트셀러 시인이자 비평가인 존 드라이든John Dryden에게 인세를 지불한 적이 있는데 나중에 톤선은 드라이든이 자기가 요청한 것보다 더 많은 장수의 인지를 보내왔다고 불평을 늘어놓으며 그 초과분만큼을 선불금에서 제해버렸다. 그때까지 드라이든은 자기의 서적판매인에게 모든 걸 의존하던 처지였으므로 얼마 지나지 않아 체면 따위는 제쳐놓은 채 톤선에게 돈을 더 보내달라고 사정하는 편지를 썼다. "저의 친절함이 당신에게 까마득히 뒤처져 있다는 사실 앞에서 저는 제 자신이 너무너무 부끄럽습니다."

몇몇 결점에도 불구하고, 톤선은 독자들에게 공헌한 것에 비추어 당대 서적판매상 중에서는 가장 훌륭한 장사꾼이었다. 톤선은 열네 살 때 7년 기한으로 토머스 바넷의 도제가 되었으며 그런 다음 챈서리레인Chancery Lane에 'Judge's Head(판관의 머리)'란 간판을 단 가게를 열었다. 처음에는 헌책만 팔다가 얼마 안 가 오리지널 희곡작품들을 출판하기 시작했으나 별 재미를 보지 못했다. 그렇게 한동안 부진을 헤매다가 그는 마침내 드라이든과 제휴하게 됐다. 드라이든은 당대의 문학가로 널리 알려져 있던 인물이었다. 인지대 사건에도 불구하고, 그들은 드라이든의 작품을 출판하고 판촉에도 힘을 기울여 이른바 저술가의 시대가 도래하는 데 일조했다. 톤선은 시먼스에게서 밀턴의 『실락원』 판권도 사들였는데, 그가 이 책을 출판하고 나서부터 잠자다시피 하던 작품의 인기가 오르고 갈채가 쏟아졌다. 챈서리레인에 있던 가게에서 이사한 뒤 셰익스피어스 헤드라는 간판을 걸고 활동하던 톤선은 역시 서적판매상으로서는 처음으로 셰익스피어의 희곡작품과 소네트들을 출판해 사람들이 널리 구해볼 수 있도록 했다.

황금기에 활동한 톤선, 컬, 그 밖의 서적판매상들은 분명 기회주의적인 사업가들이었다. 그러나 극심한 사회변화가 진행되던 시대의 문학세계를 만들어가는 일에서는 열쇠 같은 존재들이었다.

17세기에서 18세기에 이르는 시기의 서점에는 또하나 중요한 발전이 있었으니 그것은 다름 아닌 진열창이다.

서점이 매점 형태, 그후 세 면이 벽으로 된 방 모양이었을 때만 해도 밤에 가게를 안전하게 지키기 위해 사용되던 셔터가 이제는 영업중일 때 물건들을 진열하는 용도로 쓰이게 됐다. 책들은 셔터가 달린 구역에서 표지를 내보이며 자리잡았다. 그건 일본과 중국에서도 똑같았다. 다만 경첩이 제거되어 셔터 아랫부분이 땅이나 카운터 위에 직접 드리워져 있었다는 것, 그리고 책들도 셔터 안쪽의 말쑥한 상자 속에 표지를 위로 향한 채로 가지런히 진열되었다는 등의 예외가 있었을 뿐이다. 그후로도 몇 세기 동안이나 셔터는 벽과 진열장이라는 두 가지 구실을 충실히 해주었다.

유리가 흔해져 손에 넣기 쉬워지고, 서점도 점차 영구적인 시설로 바뀜에 따라 셔터는 유리문으로 대체되었다. 이 유리창으로 새로 들어온 책들을 눈에 확 띄게 전시할 수 있었으며 고객들은 슬쩍 눈길만 주어도 가게 안으로 끌려 들어가게 되었다. 그렇지만 판유리는 아직 먼 이야기였고, 서적판매상들은 작은 창유리들이 전시에는 더없이 어울린다는 것을 알게 됐다. 조그만 창유리 안쪽에는 띄엄띄엄 서가들이 세워졌다. 그렇게 하자 책들은 한결 그곳을 지나치는 호기심 많은 사람들의 눈길을 끌 수 있게 됐다. 유리창은 다른 소매점에서도 쓰였으나 크기나 모양에서 책과 작은 유리창의 조화가 너무나 자연스럽다보니 그런 전시상의 혁신들은 서점 쪽에서 훨씬 더 일반화되었다.

하지만 얼마 지나지 않아 서적판매상들은 창을 통한 전시가 책들을 변색시킨다는 걸 알게 되었다. 그래서 밖으로 비죽 나와 있던 부분을 창 안쪽으로 깊숙이 들이고, 책들이 더 잘 보일 수 있는 작은 단stage들을 가게 안에 만들었다. 그러자 밖에서 보는 가게 안 공간도 훨씬 커 보였다. 오늘날 서점들을 걸어서 지나치다보면 커다란 창문 뒤에 깊숙한 내받이 부분을 두는 이 공간배치 방법이 300년이 지난 지금까지도 건재함을 발견할 수 있다. 햇볕 속에서 변색해가고 있는 책들도.

19세기 초에 이르러 영국과 유럽의 책장사는 대부분의 서점이 자기네 책 외에 다른 출판사의 작품들까지 팔게 될 정도로 꽤 수지맞는 사업이 되었다. 심지어는 세상의 존경까지 받기 시작했으며, 형형색색이던 자신의 뿌리에서 점차 멀어져 일반화되고 있었다. 1794년에 제임스 래킹턴James Lackington은 런던 핀스버리 광장 남서쪽 모서리에 "뮤즈의 전당The Temple of the Muses"이라는 엄청나게 큰 가게를 하나 열었다. 이 서점은 문구를 팔았으며 제본, 복사 같은 서비스들도 제공했다. 서점 규모가 어찌나 큰지 개점행사 때는 말 네 마리가 끄는 마차가 서점을 통과하는 퍼레이드를 벌이기도 했다. 책을 파는 일이 마침내 거대 비즈니스의 영역으로 들어선 것이다.

7장

책은 절대로 죽지 않는다

21세기로 접어들면서 문화 검시관들은 다투어 교양의 죽음을 선언했다.
먼저 1960년대 초에는 소설이 "죽었고", 1980년대 말에는 서점 그 자체가
"죽었다". 지금은 책을 읽는다는 행위 자체가 죽었거나 적어도 위독한 상태에 있다.
아니, 그렇다고들 한다.

책은 절대로 죽지 않는다

　19세기에 책 판매와 출판업의 변모된 틀을 만들어냈던 사건들은 기계와 관련이 있다. 19세기 들어 첫 십 년 사이에 체스터필드의 3대 백작인 찰스 스탠호프Charles Stanhope는 구텐베르크의 것과 아주 비슷해 보이지만 목재가 아닌 철제로 제조되고, 재래식 나사가 아니라 레버로 작동되는 인쇄기를 도입했다. 이처럼 인쇄기의 혁신으로 인쇄 속도가 훨씬 빨라지고 정확해졌다. 1812년 쾨니히 인쇄기는 스탠호프 인쇄기와 유사한 기계장치에 증기 동력을 결합해 시간당 인쇄 면수를 거의 다섯 배로 증가시켰다. 1890년까지 두 종류의 새로운 식자 방식, 즉 한꺼번에 전체 활자 라인을 만들어 조판하는 라이노타이프Linotype(한 줄이 한 블록을 형성하는 활판을 주조해서 식자하는 방식 — 옮긴이)와 한 번에 글자 한 개씩을 주조하는 모노타이프monotype 덕에 식자공은 1시간에 다섯 장을 조판할 수 있게 됐는데, 그와는 대조적으로 손으로 한 글자 한 글자씩을 조판할 때는 시간당 겨우 한 장 반이 고작이었다. 책의 페이지들은 접장 안으로 꿰맨 다음 이것을 여러 개 함께 꿰매 표지 속에 끈을 넣어 졸라매는 방식이었다. 그러나 제본 공정은 점점 더 기계화되고 있었다.

어느 것이 먼저였나? 산업혁명기에 문자해득률이 급격히 상승한 탓에 어쩔 수 없이 더 빠른 증기동력인쇄기가 필요했던 것일까, 아니면 그런 기계가 있었기 때문에 문자해득률이 급상승한 것일까? 그 두 현상은 사실상 동시에 발생했고 그러다보니 100년 전이라면 감히 상상도 못할 다양하고도 엄청난 양의 신문, 잡지, 소설 들이 넘쳐났다.

1800년대에 접어들어 첫 10년간, 읽고 쓸 줄은 알되 큰 재산은 없는, 점차 성장하던 도시 서민들의 요구에 부응하기 위해 생겨난 것이 바로 페이퍼백이었다. 인스턴트 잡지나 신문 발행인들이 내놓은 이들 페이퍼백은 파렴치한 서적판매상과 출판업자 들이 해적질한 대중소설에 지나지 않았다. 1841년에 독일의 한 출판사는 자사의 타우흐니츠Tauchnitz 문학선집을 가죽 양장본의 3분의 1이라는 파격적인 가격으로 내놓았다. 철도와 증기선 덕분에 문학이라는 은총이 나라와 언어를 가로질러 전 세계 곳곳으로 퍼져나갈 수 있었다.

책 거래와 그 밖의 산업 부문에서 기계의 놀라운 속도가 낳은 성과를 든다면 작업의 전문성이 크게 향상되었다는 점이다. 서점의 경우 전문화 경향이 심화된다는 것은 서적판매상이 출판 일을 겸하기가 어려워진다는 뜻이었다. 폭발적인 인쇄 물량을 따라잡자면 더 빠르고 크고 시끄러운 기계의 도입이 불가피했다. 그러다 보니 서점들이 인쇄기를 창고에 그냥 처박아둔다는 것은 아무래도 용납하기 어려운 일이 돼버렸다. 오늘날 서점은 날로 두꺼워지는 도서목록들을 다양하게 구비해놓고는 도매서점과 출판사 쪽에 주문을 한다.

서적판매상과 출판인은 2000년이 넘도록 늘 한결같은 존재였으며, 서적판매상은 그 긴 세월의 대부분을 현지에서 발행된 작품들을 날라주는 일만 했다. 서적판매상들에게도 책을 선정할 수 있는 기회와 권한을 충분히 부여한 곳은 미국 식민지들이었다. 미국에는 그때까지만 해도 인쇄기라는 게 거의 없었기 때문에 대중은 서적판매상들에게 영국의 출판사들에서 재고도서를 수입해달라고 요구했다. 19세기 말까지 규모가 큰 미국의 출판업자들은 자기네 연고지에 영업 실적이 썩 괜찮은 서점을 운영하고 있었다. 서점 위층에는 대개 자기가 경영하는 출판사의 사무실들이 있었는데, 이 서점들도 이제는 다른 출판업자들이 낸 책들을 꽤 많이 갖춰놓고 있었다.

1986년에 처음으로 유럽 여행을 갔을 때, 나는 영국과 유럽 서점의 도서들이 아직도 분야별이 아니라 출판사별로 정리돼 있는 것을 보고는 깜짝 놀랐다. 책 한 권을 찾으려면 우선 그 책을 펴낸 출판사를 알아야 하고, 그런 다음 그 출판사의 서가를 찾아야 했던 것이다. 그러나 그로부터 20년이 지난 지금은 영국과 유럽의 서점 대부분이 미국식 서가 정리 시스템을 채택하고 있다. 그뿐 아니라 이들 서점 대부분이 미국 서점의 관행을 좇아 책을 사는 고객에게 장서표도 나누어주고 있다.

20세기에는 다른 산업들과 마찬가지로 서적판매업도 선진 기술과 속도 혁명의 열매를 나누어 가졌다. 윤전기, 그 뒤를 이은 전자출판, 컴퓨터 인쇄술과 더불어 더 효율적인 판매 유통 방식(주간州間 트럭 운송과 항공운송) 덕에 이 업종은 전 세계 문자해득률과 보조를 맞춰 꾸준히 성장할 수 있었다. 법 규제 제정(저작권 제한 규정의 개선과 공정거래 법규)은 책의 출판과 판매를 안정시키고 성문화할 수 있도록 해주었다.

20세기 들어 서적판매업에 일어난 최초의 의미심장한 혁명은 2차대전 직전의 페이퍼백(영국의 펭귄북과 미국의 포켓북)의 도입이었다. 대량판매용 페이퍼백을 받아들이도록 다그친 것은 다름 아닌 전쟁이었다. 전쟁이 한창일 때 야기된 종이 부족 사태로 이런 염가판 도서 구입이 애국적인 행동으로 보였기 때문이다. 새로 나온 페이퍼백은 물론이고 공항과 식료품점에서 흔히 보는 작은 포켓형 책들은 값싼 종이를 덜 쓰기까지 했으니 전쟁 물자를 더 많이 절약할 수 있었다. 같은 세대의 젊은 병사들이 손에 제대증서를 쥐고 유럽과 아시아에서 돌아와 전국의 대학 교정을 가득 채우면서 오늘날 이런 값싼 책들에 대한 수요를 유지하는 데 일조했다.

20세기에 일어난 두 번째 혁명은 최초로 전국적인 서점 체인망이 생겨났다는 것이다. 1969년에 B. 돌턴 서점과 월든 서점은 전국 백화점 체인의 모회사들 틈새에서 첫 서점을 열었다. 이 두 서점은 부자를 상대하는 백화점 안에 목 좋은 가게들 틈에 자리를 잡는 대신, 당시 미국 땅에 범람하듯 들어서던 쇼핑몰 내에 독립된 점포를 열었다. 이건 개인 점주 겸 관리인들이 시내와 서점이 없는 동네에 가게를 여는 형식이었다.

더 큰 보급형 사이즈의 페이퍼백을 받아들이면서 1980년대에는 또 한 번의 페이퍼백 혁명이 일어났다. 그리고 한 걸음 더 나아가 1980~90년대에는 크라운, 반스 앤드 노블스, 보더스 등의 체인화가 진행되었다. 이 기간에 출판업은 출판사들을 단지 세계적인 미디어 제국의 부품으로 만들어버린 기업간 합종연횡을 겪었다. 그들은 거대 기업의 지배 아래서 계속해서 고통을 당하고 있다. 20세기의 서적판매업 이야기는 거듭 변신중인 자본주의를 메아리처럼 복제한다.

거대 기업이 등장한 이후 서적판매업계에 불어닥친 가장 큰 변화는 아마도 '개성'의 상실일 것이다. 더 빨라진 속도와 효율성, 산업 재편, 그리고 가장 중요하게는 서적판매업에서 출판업이 분리된 덕에 서적판매업자는 이제 더는 건달이나 불량배가 아니며

"파렴치하다"는 소리를 듣지 않게 되었다. 영국 책 판매업의 황금기를 수놓았던 화려한 풍모의 위인들은 최근 전기류와 이 직종을 다룬 역사책들 속에서 완전히 퇴장해버리다시피 했다. 이제는 다들 비즈니스 이야기만 입에 올린다.

나는 이 직업 고유의 색깔이 사라져버린 데 대해 큰 슬픔을 느낀다. 이 직업에 나름의 '개성'이 존재하는 건 분명하지만 그건 어느 직업이나 다 마찬가지다. 오늘날의 서점들은 대체로 악명도 없고 삐딱한 구석도 없다. 모든 것이 익명 속에 묻혀버린, 친절하지만 매력은 없는 조용한 공간에 불과하다. 그러나 서점이 오늘날까지 이렇게 살아남았다는 사실, 그리고 3000년이 넘도록 아주 조금씩, 몹시 더디게 변화해왔다는 사실 때문에 마음 한구석이 따뜻해진다. 이것이야말로 서점을 찾는 즐거움 가운데 하나이며, 가장 단순한 것이 오래 간다는 진리를 깨우쳐주는 사례라 할 수 있다. 서점, 그것도 가장 평범하다고 할 서점은 유혹적이면서도 위험한 이 세계에서 무시당했고 외면당했기 때문에 옛날과 변함없는 본성(당신의 눈길을 붙잡는 책 진열창, 커다란 기대를 품고 펼쳐본 소설책 표지 같은 서점 입구, 새 책을 맞을 준비를 하는 서가들, 그리고 주 계산대)을 유지할 수 있는 것이다. 물론 그것 역시 장사지만 모든 것이 책을 중심으로 이루어지는 장사다.

21세기로 접어들면서 문화 검시관들은 다투어 교양의 죽음을 선언했다. 먼저 1960년대 초에는 소설이 "죽었고", 다음으로 1980년대 말에는 서점 그 자체가 "죽었다". 지금은 책을 읽는다는 행위 자체가 죽었거나 적어도 위독한 상태에 있다. 아니, 그렇다고들 한다. 미국예술후원기부재단The National Endowment for the Arts이 후원한 2004년의 한 연구는 미국인들이 몇십 년 전에 비해 '문학서'를 훨씬 덜 읽고 있으며 '고전'의 독서량도 예전에 비해 줄어들었다는 결론을 내렸다. 인터넷과 전자매체들이 미국인들로 하여금 책과 결별하도록 부추기고 있고, 라디오와 텔레비전 역시 여기에 일조했다는 것이다. 아아, 이 얼마나 슬픈 일인가.

그러나 이 주장을 반박할, 적어도 거기에 얼마간의 균형감각을 보태줄 다른 숫자들도 있다. 자료에 따르면 2004년에 미국의 출판사들은 13만 5000권에서 17만 5000권에 이르는 신간서적을 간행했다. 신간은 1년 평균 15만여 권, 하루에 411권이 나오는 셈이다. 이렇게 볼 때 미국의 출판사들은 일찍이 알렉산드리아 대도서관이 9세기를 통틀어 모아 들였던 것보다 5만 권이나 많은 신간을 매년 간행해내고 있는 것이다.

이 숫자는 또한 규모가 가장 크다는 서점의 서가에 있는 책보다 5만 부가량 많은 숫자이다. 서점 공간의 대부분은 구간backlist,

즉 전에 발행된 책들이 차지하고 있어서, 신간을 전시할 때도 서점 나름의 특색을 보여줄 필요가 있다. 하지만 가장 큰 종합서점이라도 특별매대에서 우리가 보는 책들이란 최근 쏟아져나온 신간들 가운데 극히 일부에 지나지 않는다.

이 신간들 속에는 전문서나 기술서 들이 있는가 하면 오디오 도서에 달력, 거기다 읽을거리라기보다는 선물에 더 걸맞아 보이는 책들도 있다. 그렇지만 신간 대다수는 전통적인 의미의 도서들이다. 모든 신간이 다 아리스토텔레스의 『시론』 같은 영속성을 지니지는 못하겠지만 읽을 것이 동나버리는 사태는 한동안 벌어지지 않을 거라 장담해도 지나치지 않으리라.

현재 인쇄된 책은 약 400만 권이 유통되고 있고, 절판된 책은 150만 권쯤 된다. 앞서 100년간 130만 종이 발행되었으나, 1980년 이후에는 200만 종이 넘는 신간이 발간되었다.

이는 미국의 출판물에만 해당하는 숫자다. 미국인들은 다른 어느 나라보다 책을 많이 출판하지만 국민 1인당 발행 권수로 치면 놀라울 만큼 저조하다. 영어권 국가들 중에서 미국은 영국, 캐나다, 뉴질랜드, 오스트레일리아에 한참 뒤져 다섯 번째를 차지하고 있다. 영국은 한 사람당 2336권의 책을 발행하는 데 반해 미국은 고작 545권에 불과하다.

만약 당신이 다섯 살 때부터 시작해서 일주일에 책 한 권씩을 읽는다 치고 여든 살까지 산다고 가정하면 당신은 그 기간에 총

3900권의 책을 읽을 것이다. 현재 인쇄되어 시중에 나와 있는 책의 0.1퍼센트가 조금 넘는다. 사회비평가 교양 시대의 종언을 주장하는 것은 시기상조일지도 모른다. 어쨌거나 우리는 지금 책의 바다를 헤엄치고 있으니 말이다.

이런 책의 바다에는 예술작품이라고 평가받을 만한 책도 얼마간 있다. 호화본의 전통은 영광스럽지만 그건 책에 대한 열정과 그 열정을 만족시킬 돈이 있는 사람의 것일 뿐이다. 감히 어느 애서가가 아리온 프레스Arion Press 판 『백경白鯨』을 보고 감동의 눈물을 흘리지 않을 수 있겠는가. 활자는 손으로 주조한 것이고, 종이도 수제에다, 제본 역시 일일이 손으로 꿰맨 것이니 말이다.

이 책은 1979년에 출판되자마자 250부 한정판으로 1000달러씩에 팔렸다. 다른 호화 한정판 도서들은 더 비싼 값을 매길 수도 있고, 또 판형을 키우거나 줄여서 팔 수도 있었지만 이 책들은 애초부터 수집가들을 겨냥해서 제작되었다.

다행스럽게도, 우리 같은 평범한 독자들을 위해 아리온의 『백경』 보급판이 1981년에 출간되었다. 하드커버와 페이퍼백 두 가지가 다 나왔는데 발간 부수도 수백이 아닌 수천 부 단위였다. 보급판은 비록 판형이 더 작아지고 기계로 찍어낸 것이라고는 하지만 본문의 내용과 삽화가 호화본과 똑같았다. 오늘날 『백경』 보급판의 값은 무선 책이 불과 29.95달러, 천으로 표지를 감싼 책이 70달러쯤 되는데, 어느 쪽이든 외양도 아름답고 즐겁게 읽을 수 있다. 그러나 만약 29.95달러도 너무 비싸다 싶으면 언제라도 보급형 페이퍼백 『백경』을 5.95달러에 구입할 수 있다. 그 값으로도 우리는 사람을 깜짝깜짝 놀라게 하는 멜빌의 언어감각과 만유적 상상력을 만나볼 수 있다. 독자들이 고개를 숙인 채 책 읽기만으로 몇 시간을 보낼 수 있는 까닭은 바로 보급형 도서가 있기 때문이다.

서적판매상은 다음과 같은 말 때문에 자주 난감해지곤 한다. "그래요. 나도 책은 읽고 싶지만 책값이 너무 비싸서요." 여러분이 어린애였을 때 책값이 50센트쯤 했다거나, 똑같은 책을 도서관에서는 공짜로 볼 수 있다는 사실을 떠올리면, 양장본 소설 한 권에 25달러는 터무니없는 사치로 비칠지도 모른다. 그러나 간단한 비교만으로 이 까다로운 고객이 책의 장기적인 가치를 다시 생각하게 하는 데 도움을 줄 수 있을 것이다.

요즘 샌프란시스코에서 영화표 한 장을 구매하려면 10달러가 든다. 2시간가량 지나면 기억만 남아 있을 뿐 돈은 사라져버리고 없다. 적어도 20달러를 더 내고 DVD를 살 때까지는 그렇다. 400쪽짜리 소설은 아마 다 읽으려면 8시간은 족히 걸릴 것이다. 일단 책을 사면 그 내용은 당신 것이 되고, 머릿속에 삼삼하게 떠오르는 기막히게 좋은 문단에 표시를 해둘 수도 있고, 틈이 날 때마다 그것을 찾아볼 수도 있다.

책은 영화보다 훨씬 더 융통성이 있고, 더 사용자 친화적이다. 전기 없이도 마음대로 읽을 수 있으며, 지금 절반쯤 지나고 있다, 3분의 1쯤 왔다, 끝에서 단 몇 장 남았다, 하는 식으로 손가락으로 흥분을 가늠하거나 조절하면서 항상 자기가 어디쯤 와 있는가를 알 수 있다. 영화에서는 인상 깊은 장면을 슬로 모션으로 볼 수는 있으나 거기엔 얼마간 비현실적인 느낌이 있다. 책 속의 한 구절을 천천히 또박또박 읽는다고 해서 그것이 단어들의 힘을 빼앗아버리는 일은 없다. 영화는 이미지를 제공해준다. 책은 독자의 적극적인 참여를 동력으로 삼아 그의 내부에 이미지들을 만든다. 책은 두뇌에 좋다. 신경학자들은 텔레비전이나 영화를 볼 때는 사람의 두 눈이 멍하니 앞을 향하고 있지만, 책을 읽을 때는 왼쪽에서 오른쪽으로, 혹은 위에서 아래로 움직여 신체 움직임이 마음을 지배하는 뇌를 자극하고 조절한다는 사실을 알아냈다.

하드커버 소설 한 권을 구입하는 데 쓴 25달러로는 멋진 레스토랑에서 와인을 뺀 요리와 샐러드, 디저트를 사먹는 데 쓸 수가 있다. 모두에게 즐거운 시간이었지만 식사는 재빨리 기억 속으로 사라져버린다. 샌프란시스코의 셰프 글렌 그로닝 오브 케자 바 앤 드 레스토랑Chef Glenn Groening of Kezar Bar and Restaurant은 리조토 위에 오리가슴살을 얹은 새 메뉴(단언컨대 이 요리야말로 지구상에서 가장 훌륭한 요리 가운데 하나다)를 개발하고 거기에 적당히 15달러, 그러니까 최근에 나온 어느 보급판 도서의 정가에 해당하는 값을 매겨놓았다. 그렇지만 언제나 그렇듯이 나는 오리고기를 다 먹고 나면 꼭 딱 몇 입만 더 먹었으면 하는 생각이 굴뚝같아졌는데, 그러자면 한 접시를 더 시키지 않으면 안 되었다. 프랜시스 베이컨은, 책은 소화는 될지언정 결코 소비되는 일은 없다며 우리를 일깨운 바 있다.

계속 신고 걸어 다녀도 1년은 가는 신발처럼 내구성 있는 물건과 비교할 때마저도 책은 승리를 거둔다. 주어진 1년 동안 당신은 아마 신발을 신듯 같은 책을 여러 차례 읽지는 않을 것이다. 하지만 연말에도 그 책에서 얻은 생생함을 잃지 않고 간직할 것이다. 책이 낡아서 닳아 없어지기 시작하는 경우에도 그건 마찬가지다. 내가 가지고 있는 『월리스 스티븐스 시선집Collected Poems of Wallace Stevens』은 25년 된 책인데, 내 장서 중에서는 가장 자주 꺼내 읽는 책에 속한다. 먼지 낀 표지는 빛이 바래고 사방 모서리는 해져 있는 데다 제본마저 풀려버렸다. 페이지 여기저기에 잉크와 연필 자국이 어지럽고 커피니 음식 얼룩까지 묻어 있다. 하지만 이 시집은 지금도 훌륭하게 잘 읽힌다. 발산지acidic paper에 인쇄돼 10년이 지나는 동안 누렇게 번색돼버린 페이퍼백도 여전히 읽는 데는 지장이 없다. 아무리 책등이 심하게 망가졌다고 해도, 책이 욕조 물에 처박혀서 있는 대로 불어터졌다고 해도 상관없다. 페이지들이 책등에서 떨어져나올 수도 있지만 고무 밴드로 그것들을 한데 묶어주면 된다.

책은 친한 친구들에게 빌려줄 수 있지만 신발은 그렇게 하지 못한다. 또 훌륭한 책은 결코 유행에 뒤지는 일이 없다. 책이 지닌 내구력과 신축성은 미국이라는 쇼핑객들의 천국에서 그 상품을 최고의 가치를 지닌 물건으로 만들어준다. 책을 만드는 것은 노동 집약적인 일인 데다, 운송과 보관에 많은 비용이 든다는 점을 감안하면 놀라운 일이다. 당신이 낸 25달러는 작가, 판매상, 출판인, 인쇄인, 거기다 트럭을 몰고 배달하는 친구까지가 일정액씩 나누어 가진다. 출판사는 자기 차고 속에 책 상자들을 우겨 넣는 단 한 사람이 직원의 전부일 수도 있고, 뉴저지 어디쯤에 있는 창고에서 일하는 직원에 편집자, 마케터, 디자이너, 생산 및 판매 직원, 접수계원 들을 고용하고 뉴욕의 고층건물 한 개 동 전체를 차지하고 있을 수도 있다. 인쇄업자는 식자공, 전문 분야가 각기 다른 오퍼레이터, 선적일을 하는 인부 들을 지원할 것이다.

자, 당신이 산 25달러짜리 양장본 책을 한번 살펴보자. 이 책 뒤에 붙은 판권을 보니 뉴욕 대형 서점의 베스트셀러가 아닌 평범한 소설이다. 그러므로 먼지가 내려앉아 누렇게 바랜 표지를 제외하면 컬러 인쇄는 물론이고 후가공도 전혀 하지 않은 책이라고 가정하자. 발행 부수는 평균 5000부로 잡는다. 백분율은 책에 따라, 또 출판사마다 달라지겠지만 아래 숫자로도 이해를 돕기에는 충분할 것이다.

저자 1.88달러
인쇄인 3.00달러
발행인 8.87달러
서적판매상 11.25달러

이 가운데 저자의 몫은(적어도 저자에게는) 첫눈에도 터무니없을 정도로 적어 보인다. 나눈 조각 가운데 제일 작은데, 대개 한 사람에게 돌아갈 가능성이 크다. 만약 저자에게 에이전트가 한 명 딸려 있다면, 그 에이전트는 저자 인세의 10~15퍼센트를 받지만, 그렇지 않으면 저자가 1달러 88센트를 모두 차지한다. 대부분의 작가들은 책이 나오기 전에 선불금을 받는데 이 금액은 그 책의 예상 판매부수에 근거해서 책정한다. 만약 당신이 책을 써서 백만장자가 되고 싶다면 출판사 측이 50만 부 이상 팔 수 있겠다고 자신하는 책을 쓰면 된다. 이 정도로 잘 팔리는 책의 인세율은 5000부짜리 양장본보다 훨씬 높게 책정되어 권당 3.13달러쯤 된다. 2004년의 경우 30만 부 이상 팔린 양장본 소설은 겨우 47종에 불과했다. 16달러짜리 대형 페이퍼백은 평균 인세가 권당 2달러인데, 2004년에는 픽션, 논픽션을 합쳐서 50만 부 이상의 판매고를 올린 대형 페이퍼백은 기껏해야 27종이었다. 대량 판매용 페이퍼백의 경우는 인세가 훨씬 더 낮아서 6.95달러짜리 책이 42센트쯤 되므로, 거짓말 같은 큰돈을 벌려면 200만 부 이상은 팔아야 한다. 2004년에는 대량판매용 페이퍼백 8종만이 이 정도 혹은 그보다 조금 더 팔렸다. 그러고 보면 글쟁이는 가난하다는 부모들의 편견이 전혀 틀리지 않다. 언감생심 부자가 되기는커녕 생계를 꾸려가기조차 벅찬 길인 것이다.

25달러 가운데 가장 큰 몫이 서적판매상에게 돌아가지만 비율만을 고려할 경우 오해의 소지가 있다. 전체 서점 경비(종업원 임금, 임대료, 각종 비용)는 이 11.25달러로 충당하는데, 거기엔 오늘날 복합형 출판사들이 자기네 장부의 대차계정을 맞추기 위해 의존하는 영화 판권, 연재권 그 밖의 다른 부수입이 포함되지 않을 것이다. 결국 서점은 1년 내내 엄청난 양의 책만을 팔 것이고 판매총액은 최고치에 이를 것이다.

대형 독립서점의 연매출액은 100~200만 달러쯤 된다. 그러나 이 매출액에서 얻는 경상이익은 저울 눈금이 0쪽으로 심하게 기울어 10만 달러에도 미치지 못할 것이다. 서점의 연간 이익은 크리스마스 시즌의 매출 성적과 직결된다. 그 기간 동안 달력이 얼마나 많이 팔렸는지, 눈이나 비는 얼마나 적게 내렸는지 따위를 정확하게 반영하기 마련이니까.

내 자식들에게, 그리고 그 아이들은 또 자기 자식들에게 대대로 물려줄 수도 있는 400쪽짜리 소설 한 권이 고작 25달러에 내 것이 될 수 있다면, 이 얼마나 짜릿하고 놀라운 일인가. 책은 결코 비싸다고 불평할 물건이 아닌 것이다.

독일어로 서점은 부흐한드룽buchhandlung, 즉 '책을 다루는 곳'이라는 뜻이다. 미국에서 서점을 뜻하는 단어인 북스토어bookstore도 책 취급점book-handlery이란 말로 바뀌어야 할 듯하다. 그게 훨씬 더 적절한 단어이기 때문이다. 일반적으로 책은 제작과정에서 무수한 사람의 손을 거치게 되어 있다. 책 한 권이 서점에 도달하려면 작가에서 에이전트, 출판사 편집자, 디자이너, 인쇄소나 창고 직원, 위탁판매상, 서점 직원에 이르기까지 수많은 손을 거치게 돼 있다. 그러나 책이 서점에 도착한 후에야 비로소 책의 진짜 일생이 시작된다.

우선 책이 접수된다. 중소 규모 서점이라면 평소에는 매일 약 450킬로그램의 책을, 9월에 시작되는 크리스마스 준비 기간에는 그 두 배를 받을 수가 있다. 서적판매상이 "오늘 책이 1톤 들어왔다"고 얘기하면 액면 그대로 받아들여도 된다. 서점의 접수계원이 하는 일은, 일치고는 단연 최고라는 게 내 지론이다. 매일 밀어닥치는 고객들을 상대하지 않아도 되고, 멋진 새 책들을 제일 먼저 볼 수 있는 가슴 벅찬 특권을 지닌 사람이 아닌가! 골판지 상자에서 꺼낸 책은 송장과 대조하여 체크한 뒤, 손상 여부를 점검하고 재고에 포함시킨다. 그런 다음에야 매장으로 나갈 준비를 갖추는 것이다.

보통 책은 많은 정보를 담고 있다. 뒤표지에는 일련의 숫자와 바코드, 왠지 신비스러워 보이는 기호들로 채워진 흰색 직사각형이 있다. 레이저 스캐너를 이용해 바코드에 내장된 가격과 상품명, UPC(만국제품코드: Universal Price Code), EAN(국제상품코드: European Article Number) 등의 정보를 읽어낼 수 있다. 나는 애오라지 정성으로 디자인되고 또 제작되는 책이 이 직사각형 하나 때문에 볼품없어진다는 생각에 다소 어이가 없어진다.

나는 그것이 저쪽 거대한 비즈니스세계의 관행임을 이해하고는 있지만 새로 나온 스티븐 도빈스Stephen Dobyns의 시집에 빅브라더의 인가 스탬프가 찍히는 것은 여전히 못마땅하다. 재고조사가 목적이라면 대개 책 안쪽 표지에 찍힌 ISBN 숫자만으로도 충분할 것이다.

이 하얀 직사각형 속 어딘가에 ISBN, 즉 국제표준도서번호가 들어 있다. ISBN은 특정 책의 간행과 관련된 정보를 담은 것으로, 서점에서는 이 열 개의 숫자가 전하는 정보만 있으면 충분하다.

네 섹션으로 구성된 ISBN은 하이픈이 각 섹션을 나눈다. 첫 번째 섹션은 언제나 숫자가 하나뿐이며 1이거나 0인데, 미국 책에 쓰인다. 당초 숫자 0은 미국 책, 1은 영국 책을 표시하기 위해 썼지만 미국인들이 책을 너무 많이 생산하는 바람에 대서양을 낀 이웃에게서 1이란 숫자를 빌려와야 했다. 두 번째 세트의 숫자들은 그 책을 생산자에게 연결시키는 출판사 부호다. 당신은 그 숫자를 보고 출판사가 얼마나 오랫동안 출판업에 종사해왔는가를 알 수 있다. 예를 들어 하코트Harcourt 출판사의 경우 그 숫자는 무려 일곱 자로 늘어난다. 세 번째 섹션은 출판사 목록에 올라 있는 특정 타이틀을 가리킨다. ISBN에 있는 마지막 숫자는 확인 숫자로 가끔은 숫자가 아닌 x라는 문자가 쓰이기도 하는데 이는 믿을 수 있는 ISBN임을 입증하는 마지막 절차에 해당한다.

적절한 섹션 분류 같은, 그 서점 특유의 서지사항을 기입한 딱지를 뒤에 붙여두는 서점이 많은데 그렇게 함으로써 서점 컴퓨터로 판매 경향을 추적할 수 있다. 이 딱지들의 좋은 점은 아무런 손상을 가하지 않고도 책에서 벗겨낼 수 있다는 것이다. 대개는 그렇다. 다음은 서적판매원이 알려주는 비밀정보다. 만약 재고목록 스티커나 귀찮은 상품 스티커 같은 것을 벗겨냈다가 책에 끈적이는 얼룩이 남거든 종이 타월에 소량의 라이터 액이나 윈도클리너를 묻혀 조심스럽게 문질러라.

책이 고가의 아트북이면 접수계원은 수축포장 기계로 그것을 밀봉할 수 있다. 이 기계는 꼭 맞게 오므라들 때까지 말린 얇은 플라스틱 피박으로 책을 감싼다. 서점의 백룸에 그 기계가 있다는 것만으로도 누군가의 점심이나 커피잔을 수축포장하듯이 빈둥거리며 시간을 보낼 수 있는 기회를 숱하게 제공한다. 만약 판매원이 책 표지를 보호하고 싶은데 그 책이 아직 오픈돼 있으면 그녀는 브로다트Brodart를 써서 표지를 쌀 수가 있다. 브로다트란 도서관 책들에서 흔히 볼 수 있는 페이퍼백용 플라스틱 랩이다. "그걸 브로다트 해주실 수 있나요?" 이게 브로다트란 말의 용법이다.

접수의 마지막 단계는 절도 방지책을 강구하는 일이다. 책 속에 자성물질 한 조각이 삽입된다. 하드커버의 경우 한쪽 면이 끈적끈적한 그 조각은 책등과 천 커버 사이의 공간으로 살짝 미끄러져 들어간 얇은 금속 막대에 들러붙는다. 페이퍼백의 경우엔 얇은 종잇조각 안의 마그네틱 띠magnetic wire가 책의 홈gutter, 그러니까 페이지와 페이지 사이 좁은 골짜기 같은 곳에 달라붙어 있다. 이 방법이 처음 도입됐을 때 그걸 만드는 사람들은 종종 종잇조각에 "무료 기증용 책갈피"란 말을 세 가지 언어로 인쇄하곤 했으나, 8분의 1인치 너비의 종잇조각이 책갈피 구실을 할 수 있으리라고 믿는 사람이 아무도 없어서인지 그 관행은 점차 쇠퇴해 사라져버린 듯하다. 만약 어느 고객이 책값을 치르지 않고 서섬을 나서려한다거나 점원이 잊어버리고 책등을 소자消磁 장치 위로 통과시키지 않았을 경우에는 앞쪽에 설치된 알람 게이트alarm gates에서 경보음이 울릴 것이다.

일단 이 모든 절차가 완료되면 책들은 카트나 테이블 위에 올려져서 생生을 시작할 준비를 한다.

서점 규모에 따라 책은 먼저 5권, 10권, 25권, 100권짜리 더미, 혹은 그 이상의 더미에 올려진다. 혹시 책이 가망이 있어 보이면 즉시 새로 들어온 다른 책들과 함께 전시될 특별 매대나 서가로 갈 것이다. 특별 매대나 서가에서는 양장본, 대형 페이퍼백, 대량 판매용뿐 아니라 소설, 비소설 등 요리서적을 제외한 모든 섹션의 신간들이 빈 자리를 차지한다.

만약 25권짜리 더미가 놓인 매대가 있으면 5권짜리, 10권짜리 더미는 다른 책이 팔려 여유공간이 생긴 테이블로 갈 것이다. 그렇지 않으면 방room을 따로 만들어야 한다. 유망하다고 해서 전시해놓았으나 판매가 신통치 못했던 지난주 책 더미도 다른 새 책들에게 길을 터주기 위해 치워져야 할 것이다. 다른 몇몇 책들은 십중팔구 체면을 구긴 책과 함께 해당 섹션의 서가에 놓일 것이며 나머지는 재고창고로 직행할 것이다. 판매상들은 특별 매대 위에 있는 책들을 한 권 한 권 세지 않고 대충 뼘이나 이름으로 잰다. 어이, 어제는 그 책 더미가 한 뼘 정도는 올라가 있었어, 하는 식이다. 판매가 시작되고 일주일가량 지난 후에 책은 해당 주제의 책들이 모인 비좁은 서가로 보내진다. 접수계에서 지금 막 새 책 1톤을 받았는데 몹시 괜찮아 보여 매대에 전시된 책을 바꿀 필요가 생겼기 때문이다. 만약 어느 책이 서평, 입소문, 기대, 아름다운 표지 디자인, 매혹적인 제목, 저자의 명성, 혹은 순전한 행운 덕분에 내놓은 즉시 팔린다면 그 책은 특판 매대에 남아 있을 수 있다.

일단 특판 전시 생활을 마친 책은 자기 섹션으로 옮겨가서도 여전히 참을성 있게 살아간다. 거기서 누군가 자기를 찾아주거나 우연한 만남의 행운을 바라며 말없이 기다리는 것이다. 서가에 책을 올리려면 얼마간의 요령이 필요하다. 서가에 책이 가득 차 있다면 짐승 같은 힘과 논리 두 가지가 다 요구될 것이다. 맨 먼저 서가에 떡하니 표지를 내보이며 누워 있는 책들이 있는가를 본다. 널찍이 누운 책을 등이 밖을 향하도록 세워 꽂음으로써 공간을 더 늘릴 수 있기 때문이다. 서가가 빽빽하게 들어차 있지만 불가코프Bulgakov와 부차티Buzzati 사이에 약간의 틈새가 있을 경우 그걸 이용할 수가 있다. 가장 좋은 방법은 마지막 불가코프와 첫 번째 부차티 사이를 갈라 양쪽으로 힘껏 밀어낸 다음 그 사이에 새 책을 들이밀고 부드럽게 몇 차례 움직여주는 것이다. 가끔은 틈새가 전혀 없을 때도 있다. 그럴 경우 책 한 권을 3단 아래 칸에 등을 바깥쪽으로 해서 꽂아야 될지도 모른다. 또 두 권은 두 번째 서가에서 세 번째 서가로, 진짜 가죽만 남은 것처럼 얇은 책 다섯 권은 첫 번째 서가에서 두 번째 서가로 옮겨 새 책들을 위한 공간을 찾아야 할지도 모른다. 일은 그쯤에서 끝나지 않고 끝없이 계속된다. 서점은 겉으로는 딱딱하게 굳어 있고 무겁게 가라앉아 있는 것처럼 보이지만 그 안에서는 다들 늘 활발하게 움직인다.

책은 서점에서 첫 3개월을 보낸 뒤 아무 때고 대금반제 없이 출판사로 반품될 수 있다. 반품은 퍽이나 중요한 관행인데 이로써 판매상은 지나치게 큰 위험을 감수하지 않고도 사업을 할 수 있는 것이다. 그러나 팔다 남은 책들을 출판사로 반품하면서 지불하는 우편요금은 서점의 현금을 만만찮게 갉아먹는다. 반품은 물론 출판사에도 큰 부담이다. 이 문제는 사실 지금껏 어느 누구도 해결하지 못한 골칫거리다. 만약 한 상자 분의 책 스물다섯 권이 3개월이 지나도록 팔리지 않는다면 판매상은 스물다섯 권 전부, 혹은 일부만 남겨놓고 반품할 것이다. 출판사에 반품된 책들은 다른 서점에 새 책으로 팔릴 수도 있다. 선적될 때, 서가에 올려질 때, 반품하기 위해 포장될 때, 그 어느 때건 간에 책은 계속 닳고 해지게 마련이다. 만약 당신이 새 책임에도 불구하고 세계를 절반쯤 돌고 온 듯한 지경이 된 책을 받은 적이 있다면 아마 그게 사실일지도 모른다.

안됐지만 서점으로 나갔던 책 대부분이 출판사로 반품되고 그 때문에 출판사에서 1쇄 5000부 가운데 3000부를 아직 껴안고 있다고 상상해보자. 오늘날에는 책이 빨리 팔리지 않으면 첫해 연말까지는 절판을 선언하는 일이 자주 있다. 매사 돌아가는 게 느린 업종인데 이 조치만은 번개처럼 빠르다. 그러나 이것으로 서점에서 책의 생명이 끝나는 건 아니다. 출판사들은 절판본을 재고도서 전문 회사에 푼돈을 받고 파는 것이다. 팔다 남은 책은 "25달러였던 책이 지금은 단돈 6.98달러"란 스티커를 달고 서점에 다시 모습을 나타낸다. 팔고 남은 책들은 서점에 적지 않은 이익이 된다. 50퍼센트 이상이나 할인될 뿐 아니라 재고조사를 꼼꼼하게 하지 않아도 되기 때문이다. 출판사들은 그들대로 손실을 얼마든지 벌충할 수가 있다. 다만 불쌍한 저자만이 이 순환고리에서 벗어나 있는 신세다. 재고도서에는 인세가 지불되지 않기 때문이다. 그러나 팔다 남은 책, 즉 재고도서들은 저자의 다음 책을 광고하는 역할을 할 수가 있다. 고객들에게는 재고도서가 보석이나 마찬가지다. 작년에 보고 정말 갖고 싶었으나 형편이 안 돼 사지 못했던 그 책이 정가의 절반도 안 되는 값으로 여기 나와 있다. 어이쿠, 이게 무슨 횡재야! 이제 책을 몇 권 더 살 수 있겠구나.

비록 많은 사람의 손을 거쳤다고는 하지만, 책은 특판 매대나 서가에 숨어서 막 자기의 삶을 시작하려 한다. 고객이 그 책을 찾아낸다. 책을 집어 든다. 아마도 그녀는 그 책을 들고 서점을 이리저리 돌아다니다가 다른 책을 서너 권 더 집어 들고는 해진 벨루어 안락의자에 앉아 라테를 홀짝거리면서 그 책들을 훑어보리라.

그렇다. 그녀는 첫 번째 책을 선택할 것이다. 만약 그녀가 처신이 바른 고객이라면 사지 않기로 한 나머지 책들을 원래 있던 자리에 가져다놓을 것이다. 그런 다음엔 계산하기 위해 금전등록기 쪽으로 갈 테고.

이제 책 앞에는 수많은 갈래 길이 놓여 있다. 고객은 집에 도착하는 그 길로 책에 빠져들 수도 있고, 즉시 만족과 희열을 얻고 싶어 카페에까지 책을 가지고 갈 수도 있다. 정지신호를 기다리는 동안에도 처음 두어 페이지를 몇 차례 흘긋거리며 들여다볼지 모른다. 집에 오는 길로 그 책은 아직도 읽히기를 기다리는 책 더미 맨 꼭대기로 가거나, 아니면 아예 몇 년간 방치될 수도 있는 바닥으로 갈 수도 있다. 바로 지금 읽지 않은 책들 더미 속에서 나는 클라우디오 마그리스Claudio Magris가 쓴 『다뉴브 강의 역사』란 책과 세계일주의 패턴, DNA, 언어 등에 관한 과학적인 연구 논문집 한 권을 막 찾아냈다. 나는 이 책들을 읽고 싶지만 불행히도 두 권 다 가구의 일부가 돼 있는 형편이다. 20년 전에 사서 내 붙박이 책장 맨 아래쪽에 두었던 『아이네이스』를 끄집어내려면 아마 내년은 지나야 할 것 같다.

책은 선물이 될 수도 있다. 책은 완벽한 선물 구실을 하는데, 이것은 그 자연스런 본성에 따라 애정의 증표가 되기도 한다. 하지만 그것을 방해하는 장애물이 많다. 자녀들과 조카들 아무에게나 물어보라. 오, 이것 봐! 그애들이 재잘대는 소리가 들려온다. 루이스 삼촌한테서 다른 책이 왔어, 어이쿠, 깜짝 놀랐잖아, 감사합니다. 나는 어찌할 바를 모른다. 그애들에게 책을 주어야만 하는데 말이다. 선물을 준 사람에게 감사를 표시할 수는 있다. 그렇지만 책에 대한 진정한 감사는 그 책을 다 읽을 때까지 기다린 후에나 비로소 받을 수 있다.

선물할 책을 고르는 것 또한 늘 아슬아슬하다. 당신은 그 책을 좋아했는지 몰라도, 절친한 친구의 경우 말하는 미노타우로스에 관한 섬뜩한 책을 읽고 싶어하지 않을 수도 있는 것이다. 이것은 골라야 할 사이즈가 370만 가지나 있다는 것을 제외하면, 틀린 사이즈의 스웨터를 선물로 주는 것과 크게 다를 게 없다. 책 선물은 양쪽 다 어려운 거래일 수 있다. 받는 사람은 선물을 받는 그 즉시 무슨 말을 해야 할지 모르고, 주는 사람은 감사하다는 인사말을 듣기 위해 몇 달, 혹은 몇 년을 기다려야 할지 모른다. 그러다보니 어색한 침묵만 흐르게 된다.

그렇다고 이런 이유 때문에 책 선물을 그만둘 수는 없는 일이다. 표지가 아름다운 책들을 뽑아보라. 우선 당신은 오! 와! 아! 하는 감탄사를 연발할 것이며, 새 책은 오래가고 어디에나 있기 때문에 사람들이 진정 원하는 책과 언제든 교환될 수 있다는 사실을 알게 될 것이다.

책이 만들어지고 팔리고 행복하게 읽혔다고는 하지만, 그것의 서가생활이 반드시 끝났다고는 할 수 없다. 전직 서적판매원이자 외판원으로서 나는 내 책장에 꽂혀 있는 것보다 훨씬 더 많은 책을 갖고 있었다. 한때는 그 책들을 모두 소장하려고도 해보았지만 얼마 안 가 포기했다. 지금 와서는 꼭 다시 읽어야겠다고 작정한 책들, 죽기 전엔 무슨 일이 있어도 읽으려는 책들, 미적 혹은 정서적 애착 때문에 떼어놓을 수가 없는 책들만을 간직하고 있다. 만약 아내와 내가 언젠가 꼭 다시 읽으리라 확신하는 책들만을 소장하면서 책장의 규모를 줄여가지 않았더라면, 내 딸이 쓸 방조차 마련할 수 없었을 것이다. 그래서 우리는 지난 8년 동안 빈번히 헌책방을 드나들었다.

헌책방이라니, 그게 얼마나 근사한 곳인지는 다녀본 사람만 안다. 내가 몹시 좋아했던 책들, 나를 지루하게 만들었던 책들, 초라하고 못마땅해 보이던 책들을 그곳에 가져다주면, 다른 책을 더 많이 살 수 있는 현금이나 포인트를 받는다. 만약 그 서점이 샌프란시스코의 그린애플처럼 새책과 헌책을 모두 취급하는 서점이라면, 마을 건너로 그 상자들을 끌고 가는 짧은 나들이길은 더없이 소중할 것이다. 돈이 남았다는 걸 확인한 나는 필립 로스의 신간을 집어 들기도 하고, 예쁜 가죽 장정판으로 나온 마르쿠스 아우렐리우스의『명상록』을 한 권 사기도 한다. '내일 다시 오는 길에 쓸 마지막 포인트까지 전부 다 써버려야지.'

　내 책들을 팔면서 아주 훌륭한 일을 하고 있다고 느끼는 이유는 내가 판 그 책들이 완전히 새로운 존재로 이 세상에 태어날 수 있다는 것을 알기 때문이다. 더는 내 책상 같은 곳에 쌓여 있을 일도 차고의 상자 속에 처박힐 일도 없이, 이 책들은 새 집으로 들어가 거기에 영원히 머물거나 다시 한번 좋은 조건으로 거래될 것이다. 우연히 헌책 날개에 적힌 전 주인의 이름을 보면 얼마나 반갑고 신기한지 모른다. 그 독자가 본문 옆에 "너무 우울해!" "여기가 아주 좋음" "무슨 말?" 따위의 주註를 달아놓았다면 그런 느낌이 훨씬 더하다. 이 상상의 세계가 주는 즐거움과 쾌락을 우연히 나와 함께 나누어 가진 이 타자他者는 대체 누구란 말인가? 또 면지 위의 낭만적인 헌사에서 밝혀진 그 사람의 이야기는 어떤가? "사랑하는 보보링크, 이 책을 늘 소중히 간직하시고 펼칠 때마다 저를 당신 곁에 있게 하소서. 사랑합니다. 클리프." 보보링크와 클리프에게 대체 무슨 일이 있었던 걸까? 무슨 안 좋은 일이 있었던 것일까?

　출간된 지 한 달 정도밖에 안 된 내 책을 처음 헌책방에서 발견했을 때 나는 순간 당황했다. 아니, 망연자실했다. 누군가 처음 몇 페이지만 읽어보고 내다 팔 정도로 지루하고 형편없는 소설이었다니. 자세히 보니 누군가 책을 다 읽은 표가 났다. 책등이 갈라져 있고 페이지들도 말려 올라가 있었으니까. 그렇다고 이런 사실이 당장 내 부끄러움을 누그러뜨리지는 못했다. 읽었어도 내내 경멸하고 지루해하면서 마지못해 읽었을 게 틀림없으니까.

헌책방은 실로 오랫동안 명맥을 이어왔다. 바로 그 연속성이 이집트인들의 목욕장을 데우는 불쏘시개가 되고 말았을지도 모를 책들을 살려내고 지금도 움직이게 하는 것이다. 헌책방들은 최선의 재활용, 즉 우리의 문화적, 물질적 생활에 반드시 필요한 노력을 상징한다. 그렇지만 헌책방에도 한계는 있으니 외톨이로 떨어져나온 불쌍한 고아를 치워야만 한다. 첫째, 달러 빈dollar bin이란 게 있다. 이 달러 빈은 보통 정문 바깥쪽에 놓여 있는 테이블이나 수레를 말하는데, 거기에는 그렇고 그런 책들이 50센트, 혹은 1∼2달러 정도의 가격이 매겨진 채 제멋대로 쌓여 있다. 달러 빈을 그냥 지나쳐선 안 된다. 언제나 질이 떨어지는 책만 있는 건 아니기 때문이다. 나는 최근에 그린애플에서 아주 깨끗한 닥터로Doctorow의 양장본 『래그타임 Ragtime』을 발견하고 단돈 1달러에 샀다. 그리하여 항상 읽겠다고 벼르기만 해온 책을 마침내 펼쳐 들었다.

달러 빈 다음으로는 프리박스free box를 들 수 있다. 프리박스는 보통 바닥에 놓여 있는데 시효가 지난 옛날 교과서들이 대부분이다. 나는 그 로컬 프리박스로 가 주의 깊게 살펴보길 즐기는데, 거기 있는 것을 잘 기억해두었다가 며칠 후 다시 가서 찾으면 안타깝게도 아크용접에 관한 1963년 매뉴얼은 물론이고, 다른 팸플릿과 구간 잡지도 함께 사라지고 없는 것을 발견한다.

지난주에 나는 이웃동네의 가장 번화한 교차로께에 있는 쓰레기통 꼭대기에서 에세이 작가 로렌 아이슬리Loren Eisley가 쓴 『끝없는 여로The Immense Journey』란 책을 발견했다. 모양도 훌륭하고 표지도 온전한 초판본이었다. 발행연도는 1957년, 언뜻 보기에는 한 번도 사람 손을 탄 적이 없는 듯했다. 그 책은 책 더미의 맨 윗자리에 놓여 있었는데 언젠가는 누가 가져가도 가져갈 물건이었다. 나는 마치 지금 막 무언가를 훔치려는 듯 묘한 죄의식을 느끼면서 주위를 둘러보았다. 아내와 나는 둘 다 아이슬리를 좋아해서 바로 지난주에도 그 사람 이야기를 나누었을 정도지만 책은 한 권도 갖고 있지 않았다. 얌전히 놓인 그 책을 나는 재빨리 낚아채 집으로 가져갔다.

셰익스피어 앤드 컴퍼니와 제임스 조이스

비치가 조이스의 『젊은 예술가의 초상』을 읽은 것은 1914년이었다.

당시에 그녀는 가족과 함께 아직 프린스턴에 살고 있었다.

조이스의 천재성을 확신한 비치는 1918~20년에 『리틀 리뷰』지에 선보인 『율리시즈』의 연재

분들을 포함해서 그가 쓴 작품을 추적해나가기 시작했다.

그러던 중 비치는 자신의 문학 영웅을 전혀 뜻밖의 계기로 만나게 된다.

셰익스피어 앤드 컴퍼니와 제임스 조이스

왜 사람들은 출판업에 발을 들여놓는가? 돈 때문도 아니고, 매력이 있어서만도 아니며 안정된 미래를 약속하기 때문도 아니다. 답은 간단하다. 사랑 때문이다. 당신은 책을 너무 사랑하기에 책이라면 무엇이건 더없이 소중하다 믿으며 심지어 성물처럼 떠받든다. 당신은 또한 책을 자유로이 사고파는 것이야말로 민주주의 정신이라고 여긴다. 이런 고상한 감정은 물론 쇄도하는 서류업무와 서가에 오를 책들을 실은 카트 행렬 속에 묻혀버릴지도 모른다. 그러나 누군가 서적판매상의 신념을 시험하거나, 특정 서적을 발본색원하려들거나, 그런 책을 손에 넣으려는 대중의 노력을 통제하려 했던 시대도 있다.

역사를 돌이켜보면, 서적판매상은 정부의 속박이나 규제에서 비교적 자유로운 편이었다. 작가와 출판인 들은 무자비한 검열 때문에 고통을 받았지만 서점 자체는 강력한 압력집단이라기보다는 그저 영세한 가게로 치부되었기 때문에 아예 무시를 당했다. 이런 무관심의 혜택을 누리지 못한 대표적인 사례가 구소련의 서점들이었으며 오늘날에는 중화인민공화국의 서점들이 그러하다. 공산주의는 다른 어떤 사상보다 책을 통해 국가 기틀을 다져왔기 때문에, 공산당국은 주민들의 영혼과 정신을 통제하려면 저술과 출판은 물론이고 책의 유통구조마저 장악해야 한다는 점을 처음부터 잘 알고 있었던 것 같다. 구소련과 중국의 서점들은 정부가 직접 만들고 관리했다. 일반 대중의 손에 들어갈 책은 엄격히 제한하는 반면, 정부 보조로 입수한 책들은 서방의 책들보다 더 싸게 공급했다. 그러니 영웅적인 트랙터 기사를 주인공으로 한 소설을 읽을 수 있는 대중이 얼마나 되겠는가. 미국이 이 서점들 틈새로 끼어드는 것이 위법aberration이 아니게 된 것은 고작 최근 들어서였다.

사실 서점은 영세한 가게로서 수익이 거의 또는 아예 안 나는 업종이었기 때문에 기업의 판매동향이나 매출 압력에서 자유로울 수 있었다. 초대형 체인점들과 아마존닷컴이 출현했다고는 하지만 1990년대까지는 한마디로 월스트리트가 주목할 만한 출판자본은 없었다.

정부나 기업 등의 간섭과 규제에서 자유롭다보니, 서적판매상이 처음으로 카펫을 깔고 자기 물건을 전시하던 시절부터 오늘날까지, 서점은 그 독특한 지위를 누릴 수 있었다. 서적판매상들은 무엇이든 다 팔 수 있었기 때문에, 남들을 위협하고 공격하는 작품들을 포함해서 그야말로 닥치는 대로 팔아온 것이다. 서점은 몇 세기에 걸쳐 표현의 자유라는 기본권을 지켜내는 거점이었다.

1989년 3월, 나는 캘리포니아 북부 해안의 멘도시노라는 작은 마을에 위치한 갤러리 북숍에서 주말을 보냈다. 당시 외판원이었던 나는 서점 주인인 토니 믹색과 절친한 사이가 됐다. 토니는 비좁고 답답한 서점에서 주말을 함께 보내자며 외판원 몇 명과 서점 친구, 관계 공무원 등을 초대했다. 비가 내렸던 그 주말 내내 우리는 벌건 장작불이 타오르는 난로 주위에 모여서, 아니면 마룻바닥이나 몇 안 되는 의자에 앉은 채로 서로에게 큰 소리로 책을 읽어주었다. 그 지역 일대의 서점들에서도 똑같은 장면이 연출되었다. 멘도시노와 그 밖의 다른 곳에서 우리는 모두 "나는 살만 루시디다"라고 쓰인 흰색 배지를 달고 있었다.

불과 2,3주일 전인 밸런타인데이에 이란의 아야톨라 호메이니는 살만 루시디에게 파트와fatwa를 선고했다. 파트와란 루시디를 암살하는 자에게는 100만 파운드의 보상금을 내리겠다는 일종의 사형선고였다. 루시디의 새 소설 『악마의 시』에서 비난의 표적이 되었던 아야톨라와 이란의 고위 성직자들은 그 책이 자기들의 신에 맞서는 죄악을 범했다고 주장했다. 그 책은 출간된 뒤로 국제 사회에 분노의 화염을 지폈다. 파트와가 선포되기 전에도 인도의 한 도시에 있는 무슬림 공동체 회원들은 소설책을 불태우고 폭동을 일으켜 저자인 루시디의 처형을 요구했다. 파트와가 선포된 뒤 루시디는 영국 비밀 첩보기관의 보호를 받으며 몸을 숨겼다. 모든 것이 한 편의 소설, 이야기, 우화, 픽션, 공인된 거짓말 때문에 일어난 일이었다.

파트와란 제도는 독특하다. 합당한 이유만 있으면 책의 내용은 언제라도 삭제당하거나 정정될 수 있고, 금서로 묶이거나 불태워질 수도 있었다. 사정이야 어쨌든 간에, 작가와 출판인은 자기들이 출간한 저작물 때문에 추방당하거나 투옥될 수 있었다. 그러나 상당 액수의 현상금을 공개적으로 내건 루시디 살해 요구는 판돈을 크게 키웠다. 루시디는 세계시민이었다. 그렇지만 파트와가 발효된 이후 그는 어느 나라에서도 안전을 보장받을 수 없었다. 파트와는 또한 그 책을 출판하고 유통시킨 사람들까지 죽일 것을 요구했다.

전 세계의 개인이며 단체, 정부 들이 파트와에 항의하고 그것을 무효화하라고 요구했지만 기자회견 정도로는 상황을 역전시킬 수 없었다. 국제적인 도서연합체, 출판인과 서적판매상 들은 곧장 가능한 한 많은 독자의 손에 그 책을 쥐여줌으로써 책이 성공을 거두게 하자고 결의했다. 그 책을 펴낸 출판사의 사무실과 창고에는 더 엄중한 보안조치가 취해졌으며 곧이어 새로이 주문을 받게 되었다.

그러나 상황은 누구도 섣불리 예단할 수 없을 정도로 위험스럽기만 했다. 2월 26일에는 1만 명에 달하는 친親아야톨라 시위 군중이 뉴욕 시에 있는 유엔 빌딩 앞에 모여 루시디를 처형하고 그의 소설을 모조리 없애버리라고 요구했다. 2월 28일에는 버클리에 있는 코디 서점Cody's Books과 월든 서점 두 곳의 창문으로 소이탄이 투척되었다. 다음달 들어서는 비슷한 사건이 세계 곳곳에서 터졌고 서점과 서적도매상, 출판사 들이 수천 건에 달하는 협박전화를 받았다. 재미있는 사실은 미국의 경우 협박전화의 대부분은 오클라호마 주의 비非무슬림 백인들에게서 걸려왔다는 점이다.

출판업계가 모두 똑같은 반응을 보인 것은 아니었다. 몇몇 대형 체인점들은 자기네 서점에서 그 책을 회수하거나 서가에서 빼버렸기 때문에 고객들은 따로 신청을 해야 했다. 체인점 매니저들은 종업원 안전 문제를 들어 책 회수 조치를 변명(꽤 일리가 있어 보인다)했지만 곧 한 달도 지나지 않아 루시디의 책을 제자리에 갖다놓았다. 작가와 독립 서점, 시민 들은 몇몇 체인점 앞에서 항의시위를 벌였다. 그들의 항의가 체인점의 방침에 영향을 미쳤을지도 모른다. 그러나 결국 그들의 방침을 돌려놓은 것은 독립서점 직원들의 맹렬한 불복종, 그리고 그 책을 원래 있던 자리에 갖다놓으라는 이들의 거듭된 요구였다.

독립서점들의 반응도 꼭 일치한 건 아니었지만, 대부분은 파트와 선포 후 일주일도 안 돼 그 책을 눈에 띄는 곳에 자발적으로 전시하고 띄워주는 판촉활동을 벌였다. 서점 직원들은 "나는 살만 루시디다"라고 쓰인 배지를 달고, 서점에서 오랜 시간 낭독회를 열었다. 그 책은 예상보다 훨씬 더 많이 팔려나갔고, 몇몇 서점은 앞 유리창에 "『악마의 시』 매진, 오늘 주문하세요"란 대형 간판을 내걸어야 했다. 그 책은 마침내 전 세계적인 베스트셀러가 되었다.

배지를 달거나 간판을 내거는 것은 기껏해야 상징적인 행위에 지나지 않는다. 그러나 그 같은 제스처는 어떤 문제에 대한 관심을 일깨우고 소식을 널리 퍼트리며, 지지자들 사이에 일체감을 불러일으킬 수 있다. 루시디의 파트와에 대한 출판업계의 대응에서 가장 중요한 사실은 일이 어떻게 풀릴지 아무도 모르던 사건 초기에 이미 서점계가 단호하고도 분명한 입장을 취했다는 점이다. 우리는 몸에 위험한 책을 지니고 있었고, 그것을 우리 서점으로 들여왔으며, 침묵하는 세력은 승리할 수 없다는 진리를 확인했다.

출판사와 서점이 대대적으로 분리되던 19세기 이후로는 서점이 출판사 역할을 대신해야 하는 경우가 많았다. 전에도 그랬듯이 다른 사람들이 떠맡으려 하지 않는 중요한 문학작품들의 발행자가 돼야 하는 상황에 처했던 것이다. 대개 출판사가 책을 찍어내는 걸 두려워했기 때문에 생긴 일이다.

1919년 11월 17일, 실비아 비치Sylvia Beach란 서른두 살 난 미국 여성이 파리 센 강 좌안의 뒤퓌트랑 8번가에 서점을 열었다. 이름은 거창했어도, 셰익스피어 앤드 컴퍼니는 그저 수수한 서점이었다. 뉴저지의 친척 아주머니에게서 3000달러를 빌린 비치는 전에 세탁소였던 곳을 영어권 서점 겸 대여점으로 바꾸었다. 방 한가운데에는 옛날 세탁소에서 쓰던 낡은 벽난로를 그대로 두었다. 서점 내에 있는 비품 대부분과 가구는 파리 생투앙 벼룩시장에서 사 모은 것이었다. 서점이 막 문을 열 준비를 하고 있을 때 비치와 그녀의 후견인을 자처했던 아드리엔 모니에Adrienne Monnier는 간판쟁이가 실수를 저질렀음을 알게 됐다. 문 옆에 "Book Hop(Shop이 옳은 표식이나 S가 실수로 누락된 것)"이란 글자가 페인트로 선명하게 쓰여 있었던 것이다. 그러나 간판을 바꾸어 달기에는 시간도 돈도 부족했고, 비치의 야심찬 새 사업에는 그게 오히려 걸맞다고 생각해 그대로 두기로 했다.

출발은 소박했지만 비치는 가게를 키우기 위한 계획을 세워놓았다. 그녀는 서점일은 물론이거니와 사업이라고는 손도 대본 적이 없었다. 유복한 장로교 목사의 딸이었던 비치는 십대 시절 가족과 함께 파리에 살면서 이 도시에 대한 사랑과 열정을 키워나갔다. 그녀는 장차 "잃어버린 세대Lost Generation"로 불리게 될 미국 국외 이주민들의 첫 대열에 합류해 1916년 고국으로 돌아왔다. 독서를 즐기는 가정에서 어린 시절을 보낸 탓인지 그녀는 책을 몹시 사랑했고, 청년기에 들어서는 언젠가 자신이 서점을 열 수도 있으리라는 막연한 생각을 키웠다. 비치가 특별히 관심을 보인 대상은 그 당시 문학의 가능성을 새롭게 열어가던 영국과 미국의 모더니스트들이었다. 그 가운데 거트루드 스타인, 에즈라 파운드, 윌리엄 카를로스 윌리엄스, 그리고 그녀의 우상이었던 제임스 조이스가 있었다.

비치는 아무런 경험도 없이, 후원자라고 해야 배고프고 가난한 예술가와 작가 들이 고작인 외서 전문서점을 열 준비를 하긴 했지만, 자신이 그 벤처사업에서 성공을 거둘 수 있을 뿐만 아니라 20세기의 위대한 소설 작품 하나를 구원해내리라고는 짐작도 하지 못했다.

셰익스피어 앤드 컴퍼니는 개점 즉시 센 강 좌안의 예술가들, 그러니까 영국과 미국, 프랑스를 비롯하여 다른 여러 나라에서 온 작가와 화가, 음악가 들의 만남의 장소가 되었다. 비치는 가게를 안락한 장소로 만들고 싶어했고, 자기 고객들에게 잠시만이라도 머물렀다 가라고 권하곤 했다. 서가들이 벽을 따라 줄지어 서 있었으나 가게의 중심은 오히려 푹신한 소파들이 공간 대부분을 차지하고 있는 거실 쪽이라 해야 옳았다. 작가들의 초상화가 한 치의 틈도 없이 벽면을 가득 메웠다. 월트 휘트먼과 에드거 앨런 포, 비치가 좋아하는 동시대 인물과 고객들의 모습이 담긴 사진과 더불어 윌리엄 블레이크가 그린 두 점의 오리지널 드로잉도 걸려 있었다. 셰익스피어 앤드 컴퍼니를 처음 방문한 작가들은 누구나 벽에 자신들의 사진을 걸라는 권유를 받았다. 그것은 비치 편에서 보면 허영심을 통해 고객들의 마음을 붙들어 매려는 조금은 영리한 상술이라고도 할 수 있었다.

비치는 『리틀 리뷰』 『브룸 *Broom*』 『다이얼 *The Dial*』 『디스 쿼터 *This Quarter*』 『포이트리 *Poetry*』 『에고이스트 *The Egoist*』 『뉴 잉글리시 리뷰 *New English Review*』 같은 당대 최고의 진보적인 문학잡지뿐만 아니라 런던에서 사 모은 현대 시와 소설 등을 두루 갖추어놓았다. 20세기 중반 이전의 서점들이 그랬듯이 셰익스피어 앤드 컴퍼니도 도서대여점을 겸하고 있었다. 3개월, 6개월, 12개월 회원으로 가입하면, 한 번에 세 권의 책을 3주일 동안 빌려다 볼 수 있었다. 거트루드 스타인은 비치의 원년 회원 가운데 한 사람이었지만 언젠가 서점에 아동 소설의 고전이라 할 수 있는 『외로운 소나무가 있는 오솔길 *The Trail of the Lonesome Pine*』과 『팔다리를 잃어버린 소녀 *The Girl of the Limberlost*』가 없다는 사실을 알고 가입을 철회

하겠다고 위협했다. 그러나 비치가 서점에 그의 작품들이 구비되어 있다는 사실을 상기시키자 그제야 겨우 마음을 돌렸다.

셰익스피어 앤드 컴퍼니는 '잃어버린 세대'에게 '제집 같은 안식처'가 되어주었다. 많은 사람에게 비치의 서점은 파리의 우편물 수취소였으며 가기만 하면 친구들을 만날 수 있는 장소이기도 했다. 우편물은 어린이와 애완동물 들의 사진을 넣어 전시한 거울 바로 옆 벽난로 선반에 무더기로 쌓여 있었는데, 너무 많아져서 감당할 수 없을 때까지는 그대로 두었다. 가게의 친구 한 사람이 센 강 근처에서 주워온 칸막이 선반 세트를 기증한 뒤부터 우편물은 알파벳순으로 분류되기 시작했다. 이제 명실공히 공공시설로 발돋움한 셰익스피어 앤드 컴퍼니는 파리 문학계의 중심이 되었다. 그건 이 서점이 이후로도 몇 해 동안 세계문단의 중심에 우뚝 서 있었음을 의미했다. 셰익스피어 앤드 컴퍼니가 건재하던 20년 동안 정규회원이 되어 그곳을 드나든 작가들은 앙드레 지드, 폴 발레리, 셔우드 앤더슨, 스콧 피츠제럴드, 어니스트 헤밍웨이, D.H. 로런스, 거트루드 스타인, 앨리스 B. 토클라스Alice B. Toklas, 에즈라 파운드, 사무엘 베케트, 제임스 조이스 등 이루 헤아릴 수 없이 많다.

비치가 조이스의 『젊은 예술가의 초상』을 읽은 것은 1914년이었다. 당시에 그녀는 가족과 함께 아직 프린스턴에 살고 있었다. 조이스의 천재성을 확신한 비치는 1918~20년에 『리틀 리뷰』지에 선보인 『율리시즈』의 연재분들을 포함해서 그가 쓴 작품을 추적해나가기 시작했다. 그러던 중 비치는 자신의 문학 영웅을 전혀 뜻밖의 계기로 만나게 된다.

셰익스피어 앤드 컴퍼니에서 모퉁이 하나를 도는 곳에 서점을 차렸던 모니에는 에즈라 파운드 부처를 통해 시인 앙드레 스피르 André Spire가 주최하는 저녁 파티에 초청을 받았다. 스피르의 시를 좋아하지 않았던 모니에는 비치에게 같이 가달라고 애걸했다. 만찬을 주최했던 스피르는 비치에게 아일랜드 작가인 제임스 조이스가 파티에 와 있다고 귀띔해주었고, 그 말을 들은 순간 비치는 조이스를 만난다는 생각에 너무 긴장을 한 나머지 하마터면 그 자리에서 도망칠 뻔했다. 식사중에 조이스는 말없이 유리잔 위에 손을 얹고 와인이 다시 채워지는 것을 막고 있었는데 거기 온 손님들은 그걸 매우 재미있어했다. 식사 후 비치는 서재에 몸을 숨긴 이 위대한 작가가 책장과 책장 사이에 쭈그리고 앉아 책을 읽고 있는 것을 발견했다. 사람들은 조이스가 최근 트리에스테 지방에서 이사를 했고 『율리시즈』를 집필했으며 길 잃은 개를 매우 무서

위한다고 이야기했다.

조이스는 그 다음날인 1920년 7월 12일 셰익스피어 앤드 컴퍼니에 들렀다. 그리고 그후 10년 세월 대부분을 이 서점에서 지내게 된다. 누구 말을 들어보아도 비치는 성격이 편안하고 상대방의 경계심을 늦춰주는 사람이었다. 만난 지 몇 분도 안 돼 헤밍웨이는 그녀에게 전투중에 입은 상처 자국을 보여주었다. 조이스는 셰익스피어 앤드 컴퍼니에 들른 첫날에 자신이 처한 경제적인 어려움과 점점 악화되는 녹내장, 현재 구상중인 새 소설 등에 대해 전부 이야기해주었다. 그는 떠나기 전에 셰익스피어 앤드 컴퍼니 대여점에 1개월짜리 회원 가입을 신청했다. 돈이 없어서 가입 기간을 늘릴 수는 없었다. 조이스는 그 뒤로도 수표를 현금으로 바꾸거나 자료를 조사하기 위해서, 또는 『율리시즈』의 출판 작업이 제대로 진행되지 않는다고 불평을 털어놓을 요량으로 이 서점에 와 있곤 했다.

『젊은 예술가의 초상』이 대성공을 거둔 뒤 문학계는 조이스의 다음 작품, 그러니까 조이스 스스로도 걸작이 될 거라고 호언장담했던 작품을 애타게 기다렸다. 그러나 『율리시즈』의 연재 첫회분이 『리틀 리뷰』에 실리자, 이 잡지 기고자들과 비평가, 인쇄업자들은 한목소리로 게재를 반대하기 시작했다. 많은 사람들이 작품이 외설적이라고 비난했고, 그렇다보니 영국의 어느 출판사도 이 소설을 출간하겠다고 선뜻 나서질 못했다. 미국과 영국에서는

『리틀 리뷰』가 우편과 세관 당국에 압수되어 불태워졌다. 『리틀 리뷰』의 편집장인 마거릿 앤더슨과 제인 히프는 잡지사의 간기刊記에 소설 완본을 출판하겠다고 공언했으나 아무리 수소문해도 미국이나 영국에는 그 일을 기꺼이 떠맡고 나설 인쇄업자들이 없었다. 당시에는 책이 외설 시비에 휘말리면 출판사와 인쇄인이 구속되기 십상이었다. 『율리시즈』는 이미 물의를 너무 많이 불러일으킨 작품이어서 대중의 주목을 피할 수가 없었다.

1920년, 존 S. 섬너John S. Sumner가 이끄는 뉴욕비행방지협회에 의해, 『율리시즈』의 「나우시카Nausicaa」편을 간행한 『리틀 리뷰』의 앤더슨과 히프는 외설 혐의를 뒤집어쓰고 뉴욕 법원의 재판에 회부되었다. 재판 도중에 문제가 되었던 내용들이 크게 낭독되자, 나이가 지긋한 세 판사 중 한 명이 여성들은 모두 재판정에서 나가달라고 요구했다. 바로 그쯤에서 피고 측 변호사인 존 퀸은 판사에게 법정에 출두한 여성들은 문제의 외설물을 출판한 피고 당사자들임을 일깨워주어야 했다. 이에 판사는 "여기 새파랗게 젊은 숙녀분들"은 틀림없이 자기들이 무슨 짓을 하고 있는지조차 몰랐을 것이라고 주장했다.

재판 결과는 의심의 여지가 없었다. 변호인인 퀸조차 자기가 조이스란 사람을 별로 좋아하지 않는다고 인정했을 뿐만 아니라, 의뢰인들에게 아주 퉁명스러운 어조로 틀림없이 자기네가 패소할 거라고 얘기했을 정도였다. 그가 법정에서 할 수 있었던 최선의 변론이라는 것이 기껏해야 『율리시즈』는 문학작품도 아니라는 것, 보통의 성인은 알아듣지도 못할 딱딱하고 난해한 표현 투성이라는 것, 그러므로 외설이라고는 딱지조차 붙일 수 없다는 주장이었다. 그는 변호사다운 자질을 갖춘 인물은 못 되었지만 약삭빠르고 재치 있는 투자자였다. 재판이 진행되던 와중에 비치로부터 『율리시즈』의 육필 원고를 사들이기로 했다. 그는 초고본을 손에 넣기 위해 조이스에게 상당한 값을 치렀는데, 그 초고본이야말로 장차 훨씬 더 가치 있는 물건이 될 것이라고 확신했기 때문이다. 이 생각은 훗날 그대로 맞아떨어졌다.

1921년 2월 21일, 앤더슨과 히프는 각각 50달러씩의 벌금형을 받았고 동시에 『율리시즈』 내용을 발췌하여 잡지에 게재하는 일이 없도록 하라는 명령을 받았다. 조이스가 재판 결과를 알게 된 것은 3월 말이 다 되어서였다. 그는 비치와 그 문제를 의논하기 위해 곧장 셰익스피어 앤드 컴퍼니로 달려갔다. 서로 알게 된 지 채 1년도 되지 않아, 비치는 조이스의 가장 믿을 만한 친구가 되어 있었다. 부끄러움을 많이 타고 격식을 몹시 따지는 조이스는 비치의 지성과 정직한 성품과 바른 태도에 저도 모르게 깊이 끌렸다. 영국의 출판사들이 하나같이 조이스에게 문을 닫아걸고 있다는 사실을 알게 된 비치는 앞뒤도 재지 않고 셰익스피어 앤드 컴퍼니가 그 소설을 맡아 출판하겠다고 선언했다.

『율리시즈』를 소개하는 셰익스피어 앤드 컴퍼니의 홍보책자를 보면 소설이 1921년 가을에는 꼭 나올 거라고 장담하는 대목이 있다. 그러나 이 책이 그토록 난해하다는 점을 감안하면 조금 안이하고 낙관적인 데드라인임에 분명했다.

첫째, 고객을 찾아야 하는 문제가 있었다. 책은 1000부 한정판으로 낼 계획이었다. 네덜란드산産 수제 종이에 100부, 베르제 다르세Verger d'Arches(프랑스산 판화용지)에 150부, 표준 수제 종이에 750부를 찍고, 모든 판본은 프랑스 전통의 예쁘고 우아한 포장지로 장정할 터였다. 그러나 각각 350프랑, 250프랑, 150프랑씩으로 정가를 매길 경우, 『율리시즈』는 역사상 유례가 없는 값비싼 페이퍼백이 될 것임에 틀림없었다. 서점 친구들이 계약서에 사인을 했고, 아틀리에 파티 때마다 백지 주문서를 받아 갔던 작가와 화가 들 덕분에 파리 전역에서 예약본들이 팔렸다.

책의 인쇄와 식자 작업도 소설만큼이나 기념비적이었다. 비치는 친구 모니에를 통해 영어라면 아주 대놓고 싫어하는 속물이 아니라는 이유만으로 인쇄업자 모리스 다랑티에르와 접촉했다. 책을 만들면서 겪는 가장 큰 문제점 중 하나는 프랑스인 식사공이 자기들로서는 서툴기 짝이 없는 언어인 영어를, 게다가 영어로 쓰인 소설로는 가장 난해하고 까다롭다는 이 원고를 옆에 두고 손으로 일일이 식자를 해야 한다는 사실이었다. 대대손손 이 직업을 이어온 대가급 인쇄기술자인 다랑티에르는 비록 요행을 바라고 달려들었을지언정 어려움을 잘 참고 견뎌냈다. 그는 인쇄비를 받지 못하리라는 걸 잘 알고 있었다. 받을 수 있다고 해도 그건 실제로 예약금이 들어오기 전까지는 기대난망이었다.

소설 인쇄과정에서의 고충은 누구보다도 조이스 자신이 원인 제공자일 때가 많았다. 조이스의 소설 원고는 아예 알아볼 수가 없을 정도인데, 그는 비서가 소설을 타이프로 치는 동안에도 계속해서 내용을 바꾸고 엄청난 수정을 가했다. 700쪽이 넘게 식자된 소설은 원고를 준비하던 11개월 동안 아홉 명의 타이피스트를 거쳤다. 그 타이피스트 중 한 사람이 일을 시작한 지 며칠이 안 돼 조이스의 방문을 두드렸다. 그녀는 눈물을 흘리며 원고 한 묶음을 조이스에게 집어 던지더니 보수도 받지 않고 뛰쳐나갔다. 조판을 위해 타이핑한 페이지를 다랑티에르에게 보낸 후에도 조이스는 시력 때문에 점점 형편없어지는 필체로 소설의 교정쇄 위에 계속해서 수정을 했다. 조이스는 훗날 『율리시즈』의 3분의 1에 해당하는 글이 식자교정쇄, 그러니까 다랑티에르를 위해 실비아 비치만이 번역할 수 있었던 교정쇄에 쓰였으리라고 추정했다.

조이스는 소설 표지에 정확히 그리스 국기의 색깔, 즉 푸른색 바탕에 흰색 글자가 들어가야만 한다고 주장했고 비치도 그 생각에 동의했다. 푸른색은 조이스에게는 소설의 호메로스적 성격과 아테네의 언론 자유의 전통을 상징하는 것으로 이런 성격과 정확히 조화를 이루어야 했다. 조이스와 비치는 꼭 들어맞는 색깔을 찾아 프랑스 전역을 답사했지만 그들이 기껏 알아낸 것이라곤 그러자면 비용이 엄청나게 드는 석판인쇄 과정을 거쳐야 한다는 사실뿐이었다.

이런 와중에 비치는 가게를 옮겨야 했다. 이사라는 게 늘 힘들고 귀찮은 것이기는 하지만 이번 이사는 비치에게 큰 축복이었다. 오데옹 가 12번지에 위치한 새 서점은 이전 가게에서 얼마 떨어지지 않은 모퉁이 입구에 있었는데, 이전 가게에 비해 규모도 훨씬 큰 데다 방도 두 개나 딸려 있었다. 모니에의 프랑스 서점과는 길 하나를 사이에 두고 서로 마주보고 있었다. 비치와 모니에는 점점 더 가까운 친구가 되었다. 모니에는 출판 일에 경험이 있었으며 이번 일은 물론이거니와 비치가 책 사업을 하는 데 헌신적인 후견인이 되어주었다.

여러 달이 늦어졌지만, 마침내 마지막 교정쇄가 준비되었다. 수학적인 대칭성 때문에 조이스와 비치가 상서롭게 여기던 날짜이기도 했고 또 조이스의 마흔 번째 생일이기도 했던 1922년 2월 2일, 그러니까 2. 2. 22가 코앞에 다가와 있었다. 비치는 완성된 책 한 부를 바로 그날 저자에게 선물하고 싶었다. 그러나 출간 예정 일주일 전에 다랑티에르는 비치를 불러 그건 불가능한 일이라고 털어놓았다. 좋이 몇 주일은 더 기다려야 했던 것이다. 그렇지만 비치는 제날짜에 맞춰달라고 다랑티에르를 계속 다그쳤다. 2월 1일 저녁, 그녀는 다음날 오전 7시에 도착하는 디종발 급행열차를 맞으라는 전보 한 통을 받았다. 그날 아침 비치는 파리 북역에서『율리시즈』완역본 두 권이 들어 있는 조그만 꾸러미를 넘겨받았다.

비치는 한 권은 조이스에게 건네주었고 나머지 한 권은 셰익스피어 앤드 컴퍼니 창문 안쪽에 놓아두었다. 다음날 아침 가게가 문을 여는 시간이 되자 예약자들이 떼로 몰려와 자기들도 책을 달라고 아우성을 쳤다. 그들은 그날로부터 6주일을 더 기다려야 했다.

해외에 있는 예약 고객들에게『율리시즈』를 배본하는 일이 쉽지 않으리라는 사실은 비치도 잘 알고 있었다. 미국과 영국의 우편 세관 당국이 출간 소식을 듣고 이 파렴치하고 불명예스러운 소설의 향방에 눈을 번득이고 있을 게 틀림없었기 때문이다. 다랑티에르가 보낸 책을 대량으로 선적하던 첫날, 조이스는 꾀를 내어 영국과 아일랜드로 향하는 책들을 소문이 퍼지기 전에 모두 배에 실어 보내자고 제안했다. 그래서 두 사람은 셰익스피어 앤드 컴퍼니에 앉아 수백 부에 달하는 책을 한 권씩 포장하고 주소를 일일이 적어 넣었다. 조이스는 천재였지만 책을 파는 사람은 아니었다. 책 꾸러미에 라벨을 붙이는 중에 풀이며 라벨 딱지가 어찌나 많이 들러붙었던지 비치는 그의 재킷과 머리카락에서 그것들을 떼내느라 애를 먹었다. 조이스와 비치 둘 다 책이 1.555킬로그램이 나간다는 사실에 기뻤다. 또하나의 상서로운 숫자라고 생각했던 것이다. 그들은 책의 무게뿐만 아니라 표지의 심플하고도 우아한 멋에 새삼 감동을 맛보았다. 맨 위쪽에 흰색 활자로 찍힌 제호, 아래쪽의 저자 이름, 그리고 그리스 국기의 푸른색이 완벽하게 어울리는 표지 말이다.

미국의 예약 고객들에게 책을 보내는 일도 문제였다. 선적 발송보다 책 출간 소식이 더 일찍 당도할 게 틀림없었기 때문이다. 이번엔 헤밍웨이가 꾀를 냈다. 시카고에 사는 그의 친구 버나드 B.(그의 진짜 이름은 아직도 비밀에 싸여 있다)가 토론토에 스튜디오로 쓸 아파트를 한 채 얻는 것이다. 캐나다에서는 이 책이 아직 이슈로 부상하기 전이어서 그곳 관리들은 예상조차 하지 못하고 있었다. 일단 발송된 책들이 캐나다에 도착하자 버나드는 『율리시즈』한 부씩을 팬츠 속에 안전하게 감추고 미국행 페리를 탔다. 페리 여행은 여러 달이 걸렸는데, 막바지에 불안한 생각이 들었던 버나드는 마침내 자기를 도울 친구를 한 명 더 끌어들였다. 두 사람은 매일 바지 속에 책 두 부씩을 감춘 채로 토본토에서 미국을 왕래했다.

각기 다른 지역으로 선적된 초·재판 소설들은 여러 국경지대에서 적발됐고 그때마다 현장에서 압수되어 모조리 소각되었다. 12년 동안 셰익스피어 앤드 컴퍼니의 판본은 유일한 정통본 대우를 받았다. 당시 유럽 일대를 떠돌던 몇몇 해적판들마저도 비치의 원본에서 베낀 것이었다. 비치는 결국 1만 부 넘게 책을 찍어냈는데 그러는 동안 책을 독자들의 손에 안전하게 쥐여주기 위해 끊임없이 싸워야 했다.

1933년 12월 둘째주는 미국의 이른바 철회운동에 큰 의미를 부여한 한 주였다. 금주법이 공식 철폐됐고, 12월 6일에는 뉴욕지방법원의 존 M. 울시 판사가 조이스 소설에 대해 해금 조치를 내렸다. 두 달 뒤에 항소를 부추기고 비용을 댔던 랜덤하우스가『율리시즈』의 보급판을 출간했다. 비치는 마침내 짐을 덜어버리게 되어 마음이 홀가분해졌을 뿐 아니라 그 책이 자유를 얻어 세상을 마음껏 돌아다닐 수 있게 됐다는 사실이 몹시 기뻤다. 조이스가 그 책에 대한 보상을 충분히 받아놓고도 소액융자니, 선인세니 하는 명분으로 돈을 더 타내는 동안, 비치는 끝내 얼마 안 되는 현금마저 몽땅 털어넣고 말았다.

셰익스피어 앤드 컴퍼니는 22년 넘게 문을 열었으나 결국 1941년 12월에 폐점했다. 독일인들이 1940년 6월에 파리를 점령했지만 비치는 다른 많은 파리 시민들처럼 그 도시에 남아 그곳의 생활 터전을 지키기로 결심했다.

12월의 어느 날 독일군 고급장교 한 사람이 오데옹 가 12번지에 있는 작은 서점 앞에서 차를 멈추더니 비치에게 조이스의 최신 소설인 『피네간의 경야』를 사고 싶다고 말했다. 장교가 말한 그 책은 마침 서점 윈도에 한 권 전시되고 있었다. 『피네간의 경야』는 영국에서는 페이버 앤드 페이버Faber and Faber 출판사가, 미국에서는 바이킹 출판사가 1939년에 출간했다. 장교는 영국문학의 열렬한 팬이며 특히 조이스를 좋아한다고 했다. 그는 그 책으로 영어 실력을 높일 요량이었다. 비치는 설명했다. 나는 그걸 팔 수 없다, 그건 내가 가진 마지막 책이다, 팔려고 내놓은 책이 아니다. 장교가 떠나자마자 그녀는 남아 있는 책 몇 권을 깊숙이 감춰버렸다.

일주일 후 그 독일인 장교가 다시 찾아와 『피네간의 경야』를 사겠다고 고집을 부렸다. 비치는 그에게 말했다. 안 된다, 그 책들은 다 사라져버렸다, 나도 정말 안타깝다. 그는 저녁 늦게 다시 오겠다면서 다시 한번 그녀가 고집을 부리면 가게 안에 있는 물건들을 모조리 압수해버리겠다고 위협했다. 그러나 비치는 끝내 자기 입장을 굽히지 않았고 장교는 자리를 떠났다.

비치는 얼른 가게 주인에게 가 그 건물 4층의 빈 집에 세 들어 살기로 합의를 봤다. 그리고는 당장 모니에와 친구들의 도움을 받아 잡지, 사진, 가구 따위와 함께 전부 합해 5000권쯤 되는 책을 한 권도 빠짐없이 4층 계단 위로 옮겨다놓았다. 그들은 아파트 입구를 위장한 다음 셰익스피어 앤드 컴퍼니의 이름과 주소를 페인트로 칠해버렸다. 얼마 지나지 않아 모니에의 가게에서 바라다보니 때마침 당황한 독일군 순찰대원들이 비어 있는 가게를 약탈하는 모습이 똑똑히 보였다. 셰익스피어 앤드 컴퍼니의 책이며 물건들은 파리가 해방될 때까지 고스란히 숨겨진 채로 남아 있었으나 서점은 다시는 문을 열지 못했다.

출판계는 매년 12월의 마지막 주간을 금서주간Banned Books Week으로 정해 검열에 맞섰던 투쟁의 역사를 기리고 있다. 1982년 이래, 전국의 서점과 도서관 들은 금서로 지정된 책들을 전시하는 한편 특별히 검열의 표적이 됐던 책(주로 소설)과 표현의 자유를 박해하려던 시도들이 어떻게 중단되었는가를 대중에게 일깨우는 행사들을 개최했다. 금서주간 행사는 미국서점협회, 표현의자유를위한미국서점재단, 미국도서관협회, 미국기자와저술가협회, 전국대학서점연합 등의 후원을 받았으며 의회도서관 내 북센터의 승인을 받아 진행이 된다. 국제사면위원회도 금서주간과 같은 시기에 자신이 쓴 글 때문에 박해받거나 투옥된 적이 있는 작가, 출판인, 해외 서적상 들에게 초점을 맞춘 행사에 참여해왔다.

금서주간에는 지난해에 "항의를 받은" 책을 일반대중에게 알리고 교육한다. "항의를 받은" 책이란 개인이나 정치·종교 단체의 공식 항의를 받아 고발당한 책을 말한다. 그들은 대중에게 불쾌감을 주고 도덕적 해이를 조장하는 책들을 공공기관과 학교도서관의 서가나 교과과정에서 제외시켜야 한다고 주장하기 일쑤다. 1990년대에 미국도서관협회의 지적자유사무국은 6500건 이상의 공식 항의 사안을 기록에 올렸다. 2001년에는 겨우 448건이었다. 지적자유사무국은 자기들에게 실제로 보고되는 건은 전체의 4분의 1도 채 되지 않는다고 믿고 있다. 금서주간을 정해 기념하는 목적은, 이런 정보를 널리 퍼뜨려 항의는 항의대로 하면서 책들은 서가 위에 그대로 남게 하려는 것이다.

　미국의 경우에는 이들 항의의 표적은 대개 어린이들이 읽는 책이다. 이유는 다양하지만 몇 가지로 분류할 수는 있다. 성적 요소, 외설적인 언어, 청소년에게 부적합한 소재, 폭력, 동성애, 컬트물 혹은 항의자의 입장에 반하는 종교적 신념 조장 따위의 이유로 책이 아이들의 손에 들어가지 못하도록 아예 근절시켜버리라고 요구하는 것이다.

　항의를 받는 책과 작가 들의 명단은 해마다 바뀌지만 빠짐없이 이름을 올리는 작가도 몇 있다. 금세기 초에 가장 많은 항의를 받은 저자를 1위부터 열 명만 추리면 다음과 같다. 조앤 롤링, 로버트 코르미어Robert Cormier, 존 스타인벡, 주디 블럼Judy Blume, 마야

안젤루Maya Angelou, 로비 해리스Robie Harris, 게리 폴슨Gary Paulsen, 월터 딘 마이어스Walter Dean Myers, 필리스 레이놀즈 네일러Phyllis Reynolds Naylor, 베트 그린Bette Green. 만약 잘 모르는 이름이 있다면 아이들에게 물어보라. 이들이 쓴 책 대부분이 청소년소설이기 때문이다.

어린이들이 읽는 책만 항의를 받는 것은 아니다. 래드클리프 퍼블리싱 코스Radcliffe Publishing Course가 꼽은 20세기를 빛낸 100대 소설 중 42종이 공식 항의를 받고 금서 처분을 받거나 정부기관의 검열을 받았다.

금서주간이 상징적인 행위에 불과할지 몰라도 그 영향력은 무시할 수가 없다. 한 고객이 서점에 들러 금서주간에 전시되어 있던 책들에 마음이 끌린 나머지 랠프 엘리슨Ralph Ellison의 『보이지 않는 인간Invisible Man』을 읽기로 결심한다. 집에서, 혹은 집으로 가는 기차 안에서 책을 펼쳐보고는 상상력이 이뤄낸 이 걸작에 너무 감동을 받은 나머지 어쩌면 그녀는 그 자리에서 벌떡 일어나 "아니요, 당신은 우리의 상상력을 법으로 금지시킬 수 없습니다"라고 외칠지도 모른다. 변화는 느리다. 하지만 그 힘은 강력하다.

검열에 반대하는 투쟁, 그리고 서점을 표현의 자유를 위한 근거지로 확립하려는 싸움은 사실 일상 속에서 벌어진다. 이들 싸움은 공식적이거나 법률적인 성격을 띠지는 않는다. 어느 고객 혹은 어느 서점 관계자 하나가 특정한 책을 가리키면서 그 책은 어떠어떠한 식으로 아무개에게 모멸감을 안겨주고 있으니 재고목록에서 즉시 제외하라고 요구할 수도 있다. 그러나 서점들마다 어떤 사람들에게 불쾌감이나 모멸감을 안겨줄 수 있는 책들을 얼마간은 다 갖춰놓고 있을 게 뻔하니, 단순히 그런 이유로 책을 치우라고 했다가는 격렬한 저항을 불러일으킬 것이다.

모든 서점이 내용이 다른 책들을 수백만 권씩 다 갖춰놓고 있는 것은 아니다. 서점 주인은 자기 고객들에게 별로 먹혀들 것 같지 않아서, 혹은 표지가 마음에 들지 않아서 특정 책을 주문하지 않기로 결정할 수 있다. 물론 팔리지 않으리라는 것을 뻔히 알면서도 들여오는 책들도 있다. 본인이 알바니아 소설가 이스마엘 카다레의 작품을 좋아하기 때문에 그 소설가의 이름이 베스트셀러 목록에 진입할 가망이 전혀 없다고 해도 그의 책을 모조리 주문해둘 수도 있다. 서점 주인이 어떤 책을 들이느냐, 들이지 않느냐 하는 데는 헤아릴 수 없이 많은 이유가 있다. 그렇지만 판매원에게 특정 책들을 들이지 말라고 명령을 내리려 했다가는 반드시 저항에 부딪치게 돼 있다.

『플레이보이』나 『펜트하우스』 같은 도색잡지들을 들여놓는 서점은 어느 곳이고 예외 없이 항의를 받았다. 사람들은 이 잡지들이 여성에게는 자존심에 상처를 입히고, 아이들에게는 크게 해가 되는 것들이라는데, 사실 무엇 하나 틀린 말이 없다. 프린터스 서점에서 일할 때 우리는 미성년자들의 손이 닿지 않도록 그 잡지들을 매대에서 한참 떨어진 카운터 뒤에 숨겨놓곤 했다. 그러나 이런 비책도 눈에 불을 켠 사람들 앞에서는 충분치 못했다. 그런 잡지들이 서점에 비치되어 있다는 사실에 분개한 한 사내는 잡지가 숨겨진 곳을 보여주었을 때도 여전히 불만스러운 낯빛이었다. 그는 지역사회에 진정서를 돌리기 시작했다.

프린터스 서점 직원들은 꽤 오랜 시간 회의를 거쳐 만장일치로 다음과 같은 결론에 도달했다. 논쟁은 양쪽 모두 매우 뜨겁고 격렬했다. 좋다. 우리의 의견은 거의 일치했다. 문제가 된 잡지들이 반드시 페미니스트 진영에 서 있었던 것은 아니다. 그렇지만 우리가 들여다 팔고 있는 『엘르』나 『코스모폴리탄』 『보그』 같은 패션잡지들은 뭔가? 이 잡지들 역시 여성을 상품 취급하고 있지 않나? 그래, 그렇다고 치자. 하지만 이 잡지들은 여자를 대상화하기 좋아하는 남성들이 아니라 바로 여성들을 위한 잡지다. 그렇다면 『플레이 걸』은 어떨까? 그래, 그건 남성을 대상화하고 있지 않은가. 그리고 예술 섹션에 가 있는 각종 누드 책들은 또 뭔가? 그러자 우리가 치워버려야 할 책의 리스트가 금세 불어나 있었다. 서른 개의 독립서점주들이 모여 의견일치를 이루어내는 일이 얼마나 어려운지 여러분은 아는가? 우리가 마지막으로 의견일치를 본 사항은, 어떤 책을 구비해놓을 것인가는 결국은 개개인의 선택에 맡겨야 할 문제라는 것, 고객이 원하는 책이라면 무엇이건 갖춰놓아야 하는 서점 종사자들의 의무라는 점이었다. 감시나 검열의 책동에 맞서는 것 또한 우리의 의무라고 생각했다. 비록 이번 경우에는 그 세력이 단지 극렬분자 한 사람인 것으로 드러났지만. 그 열성꾼 사내는 자기 뜻을 관철시키기 위해 혼자서라도 판매중단운동을 계속했으나, 프린터스 서점의 훌륭한 고객들에게는 그보다 훨씬 더 시급한 일들이 산적해 있다는 사실만 깨달았을 뿐이다.

사람들이 서점 쪽에 줄기차게 문제를 제기하는 또다른 책은 바로 『아나키스트 요리책 The Anarchist's Cookbook』이다. 정부를 전복하기 위한 파괴적인 전략들을 정리해놓은 일종의 매뉴얼북이라 할 수 있는 이 책에는 꽤나 위험한 내용들이 들어 있다. 가정에서 폭탄과 무기를 제조하는 법을 설명하는 부분은 특히나 더 그렇다. 그렇지만 이 책의 다른 부분들은 치명적인 수준이랄 수는 없고, 그저 정치적 견해를 확고히 밝히고 있을 뿐이다. 양식 있다는 서점들은 그 책을 아예 주문조차 하지 않거나 미성년자들의 손길이 미치지 못하도록 멀찌감치 진열해놓겠지만, 어떤 서점에서는 그 책을 다른 책과 똑같이 취급한다. 그것은 히틀러의 『나의 투쟁』을 들여놓을 것인가 말 것인가를 결정하는 일만큼이나 쉽지 않은 선택이다. 민주 국가의 근간인 표현의 자유를 존중한다면, 서점은 반대할 만한 내용이 들어 있는 책이라도 갖춰놓아야 하는 것인가? 마지막 결정은 책을 사는 사람, 즉 독자의 몫으로 남겨져야 하는 것인가? 이런 질문에 서점들은 십중팔구 '그렇다'고 대답한다. 아마도 그런 책에 접근할 권리를 봉쇄하는 것은 긴 세월에 걸쳐 어렵게 쟁취한 위대한 자유를 갉아먹는 짓거리로 치부될 터이기 때문이다,

프린터스 서점에서 책 한 권을 둘러싸고 벌어졌던 분쟁 가운데 가장 격렬했던 것은 휴 로프팅Hugh Lofting의 『닥터 둘리틀Dr. Doolittle』과 관련된 싸움이었다. 동물들과 대화하는 법을 배우는 한 남자의 판타지에 과연 이의를 제기할 수 있을까? 1922년에 출간된 이 책에는, 당시에는 아무렇지도 않게 유통되다가 그 이후에 아주 불쾌한 단어로 받아들여지게 된 "깜둥이"란 말이 등장한다. 작가가 아무리 가벼운 마음으로 썼다 해도 그 단어에 대해서만큼은 변명의 여지가 없다. 서점에서 일하는 사람 누구나 다 그 점에는 동의했다. 하지만 그렇다고 해서 책의 가치가 형편없이 추락해버렸는가? 역사적 상황이 그 책의 보호를 정당화하기에 충분한가? 그 단어를 사용한 다른 책들, 가령 『허클베리 핀』이나 『그들의 눈은 신을 보고 있었다Their Eyes Were Watching God』처럼 인종차별에 찬성하는 것이 아니라 그 제도를 비난하기 위해 그 단어를 차용하고 있는 책들은 어쩌란 말인가? 우리는 그 책을 사는 부모들, 심지어는 그 책을 더 잘 알고 있을 어린이들을 성숙한 독자로

신뢰하지 못하는 것일까? 논쟁은 몇 주일 동안이나 계속됐다. 회의가 열리고 의견을 밝히는 대자보가 나붙는가 하면, 떼를 지어 격렬한 토론들이 벌어졌다. 그러던 중에 몇 가지 타협안이 나왔다. 우리는 그 책 한 부 한 부에 거부 의사를 밝힌 쪽지 하나씩을 붙여놓을 수도 있었고, 페이지를 뒤져 그 단어를 지워버릴 수도 있었지만, 이런 발상은 어쩐지 경찰이나 하는 일인 것 같아 거부 감을 주었다. 마침내 우리는 이 책을 그냥 재고본으로 보관하기로 결정했다. 이제 생각해보니, 우리는 과거를 맘대로 바꿀 수도 없었거니와 그걸 원한 것도 아니었다. 과거의 일부를 말소하려다가는 자칫 모든 걸 잃어버릴 수도 있다는 진리를 우리는 비로소 깨달은 것이다.

서적외판원 시절 나는 어린이책을 사려는 한 서적상과 심한 논쟁을 벌인 적이 있었다. 민망했던 것이, 하필이면 그 논쟁이 고객 수십 명이 듣는 가운데 어린이책 매장에서 벌어졌던 것이다.

논쟁의 발단이 된 책은 신간목록에 오른 그림책이었는데, 나는 구매자가 마음에 들어하는 책이 얼마나 되는지를 알아낼 요량으로 그녀에게 문제의 책을 보여주고 있었다. 그 책은 미국 남서부가 배경인 숫자놀이 책으로, 그 지역 인디언 부족의 전통의상을 입혀놓은 토끼들이 주인공이었다. 나는 그 책이 철저한 조사를 거쳐서 제작되었으며, 거기 그려진 의상과 동작 또한 꼼꼼하게 고증을 거친 것들이라고 강조하면서 열성적으로 이야기했다. 그런데 책을 사러 온 어느 서적상이 내 말에 대뜸 이의를 제기했다. 자기는 결단코 이 따위 책은 들여놓지 않을 거라고 단언했던 것이다. 인디언들이 동물로 형상화되어 있다는 사실에 기분이 상했을 뿐만 아니라 이는 책을 비인간화하는 작태가 아니냐는 것이었다. 나는 모든 책이 다 그런 건 아니지만, 어린이책 중에는 동물을 의인화한 내용의 책이 많다고 반박했다. 논쟁은 서로가 입장을 새롭게 벼리는 과정에서 금세 고조됐다. 말이 반복될 때마다 언성을 조금씩 높여가던 나는 마침내 냉정을 잃고 자리에서 벌떡 일어났다. 그리고 잠시 후에는 나도 모르게 어린이책 매대 한가운데에 서서 "이 빌어먹을 토끼 새끼들, 엿이나 먹어라!" 하며 고래고래 소리를 지르고 있었다. 그렇게 실컷 고함을 친 뒤에 그곳을 뛰쳐나왔다.

그러나 결국 그녀와 나는 아주 막역한 친구가 되었고, 그후 우리가 이 논쟁을 얼마나 즐겼던가를 얘기하며 과거를 추억하곤 한다. 단순히 논쟁하기 위해서가 아니라 그 논쟁에 깃든 열정으로 빚어진 말다툼, 그리고 토끼에 관한 작은 책 한 권이 우리의 품위를 내동댕이칠 정도로 중요했던 책에 대한 당시의 생각까지도 말이다.

오늘날 서점과 고객 들이 책과 사상을 자유롭게 소통할 수 있는 능력과 권리에 심각한 공격이 가해지고 있다. 9·11사태 후 미국 법률 속에 끼어든 애국법 제215조는 영장을 발부받아 고객의 구매 기록을 조사할 수 있는 권한을 FBI에 부여하고 있다. FBI는 각급 도서관에서도 똑같은 조치를 취할 수 있다. 뿐만 아니라 수색 후에도 서점 사람들과 도서관 직원들에게 발언 금지 명령을 내려 압수된 기록들의 수량과 성격, 내용 등에 대해 일절 발설 못하게 한다. 고객들은 자기 기록이 압수수색을 당해도 그런 사실을 통보받지 못하며, 정부에는 그 수색을 상세히 공개해야 할 의무도, 그런 수색이 있었다는 사실을 인정할 의무조차도 없다. 2005년, 이 조항의 유효기간은 10년 더 연장되었다.

　여러분이 서점에서 신용카드를 사용할 때, 혹은 온라인 서점에서 책을 사거나 도서관에서 책을 빌릴 때, 정부는 당신 몰래 어느 때고 정당한 사유도 없이, 어깨 너머로 당신의 개인정보를 엿볼 수가 있다. 그렇지만 정부는 입만 열면 우리를 믿어달라, 권력을 남용하는 일은 없을 것이다, 라고 강변한다. 미국 법무부는 지금까지 이런 행위에 관한 어떤 자료도, 심지어는 이런 일이 얼마나 빈번하게 일어났는지를 알려줄 간단한 숫자까지도 공개하기를 거부해왔다. 그것도 모자라 대테러전을 선포하면서 자유를 수호하기 위해서라면 우리의 자유를 침해할 수도 있다고 선언했다. 시민의 사생활을 희생하여 정부의 비밀을 은폐하겠다는 심산인 것이다.

표현의자유를위한미국서점기금The American Booksellers Foundation for Free Expression, 미국시민연대The ACLU, 미국도서관협회 등은 다른 자유언론단체들과 연대하여 이런 비윤리적인 조치를 무력화하기 위해 소송을 냈다. 몇몇 서점들은 고객들에게 현금으로 책값을 치르도록 권유했는데, 그렇게 하면 신용카드 영수증을 몰래 캐기 좋아하는 정부에 독서 습관을 들킬 일은 없을 것이기 때문이다.

헌법의 힘을 빌려 선서를 하고 들어선 미국 정부는 수정헌법이 보장하는 사상과 표현의 자유를 눈 질끈 감고 지나쳐버린다. 무엇을 읽을 수 있고 무엇을 읽어선 안 되는지 알려주지도 않으니 우리가 사거나 빌리는 책들은 모두 정부의 엄중한 감시 아래 놓여 있을지도 모를 일이다. 책만큼이나 그 역사가 오래된 검열에 맞서는 투쟁은 계속되고 있다. 그러나 이렇게 반동적인 사태가 전개되는 와중에 나를 괴롭히는 것은, 엉뚱한 이름을 붙여놓은 애국법이 광범하게 설정해놓은 타깃 가운데 하나가 바로 서점이란 사실이다. 몇 세기 동안 서점은 간섭 없이 그냥 버려져 있었기에 가장 고귀한 이상이 깃들 수 있는 보기 드문 안식처가 돼왔다. 그랬던 서점이 이제 정부의 감시 아래 놓인 것이다.

2001년 가을에 테러와의 전쟁이 선포되고 며칠이 지나서 나는 대형서점 가운데 하나인 샌프란시스코의 시티 라이츠 서점에 들렀다. 성공한 서적상인 동시에 출판인이자 시인인 로런스 펄링게티가 1953년에 처음 문을 연 이래로 이 서점은 긴즈버그의 『울부짖음』(재판본이 세관 관리들에게 압수됐으나 엄청난 비용을 들인 재판 후에 결국 해금되었다)을 필두로 위대한 문학작품을 세상에 선보여왔다. 내가 시티 라이츠 서점을 방문했던 2001년 그날, 다섯 개의 거대한 깃발이 서점 정문에 내걸려 이 서점의 가장 숭고하고도 강력한 뜻과 취지를 세상에 널리 알리고 있었다. 각각의 깃발에는 미국 국기에 의해 재갈이 물린 얼굴 형상이 묘사되어 있었고, "반정부인사도 미국인이다Dissent is Not Un-American"라는, 때를 맞춘 듯한 문구가 쓰여 있었다.

노란 불빛의 서점

권태롭고 나른한 일요일. 어쩌면 매디와 나는 일요일의 무감각을 일깨우는
서점의 시끌벅적함과 부산스러움 때문에 이곳을 찾는지도 모른다.
서점은 분주하면서도 아늑하고도 여유가 있어
핫초콜릿과 쿠키만 있으면 완벽한 분위기가 만들어진다.

노란 불빛의 서점

서점에 관한 얘기라면 나는 가닥도 없이 제멋대로 풀어놓고는
한다. 모든 서점은, 가장 사치스럽다는 파리지앵 백화점에서부터
투산의 이름 없는 스트립몰에 이르기까지, 그 나름으로 '이거 의
외인데' 하는 장점들을 가지고 있다. 30년 전 처음으로 서점에 이
끌려 들어간 이래 나는 수천 번도 넘게 서점에 갔다. 고객으로, 서
점 직원이나 외판원으로, 또 여행객으로 서점에 갈 때마다 나는
충만한 기쁨을 만끽했다.

서점을 진실로 사랑하는 사람에게는 옳거나 그른 것, 쿨하거나
쿨하지 않은 것 따위는 별 의미가 없다. 비록 내가 여러 해 동안
독립서점에서 근무했고, 또 출판사 외판원으로도 일했던 탓에 서
점이 대접 못 받는 문화기관이라 믿어 의심치 않음에도 나는 체인
점 출입을 끊어야 한다는 생각을 도무지 할 수가 없다. 세계적인

서점들이 서로 포개지다시피 꽉 들어찬 지역에 사는 나는 정기적으로 그 서점들을 찾아간다. 그리고 서점 여기저기에 널린 아직 읽지 못한 책들 때문에 얼마쯤 의기소침해지기도 한다. 그렇지만 아무리 급해도 이름 모를 도시에서 비행기를 갈아탈 때 지나치는 공항 서점을 들르지 않을 수가 없다. 나는 숙명적으로 세상의 모든 서점에 이끌리는 그런 인간인지도 모른다.

가끔 일요일 오후에 우리 부녀는 우리 동네의 보더스Borders란 서점을 찾는다. 보더스는 아늑한 카페와 완벽한 CD·DVD 매장을 갖춘 대형서점인데, 언제 가보아도 사람들로 북적거린다. 삼삼오오 모여 있는 가족들, 인근 주립대학과 고등학교에서 떼지어 몰려온 학생들, 계산대에 길게 늘어선 사람들. 어린이책 분야는 공간이 꽤 널찍할 뿐만 아니라 어린아이들이 이리저리 몸을 움직여 놀거나 함께 책을 읽을 수 있도록 바닥에 카펫을 깔아놓았다. 거기엔 물고기들이 노는 수조도 몇 개 있는데, 만듦새가 깔끔하고 산뜻해 보인다. 매디는 나름의 안목으로 그럭저럭 책 한 권을 고르게 되리라는 걸 잘 알고 있다. 내가 딸과 함께 읽을 헌책 한 권을 고르리라는 것도, 또 제 엄마를 위해 아빠가 무언가를 집어 들리라는 것도. 아무렴, 내가 사고 싶은 책을 못 살 게 뭐야? 매장 안에서는 현금 계산을 좀 도와달라는 부탁 방송이 울려퍼지고, 커피바에서는 쉿쉿 하는 소리와 함께 하얀 김이 뿜어져 나온다. 안개 속처럼 가라앉은, 권태롭고 나른한 일요일. 어쩌면 매디와 나는 일요일의 무감각을 일깨우는 서점의 시끌벅적함과 부산스러움 때문에 이곳을 찾는지도 모른다. 서점은 분주하면서도 아늑하고도 여유가 있어 핫초콜릿과 쿠키만 있으면 완벽한 분위기가 만들어진다.

평일 저녁 매디와 나는 꽤 평판이 좋은 버클리 서점 분점인 블랙 오크 북스Black Oak Books 안을 걷고 있을지도 모른다. 블랙 오크는 스파르타식 서점이다. 말쑥하게 열을 맞춰 선 아맛빛 서가들 외에는 실내에 장식이 거의 없어 왠지 어설퍼 보이는 곳이다. 맨 앞쪽에 작은 신간 코너가 마련되어 있지만, 대부분의 공간엔 헌책이 진열되어 있다. 이곳 어린이책 섹션은 규모가 작은데, 책이며 읽을거리들을 정독할 수 있어 딸 매디가 마음에 들어하는 곳이다. 우리는 계산대 뒤에서 한창 재잘거리고 있는 칼과 마리아에게 인사를 건네고는 서가 사이의 좁은 통로에 쭈그리고 앉는다. 우리는 책을 두서너 권쯤 대충 훑으면서 시간을 보내다가 마지막으로 한 권을 손에 집어 든다. 가게 안은 고요하고 시간이 멈춘 듯하며, 사방이 막혀 있어 마치 서점에 우리밖에 없는 것처럼 보인다. 우리가 너무나 좋아하는 분위기다. 우리가 이곳을 떠날 때 황혼의 하늘은 주황색과 옥색으로 물들며 빛나고 있으리라. 그러면 우리는 새책 한 권과 마음에 드는 헌책 두 권을 머리맡에 둔 채 잠자리에 들 시간이 다가오고 있음을 알게 되는 것이다.

나는 지금껏 서부 해안 쪽에서만 살았기 때문에 유감스럽게도 동부 해안이나 중서부 지역 서점들에 관해서는 별로 아는 게 없다. 나의 서점 목록은, 우리가 갖고 있는 목록이 다 그러하듯이, 우연과 운명의 장난에 의해 작성되었다. 내가 서점을 사랑하는 이유도 어쩌면 그 우연성 때문인지 모른다. 서점은 우선 그 수가 많고 저마다의 특성을 가지고 있어 즐거움을 준다. 그럼 이제부터 내가 좋아하는 서점들을 선별해 간단히 소개하겠다.

집에서 가까운, 샌프란시스코의 서점 나들이

업스타트 크로와 프린터스 서점이 까마득한 옛 추억이 돼버린 지금 내가 가장 편안하게 생각하는 서점은 해이트 애시버리Haight Ashbury 지구 한복판에 자리잡은 북스미스Booksmith이다. 나는 걸어서 오갈 수 있을 정도로 서점 가까이에서 몇 해를 살았기 때문에 외판원과 크리스마스 성수기의 임시직 사원으로 일하면서 서점 사람들과 친구가 되었다. 이 서점은 사람들로 붐비는 비좁은 책방에 불과하지만 상상 이상으로 많은 책을 팔고 있다. 한마디로 완벽한 도시형 서점이다. 독창적인 쇼윈도 전시와 함께 이 서점에는 나름의 기준으로 엄선한 도서 코너, 특히 스릴 만점에다 정보까지 알찬 어린이책 코너가 있다. 이 코너는 성실하고 모범적인 어린이책 서적상인 조앤 비글리오타Joan Vigliotta가 장장 17년에 걸쳐 마련했다. 단언컨대 북스미스는 어느 도시, 어느 동네에서라도 사람들의 독서욕을 부추길 서점이다.

그러나 북스미스를 그토록 매력적인 공간으로 변모시키는 요소란 책을 엄선해서 판매하는 것 같은 구체적이거나 확실한 무엇이 아니다. 대개 계산대에 서 있거나 전화를 받는 사람은 이 서점의 주인인 게리 프랭크다. 그는 뒤로 물러나 앉아 책이나 정리하는 서점 주인이 될 생각은 결코 없다. 늘 적극적으로 앞에 나서서 서점을 번창시키려는 노력을 멈추지 않는다. 이 서점의 또다른 매력은 고객과 독특한 거리 풍경이다. 옛 히피들과 새롭게 부활한 펑크족들, 남미의 바나나공화국에서 온 사람들, 각양각색의 혼혈 가족들, 그리고 여행객들이 한데 어우러져 빚어내는 풍경은 이 서점을 단연 손꼽히는 명소로 만들어준다.

일반인들은 출입이 금지되어 있긴 하지만, 직원 휴게실도 이 서점의 빼놓을 수 없는 매력이다. 휴게실 벽면은 지난 15년 동안 찍어낸 각종 출판사 광고지와 판촉물 들로 뒤덮여 있는데, 직원들이 손수 수집해서 꾸며놓은 것이다. 그 속에는 '굿 도그 칼, 굿 도그 카를로스 산타나, 굿 도그 칼 막스, 굿 도그 칼Good Dog Carl, Good Dog Carlos Santana, Good Dog Carl Marx, Good Dog Carl' 같은 광고도 들어 있다. 내가 좋아했던 광고물은, 몇 년 전 다른 전단이 덧씌워지는 바람에 지금은 볼 수 없게 됐지만, 몰리 블룸Molly Bloom

의 마지막 독백(그의 심장은 미친 듯이 뛰었죠. 그리고 그래요, 나는 그러겠다고 말했죠. 나는 그러겠다고 말할 거예요.And his heart was going like mad and yes I said yes I will Yes."—옮긴이)을 넣어 찍어낸 조이스의 『율리시즈』 광고 포스터였다. 그 대목을 북스미스의 종업원들은 이렇게 패러디했다. "그래요, 그래, 그럴게요. 금요일 밤엔 내가 애를 봐줄게요Yes, yes, oh yes……I will babysit for you Friday night."

소설 『울부짖음』을 출판한 것으로, 또 비틀스 그룹의 회동 장소로도 유명한 시티 라이츠 서점은 문을 연 지 50년이 지났어도 여전히 손 꼽히는 명소이다. 콜럼버스와 브로드웨이의 코너 근처에 자리잡은 이 서점은 서쪽은 차이나타운에 둘러싸여 있고, 북쪽은 옛 노스비치North Beach, 동쪽은 스트립클럽 가街, 남쪽은 샌프란시스코 다운타운의 번쩍이는 스카이라인과 인접해 있다. 그 동네는, 수를 셀 수 없을 만큼 빽빽하게 들어찬 에스프레소 커피숍들과 베수비오, 스펙, 토스카 등 대형 바가 부근에 진 치고 있다는 사실만으로도 선전 효과를 톡톡히 누리고 있다. 어쩌면 샌프란시스코에 밝은 햇볕이 내리쬐는 한낮이면, 자전거를 끌고 가다 이 모퉁이에 서서 자신도 한몫을 담당했던 이 아름다운 건축물을 응시하고 있는 펄링게티의 모습을 엿볼 수도 있지 않을까.

주변 풍경만으로도 서점 나들이는 충분히 보람 있지만, 일단 안으로 들어가면 까다롭게 선별해놓은 책들 앞에서 우선 말문이 막힐 것이다. 정문 안쪽에는 금전등록기가 닳아빠진 좁은 계단 사이에 가득 들어차 있고, 깨지거나 금이 간 곳에는 예외 없이 신간들을 깔아 눈가림을 하고 있다. 아이슬란드 소설부터 500페이지짜리 쇼핑 아케이드의 역사까지, 특별도서 선정으로 나를 그렇게 놀라게 한 서점은 여기 말고는 세계 어디에도 없다. 매장에는 소설이 넘쳐나는데, 미국, 영국, 유럽, 아시아, 라틴아메리카 등등 시티 라이츠 서점만의 독특한 분류법에 의거해 잘 정리되어 있다. 거기엔 또 시티 라이츠가 직접 출판한 책들을 빠짐없이 갖춰놓은 서가와 각종 문학 관련 저널들을 엄선해 모아놓은 서가도 있다. 흥미롭게도 자체 출판한 시집들과 철침으로 엉성하게 제본한 복사본 사진책들을 모아놓은 서가가 따로 갖춰져 있다. 그러나 이 서점의 백미라 할 장소는 단연 뒤쪽 층계 위에 있는 '시를 위한 방Poetry Room'이다. 엄청난 가능성이 숨쉬고 있는 이곳에서는 몰려드는 도시의 어둠과 고요한 말과 말 사이의 여백이 우리를 압도한다.

시티 라이츠 서점은 고객 서비스로도 유명한데, 그 서비스란 게 상상을 초월한다. 노스비치 인근에는 카페 스포르트Caffe Sport라는 고전적인 스타일의 이탈리아 레스토랑이 있다. 그곳에서는 웨이터들이 손님에게 어떤 음식을 먹을 수 있고 어떤 음식을 먹을 수 없는지, 또 먹을 수 있는 음식의 가격은 얼마나 되는지를 알려주며, 손님이 식사를 시작해서 마칠 때까지 내내 옆에 지키고 서서 귀찮을 정도로 장광설을 늘어놓는다. 그런데도 사람들은 이런 대접을 받겠다고 몇 시간씩 줄을 서서 기다린다. 시티 라이츠의 고객 서비스는 그 자체로는 무례하지 않다. 굳이 얘기하자면 그건 마음을 다른 것에 빼앗긴 사람들의 서비스라 할 수 있다. 고객이 문의를 했을 때 제일 먼저 돌아오는 건 '이젠 정말 지겹다'는 듯한 염세적인 한숨소리다. 다음엔 입속말로 중얼대며 방향을 가리키는 손가락질과 몇 마디 모호한 안내가 따른다. 만약 당신이 이 서점 단골이라면, 더는 도움을 청하지 않고 뒤로 순순히 물러나서 여행객들이 자존심에 조금씩 상처를 입는 모습을 지켜볼 수 있다. 나는 지금 그들의 서비스에 대해 항의하거나 불평을 늘어놓고 있는 게 아니다. 천만의 말씀이다. 그런 고객 서비스가 없었더라면 지금의 시티 라이츠는 아마 존재하지 않았을 것이다.

샌프란시스코에서 완벽에 가까운 서점으로 평가받는 기노쿠니야Kinokuniya Books는 말 그대로 불가해한 서점이다. 재팬타운에 들어선 이 서점은 각종 정기간행물과 책, CD, 문방구류를 취급하고 있는데 규모도 크고 매우 분주하다. 여기에는 아시아 문제를 다룬 영미권 도서만 모아놓은 작은 섹션이 있지만, 여기서 가장 관심을 끄는 책은 나는 읽을 줄도 모르는 일본어 서적들이다. 일본 책은 흥미롭게도 앞뒤표지가 뒤바뀌어 있다. 기노쿠니야는 꿈으로 잉태된 서점이다. 이곳 전경은 눈에 익지만 내부로 깊숙이 들어가면 분위기는 낯설어진다. 사물로서의 책이 내용과 무관하게 나를 지배한다고 느낄 때는, 내가 읽을 수 있는 책이 단 한 권도 없는 바로 이곳에 있을 때다. 나는 일본 알파벳(히라가나, 가타카나)을 응시하다가 내심 암호를 풀 수 있기를 바라면서 매끈거리는 페이퍼백 한 권을 집어 들지만, 그건 그저 책에 둘러싸여 있는 것으로 위안을 삼으려는 단순한 제스처에 지나지 않는다.

아주 큰 서점, 작은 서점

만약 진짜로 규모가 어마어마한 서점을 원한다면 도시를 생각해야 한다. 전체가 책으로 이루어진 도시 말이다. 소설가 래리 맥머트리Rarry McMurtry가 텍사스, 아처 시티(그의 고향 마을이며 〈라스트 픽처 쇼The Last Picture Show〉의 배경이 된 곳)에 세운 북트업Booked Up 서점이 바로 그런 곳이다. 인구가 1748명에 불과한 소읍에 들어선 이 서점은 빌딩 네 채로 이루어져 있다. 같은 아처 시티에 있는 스리 도그 북스Three Dog Books 서점에서는 다른 무엇보다도 초판본 도서에서 오리지널 원고에 이르기까지 자필 서명이 들어 있는 맥머트리 소설 세트를 구입할 수 있다. 그런데 퍽도 딱

한지고. 얼마 전 맥머트리가 잠시잠깐일지 영원히 그럴지 모르겠으나 북트업 서점이 곧 문을 닫을 거라고 발표를 했으니 말이다.

아마도 제일 큰 서점은 마흔 개 남짓한 골동품 가게들이 들어찬 웨일스의 헤이온와이 마을(인구 약 1500명)일 것이다. 아니라면 오레곤 주 포틀랜드에 있는 파월의 책 도시일지도 모르겠다. '파월의 책 도시Powell's City of Books'는 실제 도시는 아니지만 한 장소에 꽤 많은 책을 보유하고 있다. 그것도 아니면 잠들기 전 "책과 함께 8마일"을 간다는 맨해튼의 스트랜드일 수도 있겠다. 그러나 이들 모두는 일차적으로 헌책과 고서적을 사고파는 서점들이다.

새로 등장한 대형서점의 모범 사례는 덴버에 있는 태터드 커버 Tattered Cover이다. 조이스 메스키스Joyce Meskis가 25년 전에 처음으로 자기 서점을 열었을 때, 그저 작고 아담하기만 했던 서점이 금세 성공을 거두어 12년 만에 몇 배로 확장되었다. 급기야 서점은 신실한 고객들의 도움을 받아 원래 건물에서 몇 블록 떨어진 곳에 위치한 4층짜리 건물로 이사를 했다. 새 서점에는 널찍한 신문 잡지 판매대와 커피바, 레스토랑이 갖춰져 있다. 몇 년 전 태터드 커버는 2호점을 열었는데, 이 매장은 겨우 3층 규모에 지나지 않지만 여러 개의 벽난로와 어린이들을 위한 나무 위 오두막집,

독서 홀 등을 갖추었다. 현재 두 서점은 15만 종에 100만 권의 책을 보유하고 있다.

태터드 커버 1, 2호점 어디를 들어가도 마음이 진정되는 것을 느낄 수 있다. 왜냐하면 당신은 오랫동안 이곳을 떠날 수 없으리라는 것을 잘 알고 있고, 신간이라면 이곳에서 찾는 편이 현명할 것이기 때문이다. 서점 규모는 당신을 위축시키기보다는 오히려 안심시킨다. 두 서점 다 작은 방과 칸막이가 된 코너들로 나뉘어 있는데 안락의자, 긴 소파식 의자, 독서용 램프 등이 갖춰져 있다.

그러나 책에 미친 사람이라고 해서 아무 때고 무제한 책을 고르고 싶어하는 것은 아니다. 뭔가 더 친밀한 느낌을 얻고 싶을 때는 케임브리지의 하버드 광장 바로 옆, 고양이 세 마리가 그려진 간판 아래에 자리잡은 그롤리어 포이트리 북숍Grolier Poetry Book Shop을 찾으라. 시집만 파는 서점으로는 미국에서 가장 오래된 이 서점은 시집과 아방가르드 문학 전문인데 1927년에 문을 열었다. 현재의 서점 주인이 루이자 솔라노가 1979년에 인수하면서 이 서점은 방향을 바꿔 대중 출판 쪽에 주력하기 시작했다. 현재 보유 중인 책은 시집, 작시·운율 등에 관한 책, 낭송 테이프, 시 전문지 등을 합해 총 1만 5000종에 이른다. 실내는 단순한 정방형인데 그 위 천장은 가게 바닥 너비보다 더 넓어 보인다. 크기나 모양이 이 서점이 소장하고 있는 얇은 책들과 잘 어울린다고 할 수 있겠다. 이곳에는 방이 많지 않지만 오히려 그렇기 때문에 보스턴의 어느 질금거리는 날 서점 나들이에 나선 사람이 다음 책을 찾아 팔꿈치로 고객들을 이리저리 밀치며 돌아다니기에는 더없이 좋은 곳이다.

애리조나 주 남동쪽 한 모퉁이, 과거 한때 구리 광산으로 번성했던 비스비Bisbee 마을에는 월터 스완의 '원 북 서점One Book Bookstore'이 있다. 스완 씨는 과거 애리조나에 살았던 젊은 형제의 이야기를 다룬 첫 소설 『나와 헨리Me 'n Henry』를 자비출판하면서 도심 관광지구 큰길가에 작은 가게 하나를 임대했다. 그는 아직도 거기서 일한다. 그 이웃에 '디 어더 북 서점The Other Book Bookstore'이 있다. 스완이 두 번째 책을 내고 나서 연 서점이다. 이 서점의 책들은 요즘 들어 그 종류가 더 다양해져서 스완이 쓴 요리책과 어린이들을 위한 그의 이야기 모음집 등도 갖추어놓았다. 책 구색을 제대로 못 갖춘 대신 이 서점에 오는 손님은 마음껏 머물다 가더라도 눈총을 받을 염려가 없다. 거기다 몇 편의 소설을 놓고 그걸 직접 쓴 작가와 이야기를 나눌 수도 있으니 금상첨화가 아닌가.

책 도시

텍사스에 있는 북트업과 웨일스에 있는 헤이온와이라면 책도시book-cities라고 주장할 만하지만 그런 명칭이 너무나 정당한 도시로는 파리가 있다. 파리는 어떤 수식어를 갖다 붙여도 다 통하는 도시이다. 그렇지만 책에 미친 사람의 눈으로 보면 파리는 역사적인 강, 꽉 들어찬 카페들, 장려한 건축이 하나로 어우러진 서점 마을 같아 보일지도 모른다.

파리에는 없는 것 없이 다 있다. 프낙FNAC(프랑스의 간판 대형 서점─옮긴이)을 필두로 한 대형 체인점과 작은 헌책방들이 있으며 그 사이에 온갖 형태의 서점들이 있다. 그러나 내가 가장 감명을 받는 건 국제적인 서점들이 어마어마하게 넓게 펼쳐져 있다는 점이다. 모든 나라의 언어와 문화가 이 한 서점 안에 포섭돼 있는 듯하다. 영국, 미국, 오스트레일리아, 헝가리, 그리스, 이탈리아, 독일, 러시아, 폴란드, 포르투갈, 에스파냐, 라틴아메리카, 아라비아, 인도, 일본, 중국 서점 말이다. 영국인들을 위한 책과 퀘벡 주의 프랑스인을 위한 책을 따로 파는 캐나다 서점이 적어도 두 개는 있으니 말이다. 사실은 그것들도 지금까지 내가 찾아낸 서점에 한정해서 하는 얘기다. 파리에는 영화의 역사에 관한 한 가장 완벽한 컬렉션을 소장하고 있다는 전문서점도 있다. 거기 있는 것을 다 뒤지려면 며칠은 족히 걸릴 정도로 자료가 방대하다고 한다. 그 밖에도 요리 전문서점, 건축 전문서점, 장식미술 전문서점 등 파리에는 없는 게 없다.

영어권 독자들에게는 노트르담 건너편 좌안에 위치한 셰익스피어 앤드 컴퍼니보다 더 좋은 출발점은 없다. 이는 실비아 비치가 운영하던 그 가게가 아니고 그녀의 서점에 경의를 표해 이름만을 물려받은 것이다. 조지 휘트먼(월트 휘트먼의 서출庶出 증손이라고 주장하는 인물이다)은 1951년에 옛날 식료품점 자리에 르 미스트랄Le Mistral이란 이름으로 현재의 서점을 열었다. 서점이 세들어 있는 빌딩은 셰익스피어가 『템페스트』를 썼던 해인 1611년에 지어졌다. 가게는 개점하기 무섭게 국외에서 이주해온 문인들의 소굴이 됐다. 그러다가 60년대 초에 휘트먼은 비치의 가게에 경의를 표하는 뜻에서 서점 이름을 셰익스피어 앤드 컴퍼니로 바꿨다. 오늘날 이 서점의 전면에는 새 책들이 산더미처럼 쌓여 있는데 그 대부분이 파리와 셰익스피어 앤드 컴퍼니에 끈이 닿아 있다는 것 때문에 유명해진 책들, 즉 『율리시즈』와 헤밍웨이, 피츠제럴드, 스타인, 케루악의 책들이다. 이 책들은 미국에서 살 수 있는 최신판본과 다를 게 없지만 센 강변에서 구입했다는 이유로 더 낭만적으로 보일 것이다.

관광객의 구경거리가 된 매장 뒤쪽으로 가면서 가게는(규모는 몰라도 분위기에서만은) 처음의 셰익스피어 앤드 컴퍼니를 닮아가기 시작한다. 전 세계에서 쏟아져 들어온 신간 매대를 거쳐 헌책들이 꽉 들어찬 좁은 복도를 조금 걸어가면 역시 헌책과 낡은 소파, 의자 들로 가득한 작은 침실에 이른다. 이 방 한쪽 구석에서는 눈이 거의 멀다시피 한 조이스가 점잖게 앉아 책을 읽을 생각으로, 우악스러운 헤밍웨이에게 조용히 하라며 집게손가락을 입에 갖다 대는 모습을 쉽게 떠올릴 수 있다. 마치 옛날 가게에 살던 유령들이 이름을 따라서 이곳으로 옮겨온 것 같다. 만약 당신이 여기서 오래 살아야 할 처지라면 틀림없이 후대의 시인 한두 사람은 단돈 몇 프랑만 받고 문학도시 파리를 도보로 관광시켜주겠다며 당신에게 접근해올 것이다. 이곳엔 수많은 유령이 살고 있으니까.

내 첫 소설이 출판됐을 때 나는 마침 파리로 신혼여행을 떠날 예정이던 친구 켄 테일러에게 내 책 한 권을 쥐어주면서 그걸 셰익스피어 앤드 컴퍼니 안으로 몰래 가지고 들어가 서가에 놓아달라고 부탁했다. 몇 년 후 이번엔 나의 신혼여행으로 파리에 간 나는 서가를 찾아보고는 그 책이 없어진 걸 알았다. 여행객이 이곳에 들렀다가 사갔을 수도 있겠지. 아니, 누군가 훔쳐갔다면 그게 훨씬 더 낫지 않을까.

결혼 전 나의 첫 파리 여행은 굉장했지만, 당시 나는 깊은 실의와 절망에 빠져 있었다. 프랑스는 그야말로 허리케인급 강풍에 난

타당하는 중이었다. 어느 비 오는 날 엄습해오는 향수를 달랠 수 있으리라 믿고 나는 셰익스피어 앤드 컴퍼니 서편 거리를 조금 거닐다가 영미문학 도서들을 엄선해 갖추고 있다는 아늑한 빌리지 보이스Village Voice 서점에 발을 들여놓았다. 그날을 포함해서 훨씬 더 행복했던 몇 차례의 출입 이후에 나는 빌리지 보이스야말로 푸근한 안식처임을 깨닫게 되었다. 그 서점은 요즘도 현대 미국 작가들을 초청해서 낭독회를 연다. 비록 출판사가 항공료를 지불하는 건 아니지만 이 낭독회가 어느 작가에게나 여행하는 보람을 선사하는 것만은 확실하다.

그와 똑같은 실의와 절망의 여행길에서 나는 영어를 비롯한 외국어 전문 서점으로서는 유럽 대륙에서 가장 오래됐다는 갈리냐니Galignani를 찾아냈다. 이 서점은 1802년에 창립됐는데 오늘날에는 프랑스어와 영어책들을 구비해 팔고 있다. 한때 유럽 최대의 아케이드였던 건물 처마 밑에 거의 숨겨져 있다시피 한 갈리냐니는 따뜻한 느낌의 목제 서가들, 기다란 회전식 사다리들과 함께 200년의 풍미를 고스란히 간직하고 있는 아름다운 서점이다. 18세기의 대서점은 이래야 한다는, 소위 전형에 아주 근접한 서점이라는 이야기다. 그곳에 들렀던 첫날, 빗속에서 가라앉은 기분을 추스르면서 나는 여행길의 의미 있는 첫 발걸음을 이곳에서 떼었던 영국 작가들을 쉽사리 떠올릴 수 있었다.

파리는 어느 도시 못지않게 속임수를 쓰고 새로운 발견을 거듭하게 하여 쉼없이 나를 놀라게 한다. 한 가지 일을 찾아서 가다보면 반드시 훨씬 더 크고 엄청난 일을 만나게 돼 있다. 신혼여행을 왔을 때 한 달 동안 냄새나는 치즈에 멋진 와인에 박물관, 서점 구경 등으로 돈깨나 쓴 뒤, 줄리와 나는 어느 날 아침 자크 타티의 영화 〈나의 삼촌Mon Oncle〉 포스터 한 장을 구하려고 길을 떠났다. 우리는 카도간Cadogan의 『파리』란 책에서 읽은 적 있는 영화 전문 서점을 찾고 있었지만, 그렇게 쏘다니고도 발견하지 못했다. 그러다가 근래 영화계 사정에 가장 정통할 법한 '리브라리Librarie 1789'란 작은 서점을 우연히 발견했다. 서점 소유주는 콜레트 로예Colette Loyer였다. 그녀가 선정해놓은 책들은 많지 않았지만 독특했고, 실험적인 작업을 하는 현대 프랑스 작가들의 작품이 주류를 이루고 있었다. 파리 어느 곳에서도 보지 못했던 문학 잡지며 그래픽 관련 저널들도 매물로 나와 있었다. 나는 아무것도 찾지 않은 채 1시간쯤 가게 안에 있다가 『칼라마르Calamar』란 서평지 창간호와 사무엘 베케트의 사진만 실린, 옷 주머니에 넣고 다닐 수 있을 만한 크기의 양장본 한 권을 사 들고 그곳을 떠났다. 당시의 파리 여행 이후로 거의 8년이 지났는데도 '리브라리 1789' 서점이 여전히 건재하다는 소식을 전할 수 있어 나도 행복하다.

한 서점을 나와 다른 서점을 향해 가는 중에 혹 책의 광경이 사라지지나 않을까 싶어, 이 멋진 도시 파리는 센 강둑을 따라 크고 작은 고서적상들과 센 강만큼이나 오랜 세월 그 자리를 지켜왔을 법한 초록빛 책 좌판들을 심어놓았다.

토끼가 토끼를 잡아먹는 세계

자녀가 있건 없건 간에 당신이 책에 미친 사람이라면 무슨 일이 있어도 어린이 문학 전문서점 하나는 꼭 알아두어야 한다. 어른들 중에는 때때로 자기도 모르는 사이 단골 서점의 어린이책 코너에 가 있는 경우가 많을 것이다. 친구나 친척에게 줄 선물을 고르기 위해서가 아니라면, 자기 아이들과 함께 가는 경우가 많다. 그러나 순전히 이기적인 동기에서 감히 그곳으로 가는 어른들에게는 놀랄 일들이 기다리고 있다. 오소리, 생쥐, 용, 웜바트, 하늘을 나는 꼬마, 말하는 오징어, 그 밖의 캐릭터들을 그린 수많은 물건들에 둘러싸여 우리는 문득 묻는다. 어른 책들은 어째서 그렇게 재미도 없고, 색깔도 없고, 특징도 없게 만들어놓았느냐고 말이다.

성인 도서를 읽을 때마다 나는 이런 책을 읽는 건 이번이 마지막이라고 다짐하곤 한다. 반면 어린이용 그림책에는 뿌리깊은 중독성이 있다. 내가 스스로 즐길 목적으로 읽었든, 혹은 "다시, 다시" 하는 내 딸의 호된 명령 때문에 읽었든, 나는 지난 몇 년 동안 이런 책을 여러 차례 되풀이해 읽었다. 성인용 소설은 읽는 데 시간이 더 많이 걸리지만 그렇다고 소설을 다시 읽지 않을 이유는 없다. 단지 읽고 싶은 새 책이 너무 많이 쏟아져나오고 있을 따름이다. 새로운 즐거움을 선사하리라는 확신이 드는 책들을 위해 나는 호기심과 에너지를 아껴둔다. 5년 전, 10년 전, 혹은 20년 전에 처음 읽고 좋아했던 소설을 다시 읽는 것은 우리가 어린 시절로부터 얼마나 멀리 떠나왔는지를 가늠하는 일이자 오래전의 내 자아를 찾아가는 길이기도 하다. 어린이책 전문서점은 그런 식으로 머무르기에는 더할 수 없이 좋은 조건을 갖추고 있다. 나는 포크너의 소설뿐 아니라 모리스 센닥의 작품도 다시 뒤적인다.

내가 좋아하는 몇몇 작가는 챕터 북스Chapter Books 서가에서 찾을 수 있다. 소설이 대부분인데 일곱 살부터 열입곱 살까지 읽을 수 있다. 이 책의 작가들은 독자를 실망시키는 일 없이 150쪽에 못 미치는 분량 안에 전체 세상을 그려야 하고, 읽지 않고는 배길 수 없는 흥미진진한 이야기를 짜 넣어야만 한다. 지난 몇 년 동안 십대 후반의 청소년 책과 성인 책 사이의 장벽이 많이 낮아졌다. 꼬마들이나 어른들이나 다들 해리포터 시리즈에 열광한다. 예를 더 들자면 마크 해든Mark Haddon의 『한밤중에 개에게 일어난 사건 *The Curious Incident of the Dog in the Night-Time*』, 필립 풀먼Philip Pullman

의 『황금나침반*His Dark Materials*』 3부작이 있다. 그렇지만 더 어린 독자들을 위한 소설들도 이른바 '정통' 소설들 못지않은 내용과 형식을 갖추고 있다. 성인들을 이쪽 코너로 돌려세우는 로버트 코르미어, 버지니어 해밀턴Virginia Hamilton, 제리 스피넬리Jerry Spinelli, 프란체스카 리아 블록Francesca Lia Block, 루이스 피츠휴Louise Fitzhugh 같은 작가들의 작품은 가장 진지하게 대접 받는 성인 소설과 똑같이 읽힐 뿐 아니라 상찬을 받아 마땅하다. 만약 당신이 이 섹션에서 책을 사기가 난처하다 싶으면 서점 직원에게 조카에게 선물할 책이라고 꾸며대면 된다.

하지만 어린이책 전문서점에서 픽션만 내놓는 것은 아니다. 업스타트 크로의 어린이책 전문가인 조앤 킹 젠킨스는 언젠가 어린이용 논픽션 도서가 어른에게도 상당히 유용하다고 귀띔해주었다. 만약 당신이 고고학에 관심이 있지만 그것에 대해 아는 게 별로 없을 때, 세계적인 학자가 쓴 결정판 텍스트를 읽겠다고 다짐한다고 해서 꼭 뜻대로 되는 것은 아니다. 오히려 귀찮고 번거로운 일이 될 수도 있다. 그 주제를 아주 충실하게 다룬 어린이책은 좋은 출발점이 될 수 있다. 왜냐하면 어린이책은 세심하게 주제의 윤곽들을 드러내고 유익한 실례를 제공하며 쉽고 상세하게 설명해주기 때문이다. 그 책을 읽으며 자신감을 얻고 같은 주제를 다룬 더 복잡한 책들로 옮겨갈 수가 있는 것이다. 예를 들면 『돌레르의 그리스 신화*D'Aulaire's Book of Greek Myths*』를 먼저 읽고 로버트 그레이브스Robert Graves(영국의 시인이자 비평가. 소설인『나는 황제 클라우디우스다』로 일약 유명해졌으며, 이 작품으로 호손문학상을 수상했다. 이것은 두 번째 소설인『신神 클라우디우스Claudius the God』와 함께 로마 시대의 호화스런 생활을 그린 특이한 역사소설이다―옮긴이)로 옮겨가는 식이다. 그 신화 이야기의 어린이책 버전은 황홀할 정도로 재미있다.

어린이책 전문서점들 대부분은 책을 판매할 뿐만 아니라 여러 학교(우리는 그들에게 돈이 필요하다는 걸 알고 있다)에 수익을 돌려주는 도서전에도 적극 참여하여 저자며 삽화가 들을 어린 팬들에게 연결시켜준다. 산호세에 있는 히클비Hicklebee's 서점은 실내 장식이 화려한 것으로 유명하다. 거기엔『잘 자요 달님Goodnight Moon』에 나오는 대분장실great green room을 버니 사이즈로 축소한 복제품, 다른 책들에 나오는 갖가지 물건과 캐릭터를 담아놓은 상자들, 수백 매의 삽화와 서점을 방문한 저자들이 남긴 자필 서명과 글 들(어떤 것들은 벽과 문기둥에도 붙어 있다)로 가득하다. 정말 완전하고도 관심과 재미를 불러일으키는 세상이다. 딸과 함께 히클비에 가는 나들이를 최고로 친다면, 두 번째로 좋은 나들이 길은 혼자 가는 것이다.

미네소타 주 세인트폴에 있는 레드 벌룬 북숍The Red Balloon Bookshop은 아이디어가 넘치고 문학작품에 해박한 직원들, 길을 잃고 헤매기 십상인 수많은 구석방 등이 히클비와 아주 비슷한 느낌을 주는 서점이다. 그들이 여기서 이루어놓은 것, 그러면서도 내가 다른 어린이책 서점에서는 본 적이 없는 게 있다면 그것은 바로 특허를 받아 마땅한 교차 마케팅이다. 이 서점 출입문 가까이에는 성인용 책, 그러니까 엄마, 아빠를 위한 소설과 논픽션을 올려놓은 나지막한 서가가 하나 있어 식구들이 기분 좋게 서점을 나설 수 있다. 이곳은 또 원하는 만큼 오랫동안 머물 수도 있다. 원스톱 쇼핑을 할 수 있는 곳이니까.

비행기를 갈아탈 때의 막간 독서

어딘가로 비행기 여행을 할 때면 나는 서점 게임을 즐긴다. 언제나 책 서너 권은 여행가방에 넣고, 한 권은 반드시 손에 쥔 채 여행을 한다. 여행가방을 챙긴 다음에는 공항 서점에 들르기에 충분한 시간을 두고 공항에 도착한다. 게임이라 함은 내가 읽고 싶은 책을 공항 서점에서 찾아내는 것이다. 내가 성인이 되어 처음으로 비행기 여행을 시작했을 때만 해도 공항 서점은 정식 서점이라기보다 잡지, 담배, 과자, 기침약과 아스피린, 기념품 눈장갑과 재떨이, 싸구려 인형 몇 개, 보급형 페이퍼백 따위를 파는 신문판매점이나 편의점에 더 가까웠다. 따분한 기내 여행을 견디려면 보통은 로맨스, 스파이 스릴러, 공상과학 소설 같은 흥미 위주의 책을 집어 들게 마련이다. 아니나 다를까, 선반 맨 끄트머리 쪽에는 예외없이 싸구려 표지에 벌거벗다시피 한 모델 사진이 실린 '에로티카' 소설들이 꽂혀 있었다. 이런 책들은 성에 관심이 많은 여승무원과 항공기 조종사 들 사이에서 의외로 많이 읽혔다. 서점의 대중서들 속에서 나는 조금이라도 더 문학적인 것들을 찾으려 애쓰곤 했다. 그러다가 심심치 않게 업다이크 소설 한두 권, 심지어 보네거트의 책 그리고 문학적이면서 대중적인 호소력을 갖춘 다른 저자의 책도 함께 찾아내곤 했다. 오래전 공항 서점에서 우연히 만난 책 중에서도 가장 흥미로웠던 것은 코요테 트릭스터 Coyote Trickster의 민담집이었다. 나는 지금까지도 그 책이 어떻게 해서 거기 『전투부대』와 『시카고에서의 뜨거운 정사』 같은 책 사이에 꽂혀 있을 수 있었는지 알 수가 없다.

고맙게도 요즈음에는 조금 규모가 큰 공항 서점이면 어디나 사람들의 구매욕을 자극하는 엄선된 양장본과 보급용 페이퍼백, 고전과 신간, 어린이책, 골프 책, 항공의 역사에 관한 책, 지역 여행과 역사 안내서, 비즈니스 관련 도서 등을 갖추고 있다. 에로소설이 있던 자리는 헨리 제임스의 단편소설들이 차지했다.

모든 여행은 내게는 좋아하는 서점을 방문하고 새 서점을 찾아내는 구실이 되어주었다. 나는 1년에 적어도 한 번씩 사우스해들리라는 동부 지역을 찾아가 내가 좋아하는 서점 몇 곳을 들러본다. 그중에서도 점원들의 추천작과 독서 소감을 확인하기 위해서라도 오디세이 서점Odyssey Bookshop은 반드시 들렀다. 그곳에 들를 때면, 헌책을 엄선해 파는 근처 작은 커피숍에도 들러서 몇 권을 구입해 오곤 했다. 노스캐롤라이나의 애시빌Asheville 서점 나들이는 그 서점이 옮겨간 말라프로프Malaprop의 다운타운을 들러야 비로소 완성된다. 비록 바닥이 움푹 꺼진 예전 서점의 뒤뜰 현관이 그립기는 하지만, 그들은 새로 옮겨간 장소에서도 예전처럼 편안한 분위기를 그럭저럭 유지하고 있다. 나는 최근에 버몬트 주의 몽펠리에에서 지난 20년 동안 한 번도 들어가본 적이 없는 베어 폰드 북스Bear Pond Books란 서점을 방문했다. 베어 폰드 북스는 사실 서점 위치를 거리 건너편 쪽으로 옮겼음에도 불구하고, 짙은 색깔의 목제 서가들이 가득 들어찬 모습이며 전체적인 분위기가 내가 처음 들렀을 때와 하나도 달라진 게 없어 보인다. '베어 폰드' 하면 제일 먼저 떠오르는 것이 정문 쪽에 걸린 두 개의 간판인데 둘 다 상대쪽을 가리키는 화살 형상이었다. 간판 하나는 사실Facts을, 또다른 하나는 진실Truth을 의미한다고 했다. 그렇다면 어느 쪽이 픽션이고 어느 쪽이 실용인가. 그건 여러분의 상상에 맡기겠다.

그런가 하면 퀘백 주 몬트리올 시에는 더블 후크Double Hook 서점이란 데가 있다. 더블 후크 서점은 영어로 저술된(캐나다 안에서 영어를 제1언어로 사용하는 작가들의 작품) 캐나다 문학작품만을 취급하는 전문 매장이다. 외국에 있으면서도 그 나라에서 출판된 책을 문제없이 술술 읽을 수 있다는 장점이 있다. 나는 더블 후크 서점이나 그 비슷한 서점이라면 반드시 작은 책 꾸러미라도 하나 챙겨야 자리를 뜰 수가 있다. 그런데 아아 이걸 또 어쩌나. 지금 막 알게 된 사실이지만 더블 후크가 곧 문을 닫게 된다니. 내가 그렇게 하는 이유는 샌프란시스코에 있는 다른 서점에서 똑같은 책들을 구할 수 없어서가 아니다. 사실 컴퓨터 앞에 앉기만 하면 무슨 책이든 구할 수 있는 세상이 아닌가. 그렇다고 티셔츠에 상당하는 여행 기념품으로 책을 사야겠다는 충동이 일어서도 아니다. 내가 여행을 하면서 책을 사는 이유는 그때그때 찾아가는 서점들이 구비해놓은 도서들이 나를 놀라게 하기 때문이다. 브라질 작가인 모아시르 쉴리어Moacyr Scliar의 새 소설은 내가 사는 동네 서점에도 있을 테고, 혹 아마존닷컴에서는 더 쌀지도 모르지만, 나는 이상하게도 그 책을 본 적이 없다. 그러나 내가 미시시피 주 옥스퍼드의 스퀘어 북스Square Books에 들렀다 치고, 서점 직원이 그 책을 읽은 적이 있다거나 단순히 표지를 맘에 들어했다면 아마도 그 책은 매대에 진열되어 곧바로 내 눈에 띄었을 것이다.

모든 서점은 저마다 고유의 즐거움을 지니고 있다. 그런 즐거움은 아무리 많이 만끽해도 지나침이 없는 것이다. 다만 그 많은 서점들에서 구입한 책들을 여행가방에 한데 쑤셔넣을 생각에 이르면 난감해지기는 하지만 말이다.

특이한 서점

도저히 서점이라고 말하기 어려운 서점들을 생각해보자. 카페나 레스토랑을 겸업하는 서점도 많지만 서점은 이러저러해야 한다는 우리의 기존 관념을 확 깨는 조합 형태의 서점도 있다. 그 얘기 해보겠다.

서점은 목만 좋으면 장사는 떼어놓은 당상이다. 샌프란시스코만 한가운데에서 이 도시와 금문교를 바라보고 있는 알카트라즈섬의 서점은 이 연방공원을 지원하고 관광객들에게 섬의 역사를 알리는 일을 돕고 있다. 이 서점에서 가장 잘 팔리는 책들은 이 감옥의 죄수, 교도관과 그 가족들이 쓴 회고록이다. 최고 흉악범들이 끌려와 형기에 따라 수감생활을 하는데, 바로 그 엄혹한 생활상을 세세히 반추하는 내용으로 구성되어 있다. 이 서점의 책은 종류는 제한돼 있지만 판매량은 근처 관광명소에 비해 훨씬 많다. 책을 구입하지 않더라도 거기서 바라다 보이는 도시 풍경, 서점의 인상적인 돌담들은 그 자체로 이야깃거리가 된다.

샌프란시스코에서 남쪽으로 30여 킬로미터 떨어진 해안 마을에는 오로지 주인 기분에 따라 생겨난 베이 북 앤드 타바코Bay Book and Tobacco란 조합형 서점이 있다. 여기에는 세계적인 SF 서적 코너가 있는데, 또 한편 시가와 파이프 담배를 완벽하게 보관해놓은 담배저장고도 있다. 군이 공상과학 서적과 담배를 한데 묶어놓은 이유를 이해할 수는 없지만 어쨌거나 서점은 탈 없이 운영되고는 있다. 파이프와 시가는 책만큼이나 소비가 느리고, 또 책처럼 명상적이면서도 열렬한 데가 있다. 비록 당신이 파이프를 피우지 않는다 해도, 서점을 꽉 채우고 있는 그 비슷한 숲의 내음과 체리향을 느낄 수 있을 것이다.

캘리포니아 북부 레드우드(미국 삼나무) 산림지대의 가버빌Garberville 마을에는 헌책방과 문신 가게가 결합된 독특한 가게가 있다. 그 가게에 대한 애기는 몇 년 전부터 들어 알고 있었는데, 어느 날엔가 궁금증을 이기지 못하고 결국 그곳에 발을 들여놓고 말았다. 책들이 줄줄이 늘어선 서점 안쪽에서 날카로운 기계음이 들려왔다. 문신 부스 쪽으로 가까이 다가간 나는 부드러운 손길로 어느 여자의 어깨에 장미를 그리고 있는 낯익은 얼굴을 발견했다. 그 문신 기술자와 나는 팔로알토의 프린터스 서점에서 함께 일한 적이 있었는데 그녀가 시작했다는 최신 사업이라는 게 바로 이거였다. 우리는 신이 나서 한참이나 시간 가는 줄 모르고 담소를 나누었으나 그 탓에 처음으로 문신을 해볼 수 있는 기회를 놓쳐버렸다. 유감스럽게도 그 가게 이름이 떠오르질 않는다. 뭐라더라? 잉크 앤드 잉크Ink and Ink였나?

나는 서점과 레코드 가게가 결합된 형태를 좋아한다. 세상엔 그런 가게가 꽤 많지만 항상 볼륨을 낮춰놓고 너무 점잔을 떠는 경향이 있다. 나는 레코드점 분위기가 서점에 은근히 스며들 때가 가장 좋다. 타워 레코드는 CD매장 안에 작은 서점을 마련해놓았다. 그곳은 떠들썩할 뿐 아니라 시각적으로도 요란해서 사방에 포스터가 나붙어 있고 요란한 빛깔들로 번쩍인다. CD매장 분위기는 어김없이 서점 쪽에 전염된다. 서가들은 꽉 차서 어지럽고, 매장 창고에는 판촉물과 재고가 정글을 이루고 있다. 매장 음악은 시끄럽고 어울리지도 않으며(불평하는 건 아니다. 점원들 취향은 로큰롤임에 틀림없다) 당연히 책을 찾을 때도 정신이 하나도 없다. 이 타워 레코드 책가게는 CD매장처럼 1년 365일 오전 9시부터 자정까지 문을 열어놓는다.

어디에도 없는 서점

나는 운 좋게도 혁명이 일어난 지 겨우 한 달밖에 안 된 1990년

겨울에 프라하를 방문하게 되었다. 내가 그곳에 간 데는 다른 이유도 있었지만 카프카, 쿤데라, 클리마Ivan Klima의 저작을 통해 알게 된 도시를 두 발로 직접 밟아보고 싶다는 마음이 컸다. 거기다 얼마간은 돈키호테적이고 건방져 보일지 모를 사명감이 있었다. 그곳 체코에서는 정작 자기네 작가들의 작품을 오랫동안 접하지 못했으니, 몇십 년간 계속된 호된 검열제도에서 해방된 프라하 사람들은 손에 넣을 수 있는 책이라면 뭐든 쌍수를 들고 환호하리라는 것을 나는 잘 알고 있었다. 그래서 카프카와 쿤데라의 영문 번역서들을 커다란 여행가방에 절반가량 채운 뒤 그 책들을 프라하 시내 서점들의 서가 위에 몰래 가져다놓았던 것이다.

같은 여행길의 어느 늦은 오후, 나는 연이은 손짓에 이끌려 프라하 변두리에 있는 한 가게로 들어갔다. 알고 보니 그곳은 가게가 아니라 갤러리였는데, 손바닥만한 미니어처 도서들을 모아놓은 곳이었다. 이 책들은 손으로 직접 가죽장정을 했고, 표지마다 독특한 형태로 압형押形 장식이 돼 있었다. 구비해놓은 도서들은 네루다에서 톨스토이에 이르기까지 아주 폭넓고 다양했다. 나는 당시 세상에 필요한 건 미니어처 도서점이 아닐까 하는 생각을 했다(아주 작은 서점이 아니라 미니어처 책들을 취급하는 서점 말이다). 물론 그건 작은 가게여야겠지만 보유하는 타이틀의 양은 아주 방대해서 키츠의 송시頌詩부터 프루스트의 『잃어버린 시간을 찾아서』 완간본(미니어처로 800권쯤 되는 분량)에 이르기까지 거의 모든 책을 살 수 있는 곳이다.

그때 이후로 나는 세상에 존재하지 않지만 꼭 있어야 할 서점들을 상상해보려고 애썼다. 만약 미니어처 책 가게라면, 분명 당신이 원했던 책의 탁상용 판형들을 적당한 가격에 살 수 있을 것이다. 그림책 가게Illustrated Store에서는 당신이 좋아하는 책, 신간, 고전은 물론이고 도판이며 삽화가 듬뿍 들어간 책들을 싼값에 살 수 있을 것이다. 요리책, 경제경영서들이 그렇고 IT 서적들도 마찬가지다. 요는 모든 책을 감각적으로 꾀어 들일 수 있게 만들자는 것이다.

이탈로 칼비노는 소설 『한겨울 밤의 여행자If on a Winter's Night a Traveler』에서 서점의 풍성함을 조금은 선동적인 어투로 이렇게 묘사했다.

당신이 읽어본 적 없는 책들, 당신에게는
필요 없는 책들, 독서 외의 다른 목적들을 위해
만들어진 책들, 쓰이기 전에 읽는 책들의
범주에 속하기 때문에 당신이 미처 책장을 펴기도
전에 읽어버린 책들, 당신에게 생명이 더 있다면
분명 읽겠지만 불행히도 당신의 여생이 얼마 남지 않아
읽을 수 없는 책들, 당신이 꼭 읽어야 하지만 먼저
읽어야 할 다른 책들이 있어 읽을 수 없는 책들,

지금은 너무 비싸 재고본이 될 때까지 기다려야 할 책들,

훗날 똑같은 내용으로 페이퍼백이 나올 책들,

누구에게선가 빌려볼 수 있는 책들,

모든 사람이 읽었다 하는 탓에

당신도 언젠가 읽은 것 같은 책들

칼비노는 1985년에 별세했는데 집필을 계획하고 있던 책 15종의 리스트를 남겼다. 나는 칼비노 북스Calvino Books가 파리에서 문을 여는 것이 차라리 잘된 일이라고 생각했다. 파리는 그가 상상할 수 없는 책을 상상하는 친구이자 울리포Oulipo('잠재적 문학작업장'의 약자로 문학과 수학을 접목하려 한 프랑스의 문학운동단체이다. 1960년 작가 레몽 크노Raymond Queneau와 수학자 프랑수아르 리요네François Le Lionnais에 의해 창설된 이후 지금도 여전히 활동하고 있다. 울리포 회원들은 울리피앙oulipien이라 불리는데 이들은 모두 특이한 형식, 말장난, 수학공식, 복잡한 틀 등을 적용한 문학작품을 즐겨 쓴다. 그들은 이러한 구속이 상상력을 더욱더 자극한다고 생각하며, 형식의 제한을 받지만 내용은 충실한 글쓰기를 문학적 도전으로 삼는다—옮긴이) 작가들과 여러 해를 보낸 곳이기 때문이다. 칼비노 북스는 칼비노가 집필할 기회를 얻지 못했던 책들이 일반 판형, 미니어처, 폴리오(2절판 크기의 책 가운데 제일 큰 것—옮긴이), 일러스트 판으로 제본되어 완벽하게 소장돼 있다. 또 당

신이 좋아하는 작고한 작가들, 그리고 그들이 미처 끝낼 수 없었던 책들을 한데 모아놓은 별도의 코너도 찾아볼 수 있을 것이다. 그 서점에는 그런 책들이 매주 새로 들어온다.

　오늘날 파리에는 'Introuvable', 문자 그대로 '찾을 수 없는 책'이란 멋진 이름이 붙은 서점이 있다. 내 머릿속의 완벽한 서점 도시에서 상상할 수 있는 마지막 서점은 결국은 '다른 곳에서는 찾을 수 없는 책'을 갖춘 서점일 것이다. 즉, 당신이 어릴 때 가졌던 작은 자줏빛 귀신에 관한 책에서부터 세금 가이드서에 이르기까지, 당신이 지금까지 찾아왔던 모든 책을 갖춘 서점 말이다. 그러나 당신은 이 세상에 존재할 수 있는 책을 가능한 모두 상상해본 뒤에야 비로소 '찾을 수 없는 책'을 찾게 될 것이다. 다시 말해 당신은 희망을 완전히 버렸을 때만 '찾을 수 없는 책'을 발견할 수 있는 것이다.

10장

사람과 사람을 이어주는 행복한 서점

에거스와 그 비슷한 사람들은 문제가 되는 책들에 초점을 맞추는 쪽을 선택해,

기꺼이 마음을 줄 독자들에게 그 책들을 팔려고 했다.

그는 세계를 접수하려고 하지 않고

그저 자기의 열정을 따라가고 있었던 것이다.

10장

사람과 사람을 이어주는
행복한 서점

　3000년이란 세월 동안 기술적·문화적 발전에 순응하고, 또 그 발전의 가속에 일조하면서 건실하게 성장해온 서점이 1990년대 들어서는 갑작스럽게 몰락하는 것처럼 보였다. 좀더 규모가 큰 서점 체인들은 활발하게 세를 확장해갔지만 독립서점들은 자취도 없이 증발해버리는 듯했다. 인터넷 상거래가 전통적인 굴뚝산업의 경쟁력을 완화해버릴 것처럼 기세를 올리던 바로 그 10년 동안에 미국 내 독립서점의 3분의 2가 문을 닫았다. 최근 들어 책에 대한 우리의 인식, 책을 살 수 있는 장소에 대한 우리의 관념에 도전장을 내미는 존재들이 생겨났는데 그중에서도 특히 두드러진 것이 전자책, 주문형 도서POD, 홈쇼핑과 대형 할인매장이다. 재난에 가까운 이 도전자들을 바라보면서, 특히 편을 갈라 진행되는 체인점 대 독립서점들의 논쟁을 바라보고 있자면, 나는 오랜 서점

의 역사와 느릿느릿 진행돼온 형태상의 진화, 교체되는 와중의 조용한 저항 따위를 기억하는 것이 중요하다고 생각한다.

서점은 죽어가고 있나? 우리 모두가 스티븐 킹의 새 온라인 소설을 훑어라도 볼 수 있도록 컴퓨터광이 돼야 할까? 2004년에 책이 20억 부 가까이 팔려나간 것을 보면, 출판업이 예전보다 더 건실해진 것은 아닌지 모르겠다.

반갑고도 고무적인 소식은 지난 5년 동안 독립서점을 통한 구매가 꾸준히 유지되어 약 15퍼센트의 시장 점유율을 보였다는 것, 또 독립서점들의 대량 폐점 사태가 진정되었으며, 남아 있는 독립서점들도 전보다는 사정이 더 나아졌다는 것이다. 물론 나쁜 소식들도 있다. 독립서점과 체인점을 합친 서점의 총 시장 점유율이 1995년의 50퍼센트에서 2004년에는 약 35퍼센트로 계속 떨어지고 있다는 것이다. 인터넷서점이 매년 매출을 늘려가면서 전체 책 판매의 10퍼센트가량을 떠맡고 있다. 그 결과 시장에서 대형 상거래업자, 즉 프라이스클럽, 코스트코, 월마트 같은 대형 할인 매장, 특히 어린이책 전문 대형매점이 가장 큰 타격을 받았다. 예약도서클럽Subscription book clubs, 쇼핑몰, 그 밖의 특별도서 매장들 역시 매출량을 늘리면서 서점의 시장점유율을 갉아먹고 있다.

저쪽에 아직도 1톤의 책이 있고, 우리는 단지 다른 방법으로 그것들을 사고 있을 따름이다. 21세기 초에 세상이 엄청나게 달라졌다는 걸 우리는 잘 알고 있으며 따라서 잃어버린 것을 슬퍼하는 게 무슨 대단한 의미가 있는 것은 아니다. 그러나 당장 눈앞에 펼쳐지고 있는 새 현상에만 초점을 맞추는 것은 옹졸하기 짝이 없는 짓이다. 우리는 근근이 견디어가는 것들을 잊어버려선 안 된다. 서점은 컴퓨터와 창고형 매장들이 아직은 자신을 완전히 대체해버리진 못했다는 점에서, 우리의 애정이 자기 것이라고 주장하고 있는 것이다.

  인터넷 혁명이 제시하는 많은 약속처럼, 전자책도 닷컴 거품이 사그라들자 어디선지도 모르게 갑작스럽게 튀어나온 또다른 개념들과 함께 금세 죽어버린 듯했다. 전자책은 한 번에 한 권 이상의 책을 내려받을 수 있고, 또 일일이 페이지를 넘겨야 하는 번거로움에서 해방시켜주는 간편한 고안물이다. DVD와 마찬가지로 전자책에도 비평, 색인, 저자 약력, 시각 보조기재, 작업 시트 등이 담길 수 있다. 전자책이 내건 약속 중에서도 가장 중요한 것은 곧 서점은 사라지게 될 것이고, 출판업도 종이를 전혀 쓰지 않는 산업이 되어 간접비, 노동력, 화물운송 따위가 아예 사라지리라는 전망이다. 오, 멋진 신세계여. 당신은 평소 애용하는 웹사이트로 간다. 돈을 지불하고 당신이 고른 것을 내려받는다. 그런 다음 누군가 당신 뒤를 이어 당신이 좋아하는 전자의자에 웅크리고 앉는다.

출판인들은 전자책에 많은 돈을 쏟아 부었지만 독자들은 이 기술의 매력에 저항감을 느끼고 있고 종이책을 뛰어넘는 즉각적인 이점을 발견하지 못하고 있다. 이 저항감은 컴퓨터 화면으로 책을 읽는 것은 별로 재미가 없을 거라는 예상에 집중되고 있다. 초기의 전자책 화면은 눈이 견뎌내기 어려울 정도였기에 크게 사람들의 관심을 끌지 못했다. 제조업체들은 글래어glare(화면의 광채 — 옮긴이)를 누그러뜨린 화면을 개발하기 위해 노력을 기울여왔다. 어떤 회사들은 브라유 점자책을 손안에 넣을 만큼 소형화하는 기술을 사용해, 프린트가 조금 솟아올라 3차원의 입체감을 주는, 다시 말해 촉감이 살아 있는 듯한 화면을 개발했다. 자, 컴퓨터 기술을 놓고 볼 때 이것은 선의를 활용한 셈이다. 만약 앞을 볼 수 없게 된 독자들이 돈 들이지 않고 책에 다가갈 수 있다면 그것이야말로 세상을 이롭게 하는 일이 아닌가.

제1차 인터넷 골드러시가 실패로 돌아가자 어떤 전자책 회사들은 완전히 망해버렸고, 적지않은 회사들이 사업을 접고 돌아섰다. 마지막 한두 해 동안 전자책 산업에는 잠시나마 새로운 투자의 기운이 엿보이는 듯도 했다. 현재 입수할 수 있는 전자책은 5만 권이 넘는다. 의미 없는 숫자라고는 할 수 없지만 종이책에 비하면 하잘 것 없는 수준이다. 소비자의 저항감이 아직도 강력하고, 우리가 그 전자의자에 올라앉을 준비가 미처 안 돼 있는지는 모르지만, 우리의 출판 문화 속에는 전자책이 꼭 필요한 자리가 있다. 많은 전문인들에게 절대적으로 필요한 기술적, 학술적 저작물들은 엄청나게 비싸 출판이 어려운 경우가 많다. 그러나 똑같은 내용의 의료 매뉴얼, 종합사전, 어느 분야의 최신 성과를 주로 다루는 저널이 전자책 버전으로는 훨씬 싼값으로 즉시 업데이트되어 나올 수 있는 것이다.

여전히 일반 독자들은 종이에 인쇄되는 책의 융통성과 내구성, 조용히 오감을 자극하는 고유의 느낌을 원한다. 간단히 테스트해보면 이렇다. 거리의 자동차, 버스, 비행기를 둘러보고 그 안에서 당신이 볼 수 있는 전자책이 얼마나 되는지 세어보라. 거의 없다. 우리는 아직도 페이지를 넘길 때 나는 그 조용한 버석거림을 좋아한다. 대체 어떻게 전자책 갈피 사이에 들꽃 한 송이를 끼워 눌러놓을 수 있겠는가.

전자책에 이은 또다른 경쟁자는 바로 주문형 도서이다. 이 기술만 있으면 어느 때고 책을 출간할 준비를 해놓은 셈이지만, 매쇄 500부, 5000부, 50만 부씩 인쇄할 수 있는 것은 아니고 단지 고객의 주문에 따를 뿐이다. 표지를 포함하여 책의 전체 텍스트는 컴퓨터에 내장된 채로 존재하며 오직 복제가 필요할 때만 불러내어 정확한 부수를 인쇄한다. 만약 고객이 POD 타이틀 한 부만을 주문하면 인쇄에 걸리는 시간은 단 2분이다. POD 타이틀의 소매가는(비록 기술이 향상되면서 값도 더 내려가는 듯하나) 전통적인 책보다는 조금 더 높은 편이다. 전자책처럼 이 주문인쇄 방식은 소량이 필요한 경우에는 획기적으로 비용을 줄일 수 있다. 그것은 또한 출판인이 맞닥뜨릴 수 있는 위험요소들을 제거할 수도 있다. 즉, 그 책을 원하는 8319명의 고객이 구입할 것이고, 당신의 지역 서점에는 팔다 남은 책은 단 한 권도 남지 않을 것이다.

POD 책의 한 가지 문제점은 가격을 낮추기 위해서 서점에 제시하는 할인율을 20퍼센트 선으로 묶어놓아야 한다는 것이다. 이는 서점들이 보통 최소 40퍼센트의 할인을 요구하고 있음을 고려할 때 받아들이기 어려운 조건이라고 할 수 있다. 또하나의 문제점은(지금도 여전히 문제가 되고 있지만) POD 기술이 일차적으로 페이퍼백에만 한정된다는 것이다. 양장본과 일러스트 책은 이 방식으로는 값싸고 효율적으로 인쇄하기 어렵다.

POD를 옹호하는 사람들이 미래의 서점에 대해 내놓는 비전을 보면 사진 복사점과 비슷하다. 계산대 하나에 컴퓨터 몇 대가 있을 뿐 훑어볼 책은 단 한 권도 없다. 대신 컴퓨터 화면의 메뉴에서 책을 고르고, 포인트를 사용해 주문한 다음 수령증을 들고 번호가 불리기를 기다린다. 칼스 주니어Carl's Jr. 햄버거집에서 세트 메뉴를 주문하는 것과 똑같은 방식이다. 나 같은 탐서가에게는 소름 끼치는 광경이지만 전혀 불가능한 것도 아니고 얼마간 이익도 날 것이다. 만약 POD 기술이 시장에서 자리잡는다면, 그것은 당신이 좋아하는 것을 주문할 수 있는 키오스크 서점이 될 것이다. 그러나 한 점 흐트러짐 없이 깔끔히 정돈된 서점이 무에 그리 좋겠는가? 책을 둘러보고 돌아다닐 수 없다면 그런 서점이 뭐 그리 좋겠는가?

나도 인터넷 서점에서 책을 산 적이 있다. 신간들도 마찬가지다. 많지는 않지만 죄의식을 느끼게 하기에는 충분한 수량이었다. 나는 속죄하는 마음으로 먼저 인터넷에서 책을 찾아 오프라인 서점에 주문하면서, 아마존닷컴과 그 밖의 다른 인터넷 서점에서 자주 정보를 얻어왔다는 것 또한 인정한다.

아마존닷컴과 다른 전자상거래 업체들이 처음 출현했을 때 그건 기적이나 다름없어 보였다. 포인트와 클릭으로 집에서 주문을 하고 이틀 후에 우체국, 유피에스, 페덱스 가운데 가장 저렴하거나 신속한 업체에서 정성껏 물건을 배송해준다. 에세이스트인 맬컴 글래드웰Malcolm Gladwell이 『뉴요커』에서 지적했듯이 전자상거래의 기적은 팝업창의 발명보다 도로정지에 쓰이는 단순 장비에 더 신세를 지고 있는지도 모른다. 이는 웨건 뒤에 끌려가면서 지면을 볼록하게, 즉 차도의 가운데 부분을 더 높게 만들어줌으로써 빗물이 바로 흘러내릴 수 있게 하고 마차가 수렁에 빠져버리는 일이 없도록 해주었다. 이 기계는 이 나라 농촌지역들을 더욱 효율적으로 연결시켜주는 소포우편의 등장과 함께 세상에 나왔다. 시어즈 로벅, 몽고메리 워드, 그 밖의 다른 업체들을 통한 카탈로그 판매로, 최신 패션 상품과 편의 제품들이 도심에 사는 고객들에게 팔려 나갈 수 있는 길이 열렸다.

기적에 대해서 이야기해보자. 당신은 시어즈 로벅에서 온전한 집 한 채를 부품 상태로 살 수 있다. 그런 다음 소포로 그 부품일체가 도착하면 당신 터에 바로 집을 조립해 올릴 수 있을 것이다. 1980년대에 카탈로그 판매의 성장(L. L. 빈, 랜즈 엔드 등)은 전자 콜센터인 800번과 유피에스의 사세 확장에 힘입어 크게 촉진되었다. 전자상거래를 가능하게 한 동인은 100년 전에 이미 싹이 트고 있었다. 큰 틀에서 보면 우리는 인터넷 상거래라는 것이 카탈로그 판매를 확장해놓은 것에 지나지 않음을 알 수 있다.

전자상거래의 진짜 문제점은 사업모델이었다. 많은 인터넷 소매업자들이 고객을 끌어들일 목적으로 수익을 전혀 고려하지 않은 사업모델을 세워놓고, 자기네 물건을 터무니없는 할인가에 판매했다. 아마존닷컴과 다른 전자책 업체들이 이런 움직임을 주도했다. 이런 수익 제로 모델의 아이디어는 지금은 아무 생각 말고 무조건 싸게 팔자, 그렇게 해서 손님을 낚은 다음 수익에 대해서는 나중에 걱정하자는 식이었다. 만약 당신이 운용할 벤처 주식이 크게 뛴 상태이고, 주요 관심사가 보유주식의 가격이라면 그런 생각도 나쁘지는 않다. 하지만 당신이 똑같은 모델을 굴려보려는 소규모 서점주라면, 출판사 측에서는 곧장 당신과 거래를 끊어버릴 것이고 가게 주인 또한 당신을 대하는 태도가 조금은 퉁명스러워질 것이다. 많은 서점들이 엄청나게 불리한 처지에서 사업을 하면서 온라인서점과의 경쟁에 괴로워한다는 것은 어쨌거나 불행한 일이다.

인터넷 사업 모델의 전반적인 결점은, 인터넷이 너무나 재미있고 빠르며 효율적이기 때문에 소비자들이 모든 시간과 관심을 컴퓨터 화면으로 옮길 거라는 전제에 의존해 바깥 세상과 그 세상의 느림을 애써 외면하고 있다는 것이다. 1990년대 후반의 인터넷 거품의 붕괴는 우리가 포인트와 클릭보다 중요한 일을 찾아낸 데 어느 정도는 기인한다고 본다. 우리는 햇빛 속으로, 혹은 안개 속으로, 혹은 빗속으로 외출하는 것을 여전히 즐기고 있었다. 컴퓨터 화면만으로는 살아갈 수가 없었던 것이다.

그렇지만 아마존닷컴과 비슷한 다른 사이트들이 쓸모없다는 얘기는 아니다. 단지 전자상거래의 성장으로 독립서점들의 생존 자체가 뉴스거리가 됐고, 우리 또한 오랫동안 당연한 것으로 여겨왔던 것을 하나의 문화로 평가하기 시작했던 것이다.

인터넷서점들은 멀리 떨어진 벽지 농촌에 실로 가치 있는 서비스를 제공해왔다. 내 친구인 한 여류시인은 오하이오의 자그마한 농장에서 살고 있는데 그녀는 책을 아주 많이 읽는 사람이다. 팸Pam이 괜찮은 서점을 찾는 게 꼭 불가능한 것만은 아니나 그녀는 이제 필요한 책을 웹사이트에 주문할 수 있다. 팸과 우리에게는 전국적인 배본망을 확보하느라 고전을 면치 못했던 영세 출판사들에서 책을 찾아 구매하는 쪽이 훨씬 더 쉬운 일이기도 하다. 인터넷 덕분에 이제 모든 책은 전국적인, 더 나아가서는 국제적인 배본망을 갖추게 되었다.

인터넷은 또한 헌책방에도 혜택을 준다는 사실이 입증됐다. 에이브북스닷컴abebooks.com 같은 사이트들을 통해서 전 세계의 헌책 판매상들은 단일시장 안에 자기네 재고서적들을 전시할 수 있다. 헌책들은 대량으로 거래되거나, 생산자에게 주문할 수 있는 것이 아니기 때문에, 이들 서점과 그들만의 재고 장서를 원거리 고객들과 연결하는 능력이 결국 새로운 시장을 창출해낸 것이다.

그러나 인터넷서점에도 불편한 점이 없지는 않다. 어떤 사이트에서는 당신이 흥미로워하는 책의 한 챕터를 읽을 수도 있지만 대개는 책 이미지와 비평가나 독자 들이 올린 서평을 얻어 읽는 게 고작이다. 당신이 한가한 틈을 타 공짜로 책 한 권을 통째로 읽을 가능성은 전혀 없다. 그리고 당신이 서점에서 쇼핑을 하는 동안 옆에 있는 부부가 막 발견한 작가 폴라 폭스Paula Fox에 대해 이야기하는 것을 들으면서, 그녀의 첫 소설이 출간 즉시 재판을 찍었을 뿐만 아니라 회고록도 출판되었다는 사실을 알게 될 가능성은 훨씬 더 희박하다. 그렇다. 웹사이트에서 독자 서평을 읽을 수 있지만, 그것이 누군가의 이야기를 옆에서 듣는 것만큼 생생하고 자극적이지는 못하다.

인터넷서점은 완전히 정착했고, 그건 부인할 수 없는 현실이다. 그러나 인터넷서점은 독자와 전통적인 서점이 제공해온 쏠쏠한 즐거움을 가로막는 장벽이 되었다. 그곳에서 책 냄새를 제대로 맡을 수나 있겠는가? 책들을 바라보면서 라테를 마시고 싶다 해도 제 손으로 만들어 마시는 수밖에 없다. 인터넷서점에서 나는 코앞 서점 블랙 오크Black Oak에서보다 더 많은 책을 고를 수가 있다. 한 번에 한 페이지밖에는 훑을 수가 없지만 말이다. 인터넷은 내겐 너무 커서 전체 모습을 조망할 수도 없으며, 금세 닥칠 엄청난 사건을 우연히라도 기대하기 어렵다. 인터넷은 무한하다. 반면에 서점은 유한하다. 더 작고, 더 느리며, 비효율적이기까지 한 이 소우주 속에서 나는 전 지구적인 거래 규모에 경의를 표할 수도 있고, 오매불망 찾아 헤매던 책을 발견할 수도 있는 것이다.

나는 대량 상품 판매장이나 창고형 매장에 가면 조금 헤맨다. 숨을 헐떡이기 일쑤고, 쇼핑리스트와 집중력을 어디엔가 던져버리고 가다보면 내 카트는 50갤런짜리 헤어젤 통으로 가득 차버린다. 물건이 너무 싸 보여 그냥 지나칠 수가 없기 때문이다. 그래서 평소에는 잘 가지 않지만 어쩌다 그곳에 갈 경우에는 책들을, 그것도 내가 읽고 싶어하던 책들을 터무니없이 할인된 가격으로 살 수 있다. 이 대형매장은 최근 들어 서점의 시장 점유율을 뭉텅 깎아 내리고 있는데 인터넷처럼 시장 점유율이 안정 궤도에 접어든 것만은 틀림없다. 이 매장은 사람들이 쇼핑을 하는 동안 두서너 권의 베스트셀러와 어린이책들을 뽑아 볼 수 있어 꽤 편리하다. 하지만 프라이스 클럽이나 스터프 앤 씽스Stuff'n Things 같은 곳의 도서 보유량은 그다지 많지 않아서 서점과 경쟁관계에 있는 것처럼 보이지는 않을 것이다. 그러나 프라이스클럽이 판매하는 책의 종수는 적다고 하더라도 그들이 파는 양은 엄청나다. 그래서 일부 출판사들은 행복한 비명을 지르는 것이다.

출판사들이 자기네 수입의 상당 몫을 대량 상품 매장에 의존하면서 이들 아울렛 매장에서 파는 책들에 더 많은 관심을 기울이는 것은 당연하지만 어느 면에서는 위험한 일이다. 만약 어느 책이 프라이스클럽 고객에게 먹혀들지 못한다면 그 책은 목하 최신 스파이-스릴러-호러-로맨스-심령-구루guru-요리책처럼 전폭적인 지원을 받지 못할 것이다. 어느 경우에는, 가령 코스트코Costco 쪽의 호응을 기대할 수 없다면 책이 아예 출판되지 못할 수도 있다. 사실 매출에 대한 강박 때문에 출판 기획이 상업적인 책에만 한정되지 않는다면야, 그래서 우리 문화의 다양성을 해치거나 서점에 머무는 재미를 떨어뜨리지만 않는다면야, 베스트셀러가 무슨 문제가 되겠는가.

이른바 "대형매장superstore"을 거쳐 1990년대에는 전국 단위의
서점 체인망이 공격적인 확장세를 보였다. 아마도 그것이 다른 무
엇보다 독립서점을 더욱 궁지에 몰아넣은 요인이었을 것이다. 그
들 체인점이 성공을 거둔 중요한 요소는 과감한 할인정책이었다.
어느 독립서점보다 훨씬 높은 할인율로 책을 받기 위해 자기네 법
인의 규모를 이용함으로써 뉴욕타임스의 베스트셀러들과 그 밖
의 신간 인기도서들을 손해를 보며 대폭 할인해 파는 소위 특매품
으로 내놓을 수 있었다. 종종 할인율이 너무 높았기 때문에 크리
스마스 시즌 홍보 기간중에 출판사와 도매상에서 책을 구할 수 없
었던 독립서점들은 반스 앤드 노블스로 가서 다섯 권짜리 더미 혹
은 열 권짜리 더미를 대폭 할인된 값으로 살 수 있었다. 그들은 그
책들을 자기네 가게에서 정가에 팔아 적게나마 이문을 남길 수 있
었다. 독립서점의 연간 매상이 베스트셀러에만 의존하는 것은 아
니었으나, 고객들은 서점에 발길을 끊고 책 한 권에 40퍼센트씩
할인되는 체인점으로 몰려갔을 뿐만 아니라 정가를 다 받는 책들
역시 그곳에서 구매했다.
　대폭 할인제는 새로운 관행은 아니다. 독립서점 그룹들은 때로
는 미국 서점연합의 도움을 받아, 불공정 거래를 했다는 이유로
특정 출판사와 체인점 들을 상대로 20년 넘게 소송을 제기해오고

있다. 그렇다고 할인 행위를 중단시키지는 못했지만, 그들은 출판사와 서점 들 간에 싸움을 붙이고 여러 변호사의 담보를 상환하면서 산업 내부에 긴장 상태를 조성했다. 많은 독립서점이 경쟁을 위해서 어쩔 수 없이 책값을 할인했는데 이전보다 할인율이 훨씬 심한 경우도 없지 않았다. 하지만 이는 제살깎기에 지나지 않는 일이다.

체인점들이 공격적으로 세를 확장하면서 새롭게 점포를 열 만한 자리를 열심히 물색하고 있다. 그리 꼴사나울 정도는 아니지만 영악하고 재빠른 체인점들은 이미 독립서점들이 활발하게 영업을 벌이고 있는 지역에도 새로 문을 열곤 했다. 체인점들은 자리를 잡을 때까지 자기네 회사 자산을 밑천 삼아 광범위하고도 막대한 재고도서들로 고객들을 끌어들일 수 있었다. 체인점들은 이미지 변신을 꾀하려고, 가장 훌륭하다고 생각되는 독립서점들을 벤치마킹하여 카페, 낭독회, 소식지, 문학이 깃든 분위기, 안락의자, 기타 설비 들을 도입했다.

하지만 나는 한쪽엔 체인점, 다른 쪽엔 독립서점 식으로 선을 그을 수가 없다. 사실 1990년대에 망한 서점 대다수는 사업 경쟁이라는 운명 앞에서 전혀 싸울 준비가 안 돼 있었던 소규모 가게들이었다. 외판원으로 일하던 시절 나는 한 서점 직원이 자기네 가게에는 재고도서가 너무 적고, 직원도 몇 명 안 돼 경쟁은 엄두도 못 낸다고 불평하는 소리를 자주 들었다. 서점이 됐건, 다른 사업 분야가 됐건 간에 규모가 작은 사업주의 삶이란 게 고달플 수밖에 없지만, 불평을 늘어놓는다고 문제가 해결되는 것도, 장밋빛 전망이 열리는 것도 아니다. 오늘날까지 살아남은 독립서점을 조사하면서 느낀 것이지만, 그들이 살아남은 비결은 전보다 더 월등한 서비스와 책의 다양성이다. 바로 그 같은 차별성으로 체인점들과의 경쟁을 돌파해가고 있는 것이다.

체인점들이라고 해서 다 악랄한 기업 흡혈귀들은 아니다(적어도 아직까지는). 도서 선별 부문에서 그들이 일궈낸 여러 혁신 성과와 더불어 체인점들은 백화점보다는 전통적인 서점 정신에 더 충실했으며 독립서점이 끌어들일 수 있었던 것보다 더 많은 고객에게 더 훌륭한 방식으로 책들을 안겨주었다. 체인점들은 도서 마트를 엄청나게 뻗어나간 미국 교외지역의 상징물로 만들어버린 것이다. 몇 년 전 휴가 때 나는 별로 주목을 받지 못하던 작가 데이비드 허들David Huddle의 새 단편소설집이 막 출간됐다는 기사를 읽었고, 그 책을 플로리다 주 보인튼 비치Boynton Beach에서 찾아냈다. 그건 대형 체인 서점이었다. 나는 그 책과 함께 따로 선별해 전시해놓은 인문서와 대중소설, 그 밖의 다른 책들을 발견했는데, 불과 20년 전만 해도 그 지역에서는 생각도 할 수 없던 일이었다. 나는 이것이 서점을 위해서, 책을 위해서, 더 나아가서는 우리의 문화를 위해서도 좋은 일이라고 확신한다.

결국 내가 선을 긋는 지점은 여기다. 즉, 체인점과 독립서점 사이가 아니라, 서점과 서점의 부재不在 사이인 것이다.

저명한 출판인이자 편집자인 제이슨 엡스타인은 『북 비즈니스』에서, 역사를 돌아볼 때 출판업이 줄곧 영세한 산업에 머물러 있었다는 사실을 상기시킨다. 그는 1970년대 이래 출판업은 언제나 거대 출판사가 영세 출판사를 집어삼키고, 더 큰 미디어 집단이 다시 이들 출판사와 그 자회사를 매입하면서 기업 형태로 변질되었다고 기술했다. 그 순간부터 갑작스럽게 사업 이익이 중요한 문제로 떠오르기 시작했다는 것이다. 가장 중요하고도 성공적인 위치를 차지하는 출판사 대다수가 이제는 미디어 제국의 한 부품으로 전락하여 영화, 텔레비전, 라디오, 신문사처럼 이들 제국의 영광을 위해 복무해야 한다. 엡스타인은 자신이 직접 겪은 수많은 경험을 통해 이전만 해도 출판업은 형편없이 작고 영세한 사업이었다고 기술하고 있다. 그때는 명성이 자자하던 출판사마저도 베스트셀러 한 권에 미래를 걸던 시절이었고, 그 책의 수익은 매출에 기여하지 못하는 나머지 책들을 먹여 살리는 데 쓰일 수밖에 없었다는 것이다. 그는 기업형 출판은 다소 시기상조일 수도 있다고 덧붙인다. 왜냐하면 불변의 가치를 지니고는 있으나 주주들의 요구에 부응할 만한 이윤을 내기에는 역부족인 이 책이 과연 살아남을 수 있을지 장담할 수 없기 때문이다.

출판업이 두 진영으로 나뉘어, 하나는 기업의 길을 따라가고, 다른 하나는 느린 보행자에 가까운 본래의 뿌리로 되돌아갈 것이라는 게 엡스타인의 전망이자 바람이다. 새로운 기술들은 의욕이 넘치는 개인들과 규모가 작은 신문, 잡지 들이 큰 회사나 법인의 후원 없이도 중요한 출판 관련 벤처회사들을 창립할 수 있게 해준다. 갑작스럽게 일어선 혁신적인 출판업자 데이브 에거스Dave Eggers가 이런 가능성의 본보기다. 에거스는 회고록 『비틀거리는 천재의 따분한 노동A Heartbreaking Work of Staggering Genius』이 대형 베스트셀러가 됐을 때 이미 『맥스위니즈McSweeney's』란 잡지를 발행하고 있었다. 연줄과 자본 양쪽에서 거둔 뜻밖의 횡재를 십분 활용해 에거스는 『맥스위니즈』를 법인 기업의 보호에 의존하지 않는 흥미만점의 출판사로 전환시켰다. 그가 세운 대담하기 짝이 없는 계획의 하나가, 『맥스위니즈』를 통해 자기의 첫 소설인 『우리의 속도를 알게 해주마You Shall Know Our Velocity』를 출판하여, 우선 독립서점들을 통해 그 책을 살 수 있게 하겠다는 거였다. 훗날 그는 소설의 페이퍼백 판권을 한 법인 출판사에 파는데, 자기의 다른 프로젝트를 위해 주머니에 계속 돈이 들어와야 했기 때문이다. 에거스와 그 비슷한 사람들은 문제가 되는 책들에 초점을 맞추는 쪽을 선택해, 기꺼이 마음을 줄 독자들에게 그 책들을 팔려고 했다. 그는 세계를 접수하려고 하지 않고 그저 자기의 열정을 따라가고 있었던 것이다.

지난 30년간 출판업의 발전상과는 달리 기업의 소유권과 책임도 사라져버릴 것 같지는 않지만, 기업의 구조가 너무 비대해졌기 때문에 영세산업이 오히려 그 허술한 틈을 파고들 여지는 충분하다고 할 수 있다. 기발함 앞에는 언제나 길이 열리는 듯하다.

우리 도서 문화의 미래는 뜨거운 쟁점으로 남아 있고, 그에 관한 미래 전망 보고서들은 다소 우울한 내용을 담고 있다. "책은 죽었다. 소설은 죽었다. 교양은 죽었다. 컴퓨터가 승리를 거두었다" 등의 흉흉한 예언에도 불구하고 우리는 이전보다 더 많은 책을 발행하고 있다. 게다가 지금 찍어내는 책들 가운데는 향후 50년, 아니 불과 5년도 못 가서 독자들에게 외면당할 책들이 수두룩할 거라고들 하지만 이건 언제나 그래왔던 사실이다. 지난 100년간의 베스트셀러 목록을 몇 개만 들여다봐도 이런 사실은 금방 확인된다. 당대를 주름잡았던 베스트셀러 대부분이 지금은 사라져버리고 없는 것이다. 그렇게 많은 책이 세상에 나오는 만큼 우리는 단 몇 권이라도 시간을 이겨낼 걸작을 찾아 나서야 할 것이다.

'책의 죽음'은 21세기에 처음 출현한 개념이 아니라는 사실을 기억하는 것이 중요하다. 19세기에 자전거가 발명되었을 때만 해도 사람들은 책이 종말을 맞이할 줄 알았다. 사람들이 레저에 중독되어 책은 거들떠보지도 않을 거라는 전망이 지배적이었다. 1920년대에는 라디오, 1950년대에는 텔레비전을 두고 비슷한 풍문들이 나돌았다. 그리고 얼마 안 있어 로큰롤과 혼전 섹스, 제트스키 따위가 책을 죽이는 원흉으로 지탄받았다. 하지만 잊지 마시라. 양피지가 파피루스를 대체했을 때도, 구텐베르크가 동력인쇄기로 성서를 처음 찍어냈을 때도 개탄 속에서 이를 갈던 비판세력들이 있었다는 사실을 말이다.

어느 사회를 막론하고 출판 그룹은(책을 소중하게 거두는 사람들, 그러니까 책이란 걸 읽고 쓰고 출판하고 파는 사람들)은 언제나 소수였다. 우리는 이 무리의 규모를 현실적으로 인식할 필요가 있다. 2004년에 가장 많이 팔린 양장본 소설은 댄 브라운의 『다빈치코드』였다. 이 책은 총 430만 부가 팔렸다. 그해에 100만 부 이상 팔린 양장본 소설은 기껏해야 여덟 종뿐이었다. 단행본은 대개 초판 발행부수가 3000~5000부이고, 재쇄再刷에 들어가는 책은 그렇게 많지 않다. 내가 이 책을 집필하고 있던 2005년 8월 첫 주에 미국에서 가장 인기를 끈 텔레비전 프로그램은 〈CSI〉 재방송이었다. 그 방송을 시청한 사람이 무려 1400만 명이었다고 한다.

도서 문화literary culture는 우리 사회의 일부에 지나지 않을지 모르지만 그 역할은 막중하다. 사람들은 서점에서 그 문화를 만날 수 있으며 수천 년 동안 그치지 않고 흘러온 창조와 상상력의 강에 지류로 결합하기도 한다. 아직까지도 이런저런 생각과 견해를 자유롭고도 허심탄회하게 나눌 수 있고, 또 그런 자리에 스스럼없이 끼어들 수 있는 곳이 바로 서점이다. 서점에서 우리는 많은 타인 속에 홀로 서 있는 외톨이일 수도 있지만 사실은 그 타인들과 하나로 연결되어 있다. 우리가 오늘 모든 출판 행위를 중단한다 해도, 우리 책들이 각자 제집을 찾아가는 데는 오랜 시간이 걸릴 것이다. 또 우리에게는 아직도 책의 수집 공간을 마련해주는 서점이 반드시 필요할 수밖에 없는데, 그 이유는 서점이 가상공간이 아니라, 갖가지 즐거움을 제공하는 현실공간이기 때문이다.

우리 동네 서점 블랙 오크 북스에는 제임스라는 서점 직원이 있다. 서로 목례를 나누곤 하던 우리는 친한 친구가 되었다. 서점으로 들어가는 길에 나는 그가 밖에 나와 담배를 피우는 모습을 자주 본다. 우리는 그날의 날씨며 교체중인 보도블록에서 떨어져 나온 조각, 근처에 새로 문을 연 인도식당 등에 대해 잡담을 나눈다. 우리는 또 책에 대해서도 이야기한다. 신간이 화제에 오르기도 한다. "이 책 읽어봤어?" 그나 나나 신간들이 쌓인 특판 매대를 좋아해서, 나는 거기 있는 책들을 전부 훑어보느라 적지 않은 시간을 허비하곤 한다. 우리는 둘 다 못 말리는 독서광이다.

오늘도 서점 앞을 지나가는데, 밖에 서서 담배를 피우던 그가 "좀 늦었군" 하고 인사를 한다. 어쩐지 내 뒷덜미를 잡아채는 듯한 느낌이 들었다. 게다가 며칠 동안 서점에 와보지를 못했다. 제임스는 나에게 짐 해리슨Jim Harrison의 새 단편집 『그가 죽지 않았던 그 여름The Summer He Didn't Die』이 도착했다고 알려준다. 나는 해리슨의 30년 팬인데, 요즘 주머니 사정이 여의치 않다는 걸 잘

알면서도 그의 신작이라면 사지 않고는 못 배긴다. 그러고 보니
나는 이미 서점 앞에 와 있다.

'탐서'에 관한 가장 탐스러운 책

　장담하지만, 이 책을 읽고 나면 누구나 '책'이나 '서점'을 중심 테마로 자신의 과거를 재구성해보고 싶은 충동이 일 것이다. 자신이 못 말리는 탐서주의자라거나 열정적인 서점 순례자라면 이 책을 모델 삼아 회고록 몇 줄은 진작에 써내려가고 있을지도 모를 일이다.

　책에 관해서라면 나에게도 꽤 많은 에피소드가 있지만, 이 책을 읽으면서 제일 먼저 떠오른 사람은 바로 내 아버지였다. 일찍이 자처하던 문청이자, 성실한 독자였던 아버지 덕분에 우리 집은 늘 이런저런 책들로 넘실댔다. 책이 어디에 쓰는 물건인지를 알기도 전에 책은 먼저 거기에 와 있었던 것이다. 젊은 청년 시절부터 오늘에 이르기까지 아버지는 헌책방과 서점을 드나들며 책을 사 모으는 탐서주의자요 책 수집가이다. 저자인 버즈비 씨가 책 전반

부에서 보여주는 면면이나 동선은 거의 완벽하게 아버지와 포개진다. 사학을 공부한 아버지의 서가엔 역사 서적이나 사료 들이 빼곡했고, 직장 생활을 하면서 구입했거나 더러 공으로 얻은 소설류나 문학비평 서적들은 영문학을 전공하는 내게 떼어줄 만큼 그 분량이 방대했다. 최근 어머니의 서가와 결혼한 아버지의 서가가 범람을 이기지 못하고 할머니가 계신 시골로 유배를 가긴 했지만, 그래도 우리 집은 늘 사람을 담는 공간이라기보다 책을 담는 공간에 더 가까운 편이었다.

갈피갈피에서 배어나오는 책 고유의 향기와 한 손에 가득 들어오는 그 양감, 그리고 그 책들이 한데 어우러졌을 때의 스펙터클한 포스force는 어린 시절 내게 아주 강렬한 포만감을 주었다. 버즈비 씨에게 산호세의 책방들이 있다면, 나에게는 아버지의 서재가 있었던 셈이다. 그 덕분인지 어떤지, 그때 꼬마가 지금은 자라서 책을 만드는 편집자가 되었고, 그러다보니 나 또한 출판 비즈니스의 최전선에서 분투했던 청년 버즈비 씨처럼 어떤 책을 어떻게 만들어 팔 것인가를 고민하거나 책의 미래에 촉각을 곤두세우는 입장에 놓이게 되었다. 그런 의미에서 이 책의 후반부는 어쩌면 고스란히 나의 얘기인지도 모르겠다.

아주 독특하게도 이 책은 여러 가지 장르가 한데 어우러져 읽으면 읽을수록 흥미를 더한다. 처음엔 소박하고 평범한 일기처럼 시작되다가 책과 서점에 얽힌 일화들이 따라붙으면서 어느새 한 탐서주의자의 뜨거운 성장소설로 탈바꿈하는가 하면, 책을 다루는 사람들에 대한 동지애가 금세 연구열로 이어져 동서고금을 포괄하는 출판 비즈니스의 역사를 거침없이 펼쳐놓기도 한다.

어디 그뿐인가. 이 책은 제임스 조이스의 『율리시즈』를 뚝심 있게 출간했던 셰익스피어 앤드 컴퍼니 서점의 실비아 비치와 앨런 긴즈버그의 『울부짖음』을 세상에 있게 한 시티 라이츠 서점의 로런스 펄링게티로부터, 책의 무대 등장을 위해 막후에서 그림자처럼 움직이는 오늘날의 에디터와 마케터, 서점 직원에 이르기까지 출판 역사에 크고 작게 기여한 수많은 인물들을 기리는 위인전이기도 하다. 그 자체로 열정의 결정체라 할 수 있는 이 책을 읽고 난 뒤라면, 꼭 북 마니아가 아니라 하더라도, 한 권의 책을 발견한다는 것이 어떤 의미인지, 그리고 그 속에 얼마나 유구한 역사와 무수한 인간관계가 얽혀 있는지 새삼 가슴에 들어올 것이다.

삶이 늘 그러하듯, 이 작은 책을 옮기면서도 너무나 많은 사람들에게 마음의 빚을 졌다. 혹여 부족한 글 실력 때문에 그 빚을 독자들에게까지 지우는 일은 부디 없어야 하겠지만, 그럼에도 완전하지 못한 데 대한 아쉬움은 여전하다. 허물과 독박은 번역자의 몫으로 달게 받을 생각이지만, 세상에 책을 아끼는 사람들이 존재하는 한 이 책은 결코 외롭지 않으리라는 확신이 있어 기쁘게 이별하려고 한다. 마지막으로, 책에 대한 사랑을 중심으로 인생을 일궈왔고, 딸의 유년에 빛나는 책의 풍경을 그려넣어주신

아버지에게 깊이 감사드리고 싶다.

2009년 6월

정신아

옮긴이 정신아

1975년 서울 출생. 이화여자대학교와 동대학원에서 영문학을 공부했다. 책을 기획, 편집하고
외서를 우리말로 옮기는 일을 하고 있다. 옮긴 책으로 『다빈치의 세계』 『셰익스피어의 시대』
『윈터』 『멀린 선생님의 환상수업』 『할 말이 많아요 2』 『아이비리그 천재들의 공부법』 『가족의
목소리』가 있다.

노란 불빛의 서점

서점에서 인생의 모든 것을 배운 한 남자의 이야기

1판 1쇄 2009년 6월 5일
1판 6쇄 2020년 4월 17일

지은이 루이스 버즈비 | 옮긴이 정신아
펴낸이 염현숙
책임편집 최지영 박기효 | 마케팅 정민호 이숙재 양서연 박지영
홍보 김희숙 김상만 지문희 우상희 김현지 | 저작권 한문숙 김지영 이영은
제작 강신은 김동욱 임현식 | 제작처 영신사

펴낸곳 (주)문학동네
출판등록 1993년 10월 22일 제406-2003-000045호
주소 10881 경기도 파주시 회동길 210
전자우편 editor@munhak.com | 대표전화 031) 955-8888 | 팩스 031) 955-8855
문의전화 031) 955-3578(마케팅) 031) 955-2697(편집)
문학동네카페 http://cafe.naver.com/mhdn | 트위터 @munhakdongne
북클럽문학동네 http://bookclubmunhak.com

ISBN 978-89-546-0822-0 03840

www.munhak.com